KB004330

# THE PARIS LIBRARY

Janet Skeslien Charles

# 파리의 도서관

THE PARIS LIBRARY by Janet Skeslien Charles
Copyright © 2021 by Janet Skeslien Charles
All rights reserved.

This Korean edition was published by DAEWON C. I. INC. in 2021 by arrangement
with JJ Charles SARL c/o Kaplan/Defiore Rights on behalf of the Heather Jackson
Literary Agency through KCC(Korea Copyright Center Inc.), Seoul.

이 책은 ㈜한국저작권센터(KCC)를 통한 저작권자와의 독점계약으로 대원씨아이㈜에서 출간되
었습니다. 저작권법에 의해 한국 내에서 보호를 받는 저작물이므로 무단전재와 복제를 금합니다.

# THE PARIS LIBRARY

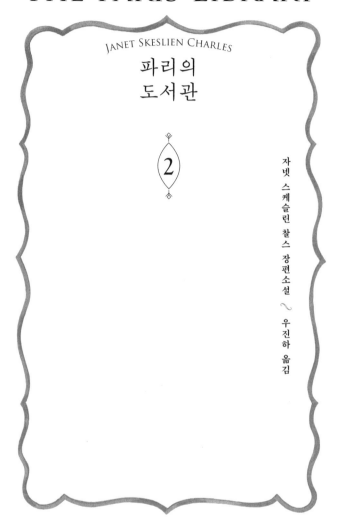

JANET SKESLIEN CHARLES

## 파리의
## 도서관

2

자넷 스케슬린 찰스 장편소설 ∿ 우진하 옮김

하빌리스

──────── **일러두기** ────────

1    '주'는 편집자주이며 각 권에 미주로 수록했다.

2    '참고'는 소설에 나오는 작가, 문학 작품을 간략히 설명한 것이다.

차

례

제

*1*

장

― ⁂ ―

# 오딜
## Odile

대출 창구에 아무도 없었다. 뭔가 이상했다. 자리를 비우는 건 보리스답지 않았다. 나는 정기 간행물 열람실로 향했다. 나와 친한 도서관의 단골 이용자들이 미동 하나 없이 앉아 있었다. 입을 여는 사람도, 뭘 읽고 있는 사람도 없었다. 나는 시몬 부인에게 보리스를 봤는지 물어봤다. 그녀는 고개를 저었다. 심지어 점심시간을 5분이나 넘기고 돌아온 나에게 듣기 싫은 소리도 한마디하지 않았다.

뭔가 끔찍하게 잘못된 게 분명했다. 나는 도서관 곳곳을 정신없이 내달렸다. 자료 열람실에도, 어린이 열람실에도 사람 하나 없었다.

리더 관장의 사무실 문은 잠겨 있었고 3층의 도서 보관실도 텅 비어 있었다. 그러다 직원 휴게실에서 비찌를 발견했다. 그녀는 한쪽 구석에서 무릎을 끌어안은 채 웅크리고 있었다.

나도 그녀 옆에 무릎을 꿇고 앉았다. "레미에게 무슨 일 있어요?"

"아니요." 비찌는 그저 바닥만 바라봤다.

"그럼 동생?"

비찌가 내 눈을 쳐다봤다. 그녀의 보라색 눈동자에 슬픔이 가득했다. "리더 관장님이 이곳을 떠나겠다고 발표하셨어요."

설마.

"관장님은 보리스와 여행 허가증 수속을 밟으러 나가셨어요." 비찌가 덧붙였다.

"지금까지 잘 버티셨는데 왜 하필 이 시점에 떠나기로 결정하신 거래요?" 내가 물었다.

"뉴욕 이사회에서 전보를 보냈대요. 지금 당장 프랑스를 떠나라고. 명령이라고. 미국이 전쟁에 참전하는 건 이제 시간문제일 뿐이래요. 그래서 연합국 국민으로 체포라도 당할까 염려하는 거래요."

나는 비찌 옆에 털썩 주저앉고 말았다. 리더 관장이 없는 도서관은 상상조차 할 수 없었다. 이제 누구를 찾아가 도움을 요청한단 말인가. 리더 관장이 없었다면 비찌와 내가 이렇게 친구가 될 수도 없었을 것이다. 리더 관장은 내가 더 성장할 수 있도록 기회를 줬다. 억지로 가르치려고 하지 않고 내 스스로 배워나갈 수 있도록 믿고 맡겼던 것이다. 리더 관장 없이 나 혼자 뭘 할 수 있단 말인가.

이틀 후 나는 리더 관장을 도와 짐을 쌌다. 그녀의 안전이 가장 중요한 문제이며 이렇게 하는 것이 최선이라는 사실을 알면서도 가능한 한 그녀를 좀 더 오래 머무르게 하고 싶어서 느릿느릿 움직였다. 서랍에 스웨덴 대사, 윈저 공작 부인 같은 유명 인사의 명함이 가득한 빨간 표지의 주소록이 있었다. 나는 주소록을 꺼내 그녀의 서류 가방에 넣었다.

"미국으로 돌아가면 뭐 하실 거예요?" 내가 물었다.

"가족들을 다시 만나서 그동안 못했던 이야기를 나누겠지요. 그것 말고는 특별히 생각해본 게 없네요. 아마 미국 의회 도서관 쪽에 일을 알아보거나 적십자에 지원하게 되지 않을까 싶어요."

"저는⋯⋯."

"나도 여기 남고 싶어요. 나로선 정말 힘든 결정이었어요. 난 파리 미국 도서관을 아주 자랑스럽게 생각하고 있고 이런 힘든 상황에서도 여전히 도서관을 열어두고 있다는 사실이 얼마나 뿌듯한지 몰라요. 하지만 바깥세상으로부터 아무 소식도 듣지 못하게 되면, 그러니까 가족들 소식조차 듣지 못하게 되면⋯⋯." 그녀는 눈시울이 붉어진 채 다시 물건을 챙기기 시작했다. 프랑스어로 된 책 몇 권을 포함해 주로 아끼는 책과 그녀를 따르던 저자들이 서명해서 보내온 초판본 등이었다. 릴케도 콜레트도 떠나고, 짐 싸는 일이 끝나면 리더 관장도 떠날 것이다. 나는 텅 비어버린 그녀의 책장을 차마 볼 수 없어 책상 쪽으로 시선을 돌렸다. 맨 밑에 있는 서랍 깊숙한 곳에 편지 한 통이 보였다. 남의 편지를 엿보면 안 되지만 마침 옆에 리더 관장이 없었기에, 나는 그녀만의 특별하고 힘이 들어간 친필 서체를 보고 싶은 유혹을 이기지 못했다. '엄마와 아빠'에게 보내는 편지였다.

한 치 앞도 내다볼 수 없는 요즘 같은 때에 먼 미래의 일을 어떻게 알겠어요. 그래도 저는 우리 파리 미국 도서관이 언제나 한결같을 거라는 예감이 들어요. 우리는 닥쳐오는 어려움을 신중하게 고려해가며 그럭저럭 잘 해내고 있거든요. 물론 출근하기 전에 먹을거리를 구하기 위해 길게 줄을 서야 하는 건 좀처럼 익숙해지지 않아요. 식료품뿐만 아니라 지금은 구하기 쉬운 게 하나도 없어요. 옷, 신발, 의약품은 물론이고요. 심지어 연료도 그렇고 온수도 전혀 쓰지 못하는 형편이에요. 설사 구할 수 있다고 해도 눈이 튀어나올 만큼 비싸요. 이런 편지를 받으면 몹시 속상하시겠지만, 여기에는 비누도 없어요. 차도 없고 아무것도 없어요. 보이지 않는 강철 죔쇠가 천천히, 아주 천천히, 하지만 한 치의 물러섬도 없이 단단하게, 너무나도 단단하게 우리를 죄어오는 것 같아요…….

그렇지만 육체적으로 힘든 것보다 역시 정신적으로 힘든 게 더 견디기 힘들어요. 모두 나름의 사정이 있겠지만 같은 건물 안에서 동료와 함께 있으면 그들의 사정이 다 내 일 같아요. 돌아가면 가족들과 이런저런 이야기를 나눌 수 있겠지요.

사랑하는 딸,
도로시 드림


리더 관장의 편지는 내가 레미에게 썼던 편지를 떠올리게 했다. 나는 독일군 점령하의 엄혹한 현실에 대해 잔뜩 써 내려갔던 편지를 책장 제일 깊숙한 곳에 있는 오래된 책 사이에 끼워뒀다. 나는 레미에게 그런 우울한 일에 대해 알리고 싶지 않았다. 리더 관장도 같은 심정 아니었을까. 우리가 제대로 전하지 못하는 이야기는 아주 많았다.

"함께 일할 수 있어서 정말 좋았어요." 리더 관장이 말했다.

"정말요?"

"한 가지, 말하기 전에 생각 먼저 하겠다고 약속해주면 좋겠어요. 듀이 십진분류법을 외우는 것도 중요하지만 그런 지식이 낭비되지 않으려면 말을 조심해야 해요. 말에는 힘이 있으니까. 특히나 요즘 같은 위험한 시절에는 더욱 조심해야죠."

"약속할게요."

짐을 다 싸고 나니 남은 건 훅스 박사의 전화번호가 적힌 종이쪽지 하나뿐이었다. "시간에 구애받지 말고 언제든 필요할 때 전화하라고 했지만 이 전화번호를 쓸 일은 생기지 않았으면 좋겠어요."

백작 부인이 하인들을 데리고 송별회 자리에 참석해 모두에게 와인을 대접했다. 하지만 도서관 이용자들은 술맛을 제대로 느끼지 못하는 것 같았다.

"리더 관장 후임은 누가 되려나." 프라이스-존스 씨가 말했다.

"오딜 양?" 드 네르시아 씨가 말했다.

"너무 젊어요." 시몬 부인이 틀니를 달그락거리며 말했다. "이사회에서 절대 승인해주지 않을걸요."

"그럼 보리스에게 그 자리를 권할 수도 있겠군." 프라이스-존스 씨가 말했다.

"러시아인이 미국 도서관 관장 자리에요?" 시몬 부인이 말했다.

"현실을 직시하자고요. 도서관은 곧 문을 닫을 거예요."

"자, 여러분 잔을 듭시다." 백작 부인이 우중충한 분위기를 밀어내며 말했다.

우리는 와인 잔을 높이 들었다.

리더 관장은 다소 수척해 보였지만 눈빛만은 환하게 빛나고 있었다. "여러분, 정말 감사합니다. 여러분에 대한 나의 헌신과 깊은 애정, 그리고 높은 존경의 마음 같은 건 굳이 언급하지 않아도 충분히 아시겠죠."

"부디 가장 행복했던 시간만 기억해주시길." 보리스가 우리가 준비한 선물을 리더 관장에게 내밀며 말했다. 에펠탑 모형이 있는 스노볼이었다. 리더 관장이 스노볼을 흔들자 안에 들어 있던 금빛 가루가 눈처럼 흩날렸다.

나, 마거릿, 비찌 이렇게 셋은 옆으로 물러나 도서관 회원들이 리더 관장과 작별 인사를 나누는 모습을 지켜봤다. 마거릿이 진주 목걸이를 만지작거렸다. 그녀 역시 런던에 있는 가족들에게 전혀 연락이 닿지 않았고 그들이 독일군의 공습을 어떻게 견뎌내고 있는지도 알 수 없었다. 비찌는 에밀리 디킨슨의 책을 꼭 끌어안았다. 독일군 병사가 그녀의 집을 떠나지 않는 한 그녀는 가장 안락해야 할 자신의 집에서조차 전쟁에서 벗어날 수 없을 것이었다.

내일이면 리더 관장은 독일군 짐령 지역을 벗어나 프랑스 남부를 거쳐 스페인으로 떠난다. 그리고 다시 포르투갈로 건너가 그곳에서 여객선을 타고 미국으로 돌아갈 것이다. 나는 레미와 비찌의 동생 줄리앙을, 그리고 다른 전쟁 포로들을 떠올렸다. 늘 쾌활했던 웨드 양, 그녀에게 죄가 있다면 영국인이라는 것뿐이었다. 캐나다 출신

의 턴불 부인, 헬렌과 피터, 이제는 리더 관장까지. 내가 알고 있던
세상이 하나둘씩 사라져갔다. 823,《그리고 아무도 없었다》.

제
2
장

릴리
Lily

1986년 8월, 미국 몬태나주 프로이드

오딜의 책장을 살펴볼 때마다 서로 다른 책이 나에게 말을 걸어왔다. 어떤 날은 금박이 입혀진 제목이, 또 어떤 날은 두껍고 어려워 보이는 책이 읽어달라고 아우성쳤다. 오늘 오후에는 에밀리 디킨슨이 나를 불렀다. 엄마가 디킨슨의 시 한 편을 마음에 들어 했기 때문에 나도 한 구절을 외우고 있었다. "희망이란 날개가 달려, 내 영혼 위로 날아와 머무르네." 오딜이 가지고 있는 디킨슨의 얇은 시집에는 도장이 찍혀 있었고 도장 자국을 빙 둘러 '파리 미국 도서관, 1920년'이라는 문구가 새겨져 있었다. 도장 속 태양 주변으로 햇살이 뿜어져 나오는 듯한 모양이 그려져 있었고, 책 아래에는 소총이 한 자루 있었는데 책에 거의 가려진 것이 지성이 폭력을 이긴다는 의미가 아닌가 싶었다. 책장을 넘기는데 안에 끼워져 있던 흑백 사진 하나가 바닥에 툭 떨어졌다.

우편함을 확인하고 돌아온 오딜이 사진을 집어 들었다. "우리 가족사진이야. 엄마, 아빠, 레미, 그리고 나."

오딜의 아버지는 얼굴의 반 이상을 가린 콧수염이 있었고 그 때문인지 아주 엄해 보였다. 어머니는 누가 봐도 일부러 남편 뒤에 서 있는 듯했는데 수줍어서 그런 게 아닌가 하는 생각이 들었다. 오딜과 어머니는 긴 치마를, 아버지와 남동생은 정장을 차려입고 있었다. "아버지가 사업가셨어요?"

"아니. 경찰서장이셨어."

나는 웃으며 물었다. "그럼 아줌마가 이렇게 도서관 책을 훔친 걸 아셨을까요?"

오딜은 웃지 않았다. "내가 도둑이라는 걸 잘 알고 계시긴 했지."

나는 오딜의 말이 무슨 뜻인지 알고 싶어 애가 달았다. 그런데 내가 질문을 더 하려는 찰나 전화가 울렸다. 다급하고 새된 소리로 울리는 것이 굳이 물어보지 않아도 엘리너의 전화라는 걸 알 수 있었다. "릴리 거기 있나요? 지금 빨리 좀 와줬으면 하는데……."

"오늘 프랑스어 수업은 여기까지네요." 내가 말했다. 사진을 다시 책 사이에 끼워 넣는데 사진이 몇 장 더 있는 게 보였다. 나는 조금만 더 오딜의 집에 있고 싶었다.

"아기는 여전히 안 좋고?"

"'메 위', 네."

아기가 태어난 지 2개월이 지난 지금까지 우리 식구 중에서 잠을 제대로 잘 수 있었던 사람은 없었다. 게다가 아기는 젖을 빨려 하지 않았다. 간호사는 엘리너가 신경을 곤두세울수록 벤지가 정상적인 모습으로 돌아오는 데 걸리는 시간이 더 길어질 거라고 말했다. 아빠는 직장 일로 바쁘지 않은 날이 없었기 때문에 엘리너를 돌보는 건 순전히 내 몫이었다. 나는 조를 트림시켜줄 때처럼 엘리너의 등을 두드려주곤 했다.

연년생에 가까운 두 남자 동생들은 천 기저귀를 차고 유아용 속바지를 입었다. 엘리너는 기저귀를 갈고 똥오줌을 변기에 털어낸 후 세탁기에 넣는 과정을 알려줬다. 엘리너가 일회용 기저귀를 두고 천 기저귀를 고집하는 이유를 도무지 알 수 없었다. 엘리너는 아이를 되도록 힘들게 키우는 게 진정한 모성이라 생각하는지도 몰랐다.

집으로 돌아와 보니 엘리너는 주방에 있었다. 30도가 넘는 무더운 날이었다. 엘리너의 얼굴은 땀범벅이었고 품 안에서는 벤지가 악을 쓰며 울어댔다.

"왜 울음을 안 그치지? 내가 뭘 잘못한 건가?" 엘리너가 울면서 말했다. 그녀는 벤지 못지않게 펑펑 눈물을 쏟아냈다.

"뭐 좀 먹었어요?" 나는 기저귀를 갈아야 하는지 킁킁거리며 냄새를 맡아봤다. 기저귀는 괜찮았고 엘리너는 아무것도 먹지 않은 상태였다. "목욕은요?"

엘리너는 내가 알아듣지 못할 외국어라도 하는 듯 멍하니 나를 봤다. 나는 한 손으로는 달걀 세 개를 깨트려 휘젓고, 다른 손으로는 벤지를 안고 얼렀다. 엘리너가 허겁지겁 오믈렛을 먹는 동안 나는 턱받이로 벤지의 코를 닦아줬다.

집에 돌아온 아빠는 본인이 할 수 있는 일을 했다. 일단 선풍기부터 틀어 엘리너 쪽으로 돌려주고 그녀의 짜증을 군말 없이 들어준 다음 펄 할머니에게 전화를 걸었다. 이튿날 펄 할머니가 직접 차를 몰고 우리 집에 찾아왔다. "집 안 냄새가 아주 지독하구나." 할머니는 아기 젖병이며 고무 젖꼭지가 가득 들어 있는 박스를 조리대에 올려놓았다.

"애한테 분유를 먹이라고요?" 엘리너가 세차게 고개를 저었다. "내가 애한테 분유를 먹이면 사람들이 뭐라고 생각하겠어요?"

할머니가 엘리너에게 가서 좀 쉬라고 했다. 나는 책 뒤에 숨어서 슬쩍 웃었다. 펄 할머니가 누군가에게 가서 좀 쉬라고 하는 건 그 사람과 더 이상 말 섞기 싫다는 뜻이었다. 엘리너는 지저분한 핑크색 가운의 허리띠를 조이고는 마지못해 거실로 갔다. 펄 할머니는 젖병에 분유를 탔다. 그리고 위압적인 모습으로 엘리너에게 다가가 젖병을 내밀었다. "벤지한테 먹여라."

"릴리 엄마는 모유를 먹였대도요."

"이미 간 사람이랑 산 사람을 비교하는 짓 좀 그만해라!"

"어머니!" 엘리너가 내 쪽을 가리켰다.

'디스파레트르', 더 이상 보이지 않는다, 존재하지 않는다는 뜻이다. 나는 이 단어를 품고 오딜을 만나러 갔다. 오딜은 정원에서 일하는 중이었다. 그녀가 몸을 일으키더니 입고 있던 옷에다 손을 닦았다. "봉주르, 마 벨르. 코망 사 바?" 별일 없느냐는 인사말이었다.

요즘 나에게 별일 없는지, 잘 지내는지 물어봐주는 어른은 오딜밖에 없었다. 다른 사람들은 그저 남동생들 안부만 물을 뿐이었다.

"유령을 프랑스어로 뭐라고 해요?"

"'르 팡톰'."

"그럼 슬프다는요?" 나는 슬프다라는 단어를 얼마 전에 배웠지만 지금 그 말이 다시 필요했다.

"'트리스트'." 오딜이 나를 꼭 안아줬다. "내일 개학이니?"

"네. 메리 루이즈와 같은 수업을 듣기로 했어요."

"가장 친한 친구와 함께 시간을 보낼 수 있다는 건 축복이야. 내가 얼마나 옛 친구들을 그리워하는지 말로는 설명할 수 없단다." 오딜은 정원에서 뽑은 대파를 바구니에 담았다. 오딜의 표정이 '트리스트'해 보였다.

"지금 프랑스어 공부할 수 있어요?" 우리 둘이 동시에 말했다.

공항은 '앙 아에로포르', 비행기는 '앙 아봉', 비행기 창문은 '앙 위블로', 비행기 승무원은 '위느 오테스 드 레르'. 오딜네 주방에 있는 간이 식탁을 책상 삼아 오딜과 나는 나란히 앉았다. 나는 단어를 열심히 받아썼다. 평소 우리들은 '인도'나 '건물' 혹은 '의자'같이 주변에서 흔히 볼 수 있는 단어를 공부했었다.

"오늘은 왜 여행과 관련된 단어를 공부해요?"

"'마 그란데', 사랑하는 릴리, 왜냐하면…… 언젠가 그런 날이 오기를 바라는 마음에서?"

엘리너가 저녁 식탁에 미트 로프를 차려냈다. 펄 할머니는 모이를 쪼는 암탉처럼 엘리너를 따라다니며 끊임없이 잔소리를 해댔다. "잠깐 낮잠 좀 잔다고 세상이 무너지진 않아. 그리고 옷은 그거뿐이니? 머리는 대체 언제 감은 거야? 여자로서의 마지막 자존심도 버린 거냐?"

엘리너가 콘옥수수 크림을 담은 접시를 요란하게 내려놓았다. "어머니! 제발요!"

이럴 때마다 나는 엘리너가 기껏해야 나보다 열 살 정도 더 많을 뿐이라는 사실을 떠올리지 않을 수 없었다.

"네 친구들은 다 어디서 뭘 하는데?" 할머니의 잔소리는 그치지 않았다.

"와서 도와주는 친구 하나 없니?"

"릴리가 그러는데 릴리네 엄마는 뭐든 혼자서 척척 했대요."

"걔가 그걸 어떻게 다 기억하니?"

엘리너가 자기 어머니를 돌아봤다. "릴리는 거짓말 같은 거 안 해요."

내 얼굴이 빨갛게 달아오르는 게 느껴졌다. "그게 사실은……."

"거짓말이라고는 안 했다." 필 할머니가 재빨리 말했다. "그러니까 내 말은 애가 셋이나 있으면 누구라도 다른 사람의 손길이 필요하다는 거야."

"내가 알아서 한다고요." 엘리너의 뚱한 말투는 흡사 메리 루이즈의 언니 엔젤 같았다.

아빠는 평소처럼 저녁 식사 2분 전쯤에야 겨우 집으로 돌아왔고 우리는 말없이 식사를 했다. 벤지는 이런 분위기에도 아랑곳하지 않고 기어이 울음을 터트렸다. 엘리너는 식전 기도조차 올리지 않았다.

엘리너와 필 할머니가 동생들을 씻기는 동안 나는 설거지를 하고 장난감을 치우고 빨래를 걷었다. 그러고는 다음 날 등교까지 몇 시간이나 남았는지 헤아려봤다.

일주일 동안 펄 할머니는 요리를 도맡아하고, 가게에서 산 분유나 이유식은 전혀 문제될 게 없다고 엘리너에게 설교를 했다. 차를 타고 집으로 돌아가기 전에 할머니가 엘리너에게 또다시 말했다. "릴리한테 너무 지나치게 기댄다는 생각 안 드니? 집에 와서 도와줄 사람이 정말 하나도 없어? 친절한 오딜은 어때?"

엘리너는 완강했다. "혼자서 할 수 있다고요. 그리고 릴리는 가족이잖아요."

엘리너가 나를 가족으로 생각하고 있었나? 그러자 갑자기 집안일을 돕는 게 대단한 희생처럼 느껴지지 않았다. 그때 메리 루이즈의 목소리가 바로 옆에 있는 것처럼 귓속에 내리꽂혔다. "엘리너는 널 노예처럼 부려 먹잖아. 네가 친딸이라도 과연 그렇게 했을까?"

지리 시간에 중국에 대해 배웠다. 중국에서는 법적으로 아이를 한 명밖에 가질 수 없다고 했다. 엘리너가 지쳐 있는 모습을 떠올리니 그리 나쁜 정책 같지 않았다. "중국에서는 딸이 중요하지 않아. 부모들은 그저 아들만 원하지. 왜냐하면 아들은 밭에 나가 일을 할 수 있으니까." 화이트 선생님의 이야기가 쉴 새 없이 이어졌다. 화이트 선생님은 농사짓는 사람들이 대부분인 우리 마을 또한 중국과 사정이 크게 다르지 않다는 사실에는 전혀 아랑곳하지 않았다.

"학교에서는 공산주의 국가의 단점만 가르친다는 거 눈치챘니?"

"그럼. 맨날 프로이드가 얼마나 대단한 곳인지 떠들어대는 거랑 다를 게 뭐람."

여기가 중국이라면 나는 태어나지도 못했겠지. 내가 만일 아들이었다면 아빠는 내가 운전면허를 딸 수 있도록 해줬을 테고, 그러면 나는 차를 몰고 벌써 이곳을 떠났을 것이다. 선생님이 웅얼대는 동안 나는 잠시 책상에 엎드렸다. 책상의 냉기가 뺨으로 전해졌다. 우리 가족이 중국인이었다면. 나는 욕조에 들어가 있는 내 모습을 상상했다. 아빠와 엘리너가 나타나 내 어깨를 움켜쥐고 나를 물속으로 밀어 넣었다. 나는 내 안에서 생명이 조금씩 빠져나가는 장면을 머릿속으로 그렸다.

"릴리?" 메리 루이즈가 등을 두드렸다.

나는 고개를 들었다. 반 아이들이 교실 밖으로 나가고 있었다.

"끝나는 종소리 못 들었어?"

나는 입을 가리고 하품을 했다. 침 한 줄기가 턱에 달라붙어 있는 게 느껴졌다.

"아이고, 로비 보고 침을 질질 흘리는구나." 티파니 아이버스가 얄밉게 쏘아붙이고는 교실을 나갔다.

나는 마음속으로 제발 로비가 이 꼴을 못 보고 지나갔기만을 빌었다.

"무시해." 메리 루이즈가 말했다. "우리 집 갈래?"

"동생들 때문에 집에 바로 가야 돼."

"금요일은? 옛날처럼 우리 집에서 같이 자자."

나도 그러고 싶었다. 정말로. "안 돼."

나는 터덜터덜 걸어서 집으로 돌아왔다. 동생들 기저귀를 갈아줘야 할 테고, 장난감은 온 방바닥에 지뢰처럼 흩어져 있겠지. '비엥 쉬르', 물론 벤지는 또 악을 쓸 거야. 주방에 가보니 일주일 내내 똑같은 옷을 입고 있는 엘리너가 식탁 앞에 앉아 벤지를 어르고 있었다. 조는 자기 엄마 발치에서 찡찡거렸다. 나는 조를 꼭 안아준 다음 조리대에 쌓인 더러운 그릇부터 치우기 시작했다.

"그냥 둬도 괜찮은데." 엘리너가 힘없이 나를 말렸다. '릴리는 가족이잖아요.' 나는 필요한 건 소독도 했다. 그리고 벤지가 잠들 때까지 안고 달랬다. 벤지는 잠이 들어서까지 코를 훌쩍거렸다. 나는 잠든 벤지를 엘리너에게 건네주고 얼마 되지 않는 시간이나마 프랑스어를 배우기 위해 오딜의 집으로 득달같이 달려갔다.

오, 하나님. 이곳은 어찌나 조용한지. 울고 떼쓰는 아기도 없었고 모든 게 제자리에 얌전히 놓여 있었다. 오딜이 앉는 의자 옆 바구니에는 곱게 접힌 신문이 있었고, 책은 오딜-릴리 분류법에 따라 가지런히 정리되어 있었다. 오딜의 남편과 아들의 사진이 담긴 액자도 제자리를 지키고 있었다.

"구스타프슨 씨는 어떤 분이셨어요?"

"벅?" 오딜이 눈을 가늘게 떴다. 너무 오랜만에 듣는 이름이라 누구 이야기를 하는 건지 잘 모르겠다는 말투였다. "남자다운 사람이었어. 잘생겼고. 혈색 좋은 얼굴에 거친 수염을 기른 터프한 사람이었지. 벅은 사냥을 좋아해서 부모님이 지어준 이름보다 수사슴이란 뜻의 벅이라는 별명으로 더 많이 불렸대. 첫 사슴을 잡았을 때가 아마 열 살쯤이라 했지. 사냥감 때문에 우리 둘은 처음으로 다투게 됐어. 벅은 불쌍한 짐승의 머리를 벽난로 위에다 장식하고 싶어 했는데 나는 그런 걸 집 안에서 보고 싶지 않았거든."

"누구 고집이 이겼어요?"

"글쎄. '마 그란데', 사랑하는 릴리, 갓 결혼한 새댁으로서 그때 깨달은 건," 오딜은 자리에서 일어나 개수대로 갔다. "때로는 이기면서 지고 지면서 또 이긴다는 거야. 난 박제한 사슴 머리를 갖다 버렸어. 벅이 퇴근해서 집에 오기 전에 쓰레기차가 그걸 가져가버렸고. 벅은 꽤 오랫동안 화를 풀지 않았어."

"아……."

"정말이야." 오딜은 찬장을 열고 접시를 제자리에 집어넣었다.

"구스타프슨 씨하고 마음이 맞는 부분도 있었겠죠?"

"우리 아들 키울 때는."

"아들이 다 자라고 나서는요?"

오딜이 나를 돌아봤다. "사실 벅이랑 나는 비슷한 점이 별로 없었어. 벅은 미식축구 보러 가는 걸 좋아했고 난 책 읽는 걸 좋아했어. 그렇지만 둘 다 빠른 걸음으로 산책하는 건 좋아했어. 또 벅은 사랑을 표현하는 데 아주 적극적인 사람이라 늘 먼저 나서서 문을 열어주고 또 늘 내 손을 잡아줬지. 한밤중에 놀이터에 가서 아이들처럼 그네나 시소를 타면서 시간을 보낸 적도 많아."

오딜이 지난 삶에 대해 이렇게 많은 이야기를 들려준 건 이번이 처음이었다. 나는 그녀의 이야기가 계속되기를 바라며 아무 말없이 가만히 있었다.

"벅이 세상을 떠나고 남은 물건 대부분을 필요한 곳에 기부했어. 장비나 트럭 같은 거. 하지만 사냥총은 그대로 뒀어. 벅이 정말 소중히 여겼던 건 곁에 두고 싶더라고."

전화가 울렸다. 또 엘리너였다. 나는 집으로 돌아와서 저녁을 차리고 청소를 했다. 그러고는 옷도 갈아입지 않고 침대에 몸을 던졌다. 너무 피곤해서 교과서도 펴볼 수 없었다. 어쨌거나 오딜과 시간을 보내고 나면 미적분 따위는 나에게 별 의미가 없었다. 사랑은 누군가를, 그 사람의 모든 것을 받아들이는 것이다. 설사 이해할 수 없고 마음에 들지 않은 구석이 있더라도.

⌣

가을 학기 학부모 면담을 마치고 집으로 돌아온 엘리너가 문을 세차게 닫으며 고함치듯 내 이름을 불렀다. "릴리! 어디 있니?"

그야 거실에서 동생들을 보고 있겠지. 당연한 거 아닌가? 조는 무릎 위에서 내 머리카락을 마구 잡아당겼고 내가 만들어준 담요에 누운 벤지는 난생처음 보는 자기 발가락이 신기한지 발가락을 쥐고 구경 중이었다.

엘리너가 씩씩거리며 나타났다. "너 수업 시간에 졸고 그런다며. 화이트 선생님이 다 말씀해주셨어. 화이트 선생님은 그게 내 잘못인 거처럼 얘기하더라. 난 자격 미달 엄마가 아니라고! 내가 벤지한테 젖 먹이는 동안 너도 가서 거르지 말고 밥 좀 챙겨 먹어."

엘리너가 치마를 들어올리자 늘어진 뱃살이 드러났다. 거미줄처럼 갈라진 튼살이 보였다. 나는 그녀가 브래지어를 풀고 거칠게 부풀어 오른 젖꼭지를 보여주기 전에 서둘러 주방으로 도망쳤다. 그런 건 한 번 본 것만으로 충분했다. 나는 엘리너가 나를 좀 더 어렵게 대해줬으면 싶었다. 엘리너가 다시 에어로빅 비디오도 보고 오딜을 불러 잡담도 나누면 얼마나 좋을까. 그렇지만 요즘 엘리너는 대부분의 시간을 이유식을 만들고 주방에 서서 우는 데 허비하고 있었다. "당신은 엄마이기 이전에 한 사람의 여자예요." 일전에 오딜이 말했었다. 내가 봐도 엘리너는 여자로서의 모습을 완전히 포기한 듯했다.

나는 조금씩 숙제를 게을리하게 되었고 메리 루이즈와 어울리는 시간도 줄어들었다. 심지어 프랑스어 공부도 중단되었다. 엘리너에게는 내가 필요했다. 때때로 그녀는 자리에 앉아 멍하니 벽만 쳐다봤다. "벤지 좀 안아주세요." "와, 이것 좀 보세요. 조한테 새 이가 났어요." 무슨 말을 해도 엘리너는 그저 고개만 끄덕였다.

성적표를 받아 든 나는 상황이 얼마나 심각한지 깨달았다. 수학은 C-, 영어는 B-, 과학은 C-, 역사는 C-였다. "무슨 일 있니?" 모리아티 선생님이 성적표에 붉은색 펜으로 써넣은 말이었다. 나는 힘없이 집으로 돌아왔다. 나도 엘리너처럼 과거의 내 모습 같은 건 다 포기해버린 게 아닐까.

"릴리?" 오딜이 자기 집 문 앞에서 나를 불렀다.

나는 돌아보지 않았다.

"릴리, 무슨 일 있어?" 오딜이 나를 자신의 집으로 잡아끌었고 성적표에 대해 물었다.

"울랄라."

"집에 가봐야 해요. 가서 새엄마를 도와야 하니까."

집 안에는 초콜릿 향기가 가득했다. 오딜이 나에게 쿠키 접시를 내밀었다. 나는 거실 의자에 몸을 파묻고 부스러기를 사방에 흘리며 게걸스럽게 쿠키를 먹었다. 맛을 음미할 틈조차 없었다.

오딜이 쓸쓸한 눈길로 나를 물끄러미 바라봤다. "요즘 집에서는 어떠니?"

"'리엥', 아무 일 없어요." 나는 오딜 앞에서 불평 같은 건 하고 싶지 않았다.

"사람은 자기 인생을 살아야 해."

"우리 집에 가시면 그렇게 말할 수 없으실걸요." 내가 말했다.

"지금처럼 사는 건 앞날에 전혀 도움이 안 돼. 그러니까 협상의 기술을 배워야만 해."

나는 콧방귀를 뀌었다. "우리 집 식구들이 나를 다루듯이요?"

"대화를 해봐."

"새엄마는 저 말고도 고민거리가 잔뜩 있어요."

"그럼 아빠한테 가서 지금 상황을 전하는 건 어때?"

"아빤 내 말은 신경도 안 쓸걸요."

"그럼 신경을 쓰시게 만들어야지."

"어떻게요?"

"네가 보기에 아빠가 바라는 게 뭔 거 같아?" 오딜이 물었다.

나는 잠시 생각하다 대답했다. "조용히 평화롭게 사는 거요?"

"그럼 아빠가 릴리한테 바라는 건?"

엄마는 내가 대학에 진학하기를 바랐다. 엄마는 대학 입학 전에 결혼을 해버렸으니까. 아빠가 나에게 바라는 게 뭘까. 집에서는 이런 이야기를 꺼낼 방법이 없었다. 집에서 아빠의 관심은 엘리너와 동생들에게만 쏠려 있었다. "아니면…… 아빠 회사로 직접 찾아가는 방법도 있겠지만 진짜로 찾아가면 화를 내실지도 몰라요."

"화 안 내실 수도 있잖아. 한번 시도해봐."


다음 날 아침 나는 성당에 갈 때 입는 깔끔한 옷으로 갈아입었다. 아빠한테 가서 무슨 말을 하지? 아빠가 일하는 은행은 집에서 여덟 블록 정도 떨어진 곳에 있었다. 내가 학교를 땡땡이친 사실을 아빠가 알기 전에 도착할 수 있기를 바라며 은행까지 쉬지 않고 달렸다.

아이버스 씨가 아빠 사무실 앞에서 서성거리는 나를 발견했다. 아이버스 씨는 크게 웃으며 원칙적으로는 선약을 해야 아빠를 만날 수 있지만 급한 것 같으니 이번만 봐주겠다고 우스갯소리를 했다.

아빠는 어리둥절한 얼굴로 사무실 밖으로 나왔다. "지금 학교에 있을 시간 아니니?" 그러다가 갑자기 겁에 질린 얼굴로 다그쳤다. "애들한테 무슨 일이 있는 거냐?"

그러면 그렇지. 늘 동생들이 더 중요하지.

"딸내미가 아빠랑 대화 좀 하러 온 거 같은데." 아이버스 씨가 웃으며 말했지만 아빠는 웃지 않았다. 아빠는 당혹스러운 얼굴로 나를 자기 사무실 의자에 앉혔다.

"정말 중요한 일이지?" 아빠가 커다란 책상 위에 손을 올리고 깍지를 꼈다.

"그게…… 그러니까……."

"그러니까 뭐? 무슨 일이냐니까?"

아빠가 화를 내자 오히려 말을 꺼내기가 쉬워졌다. "프랑스어 공부를 다시 하고 싶고 메리 루이즈도 다시 만나고 싶어요. 숙제도 독서도 다시 하고 싶다고요. 똥 기저귀 가는 일은 이제 진저리가 나요."

"릴리, 엘리너 혼자서는 감당이 안 되잖니."

"하루 종일 울기만 하는 사람을 왜 나 혼자 돌봐야 돼요? 새엄마야말로 나 혼자서는 감당이 안 된다고요."

"곧 괜찮아질 거야."

"새엄마는 심리 치료가 필요한 건지도 몰라요."

"그런 건 정신이 이상한 사람들이나 받는 거야."

26

"우울증이 있는 사람도 받아요."

"네가 좀 더 도와주면 좋겠는데."

"그럼 아빠는요? 걔들은 아빠 자식이잖아요."

"아빠는 밖에서 일해야 되잖아."

"집에서도 할 일이 있어요." 나는 성적표를 책상 위에 내던졌다. "난 엄마가 돌아가셨을 때도 반에서 우등생이었어요. 내가 애들 돌보는 유모가 되는 게 아빠는 어떨지 몰라도 엄마가 있었으면 결사반대했을 거예요."

내가 내뱉는 진실이 아빠에게 어퍼컷을 날리기라도 한 듯 아빠가 고개를 뒤로 젖혔다.

"아빠, 나도 새엄마를 기꺼이 돕고 싶어요. 정말이에요. 하지만 프랑스어 공부도 계속하고 싶고 대학도 가고 싶어요."

아빠는 자격 미달인 융자 신청자를 내보내듯 문을 가리켰다. "차로 학교까지 데려다주마."

아빠와 나는 차 안에서 아무 말도 하지 않았다. 나는 이 차가 비행기라면 얼마나 좋을까 생각하며 창밖만 봤다. 언젠가 그런 날이 오기를 바란다는 오딜의 말이 현실에서 이루어지기를 기도하며.

아빠는 저녁 식사 바로 전인 5시 50분에 집에 오곤 했는데 오늘은 처음으로 제시간에 오지 않았다. 엘리너는 나에게 저녁을 먼저 먹겠느냐고 물었다. 그러면서도 아빠를 기다리고 싶어 했기 때문에 나도 아빠가 오면 먹겠다고 했다. 우리는 차렸던 음식을 오븐에 도로 넣었다. 식탁에 앉아 있는데 조가 내 무릎으로 기어올라 자리를 잡았다. 엘리너의 품에 안긴 벤지가 누군가 마술이라도 부린 듯 갑자기 울음을 그쳤다. 평상시 저녁 일곱 시라면 아이들 목욕시키느라 정신없었겠지만 오늘은 가만히 아빠의 귀가를 기다렸다. 엘리너와 나는 잠시나마 평화로운 분위기를 만끽할 수 있었다. 엘리너가 퇴근한 아빠에게 으레 하는 질문을 나에게 던졌다. "학교는 어땠어?"

"오늘 은행에 갔었어요."

"은행?" 엘리너가 영문을 모르겠다는 듯 되물었다. 마치 프로이드에 은행이 있다는 사실조차 잊고 있는 것 같았다.

"은행에 가서⋯⋯." 왜 내가 은행에 갔을까. 엘리너가 자못 진지한 얼굴로 나를 바라보며 내 말에 귀를 기울였다. "아빠랑 의논 좀 할 게 있었어요. 대학 진학 문제 때문에요."

엘리너가 알 수 없는 웃음을 터트리며 말했다. "최소한 우리 중 한 사람은 원하는 걸 말할 수 있는 용기가 있네."

내가 코를 쿵쿵거렸다. "어디서 타는 냄새가 나는 것 같지 않아요?"

엘리너가 벤지를 나에게 맡기고는 오븐으로 달려갔고 나도 그 뒤를 따랐다. 벤지는 아슬아슬하게 내 등에 업혀 있었고 조는 내 다리에 찰싹 붙어 있었다. 오븐에서 연기가 피어올랐다.

"다 때려치울래." 엘리너가 시커멓게 눌어붙은 음식을 꺼내며 흐느꼈다.

그때 서류 가방을 든 아빠가 집에 왔다. 여덟 시였다. 우리 집에서 여덟 시는 다른 집의 자정이 넘은 시간과 비슷했다.

"늦으면 늦는다고 전화 한 통 못해요?" 엘리너는 소리를 지르며 아빠에게 시커멓게 탄 음식을 내던졌다. 아빠는 가방으로 얼굴을 가리며 몸을 숙였다. 벽에 부딪힌 음식이 바닥에 나뒹굴었다.

나는 왠지 그런 엘리너가 자랑스러웠다.

"나한테 이렇게 다 떠넘기고." 엘리너가 울부짖었다.

나는 동생들을 방으로 데리고 갔다.

"당신은 이 집에 한 번도 마음을 붙인 적이 없어." 엘리너가 말했다. "저기 어디서 브렌다랑 있는 거야, 아니면 여기 이 집에 나랑 있는 거야?"

브렌다. 이제는 아무도 엄마의 이름을 부르지 않는다. "엄마……," 내가 속삭였다. "엄마, 너무 보고 싶어."

"누나 왜 울어?" 조가 물었다. 나는 병아리 털처럼 보드라운 조의 머리카락을 어루만졌다.

아빠가 부드러운 목소리로 엘리너를 달래려고 했지만 엘리너는 듣지 않았다. "그게 무슨 말인데? 내가 감당 못할 일을 벌이고 있다고?" 엘리너가 소리를 질러댔다. "내가 일회용 기저귀를 사니까 당신이 그 여자는 천 기저귀를 썼다고 했잖아. 브렌다가 무슨 성모 마리아라도 돼? 거기다 비교하면 나더러 어쩌란 말이야!"

"예전에는 일회용 기저귀 같은 건 없었다고 말했을 뿐이야!" 아빠도 덩달아 소리를 질렀다. "당신에게 천 기저귀를 써야 한다고 말한 게 아니잖아. 나는 그저 세상이 달라졌다고 말했을 뿐이라고. 당신 혼자서 모든 걸 해결할 필요는 없어. 친구들이 도와주겠다잖아. 이제는 도움의 손길을 받아들일 때도 됐잖아."

사방이 조용해졌다.

"내가 도움을 받고 싶은 사람은 친구들이 아니라 바로 당신이야."

이날 이후로 아빠는 토요일 출근을 중단하고 집에서 아들들을 돌보기로 결정을 내렸으며, 엘리너는 일회용 기저귀를 산더미처럼 사들였다. 자초지종을 들은 오딜이 말했다. "자기 인생을 살기 위해 애쓰는 게 어떤 기분인지 이제 알겠어? 물론 모든 문제를 해결할 순 없지만 그래도 노력해보지 않으면 아무것도 이룰 수 없어."

"제가 아빠 사무실에 찾아가서 일이 이렇게 된 건진 잘 모르겠지만요." 나는 오딜에게 엘리너가 소리를 지르고 음식을 집어던진 이야기를 들려줬다.

오딜은 박수를 쳤다. "그래도 엘리너에게 하고 싶은 말을 하도록 용기를 준 게 너인 건 확실한데? 잘했어. 정말 잘했어!"

이제 오딜과 나는 누구의 방해도 받지 않고 함께 시간을 보낼 수 있었다. 나는 사진이 끼워져 있던 책을 다시 꺼내 들었다. 우리는 거실 의자에 앉아 그녀의 가족사진을 봤다. "너무 보고 싶네." 오딜이 다른 사진을 꺼냈다. 사진 속에는 물방울무늬 치마를 입은 검은 머리의 미인 한 명이 서 있었다. 오딜의 얼굴이 예상치 못한 친구를 만난 것처럼 환하게 빛났다. "미스 리더라고, 파리 미국 도서관 관장을 역임하신 분이야. 내 상사이자 내가 제일 존경했던 사람."

다음은 머리에 터번을 두른 귀족 부인 같은 사람이 나치 독일 완장을 차고 금테 안경을 쓴 어떤 장교와 이야기를 나누고 있는 사진이었다.

"과거를 떠올리는 건 다 부질없는 일이야." 이렇게 말하는 오딜의 목소리와 얼굴이 돌처럼 딱딱하게 굳어 있었다. 오딜은 사진을 다시 책 속에 끼워 넣었다.

오딜이 왜 독일군 사진을 가지고 있을까?

"아는 사람이에요?"

"파리 미국 도서관을 찾아왔던 훅스 박사야."

나치라고 하면 언뜻 수용소에서 사람을 죽이던 모습만 떠오르지 도서관에 볼일이 있을 것 같지는 않았다. 그리고 그런 나치 장교의 이름을 오딜이 알고 있다는 사실도 뭔가 어울리지 않았다.

"독일군이 파리를 점령했었어." 오딜이 말했다. "우리는 제대로 저항할 수 없었고 그렇다고 그 상황을 받아들이지도 못했지. 그 남자는 독일군에서 '도서관 보호인'이라는 직함을 가진 사람이었어."

"책을 보호해주는 사람인가요?"

"그렇게 간단한 문제는 아니고."

나는 학교에서 배운 걸 떠올려봤다. "역사 선생님 말이 유럽인들은 독일군 수용소의 실체에 대해 다 알고 있었을 거래요. 분명 그럴 거라고 했는데."

"나 같은 경우는 전쟁이 끝나고 나서야 그 얘기를 들었어. 전쟁 당시에는 살아남기에만 급급했기 때문에. 영어권에서 온 친구들과 동료들 걱정도 해야 했고. 그 사람들은 연합국 국민이라는 이유만으로 체포됐거든. 유대인도 도서관 출입 금지를 당했고. 체포된 사람들이 끌려가서 학살당했을 거라는 생각은 꿈에도 못했지."

오딜은 오랫동안 아무 말도 하지 않았다.

"제가 자꾸 뭘 물어봐서 화나셨어요?"

"'메 농', 아니. 미안해. 잠시 옛날 생각이 좀 나서. 전쟁 중에 우리 도서관 직원들은 유대인 친구들이 읽고 싶어 하는 책을 직접 가져다줬어. 그러다 동료 하나가 게슈타포가 쏜 총에 맞기도 했어."

도서관 직원을 총으로 쐈다고? 그건 의사를 죽이는 것과 똑같은 짓 아닌가? "게슈타포가 리더 관장이라는 사람을 죽였어요?"

"당시 리더 관장은 프랑스를 떠나 있었어. 독일군이 파리 국립 도서관 관장을 비롯해 많은 도서관 관련 인사들을 체포했는데 리더 관장에게도 무슨 일이 일어날까 봐 걱정했었거든. 그녀가 떠날 때 마음이 너무 아팠어. 그렇지만 헤어짐도 어쩔 수 없는 삶의 한 부분이니까. 살면서 그런 일은 피할 수 없는 거야."

나는 사진을 찾아낸 게 미안해지기 시작했다. 나 때문에 오딜이 슬퍼하고 있었다. 하지만 오딜은 내 뺨을 어루만지며 부드럽게 말했다. "그렇지만 그런 변화로부터 좋은 일이 시작되기도 하고."

파리

1941년 12월 1일

경찰 담당자 귀하,

파리 미국 도서관에는 수용소보다 더 많은 연합국 국민이 소속되어 있다는 사실을 제보해드립니다. 우선 그 유명한 클라라 드 샹브렝 백작 부인은 미국인으로서, 현모양처라면 당연히 가정에 충실해야 할 터인데 도서관에서 더 많은 시간을 보내고 있습니다. 백작 부인은 이 도서관을 유지하기 위해 알고 지내는 사회 유명 인사로부터 기부금을 구걸하느라 정신이 없습니다. 이렇게 조성한 기금을 제대로 신고는 하고 있는지 저로서는 의심스럽기 그지없습니다. 백작 부인은 독일인을 좋아하지 않으며, 심지어 야만인이라고 부르며 경멸한다고 합니다. 또한 현재 점령군이 만든 규정을 멋대로 무시하고 있습니다. 그녀에게 백작 부인이라는 지위가 있다고 해서 규정이나 규칙을 따를 필요가 없다는 의미는 절대로 아니라고 생각합니다. 저는 그녀가 유대인을 위해 그들이 읽고 싶어 하는 책을 몰래 가져다준다는 이야기를 들었습니다. 그 밖에 또 무슨 음모를 꾸미고 있는지 누가 알겠습니까? 정체 자체가 대단히 모호한 인물이니까요.

도서관을 방문해 직접 확인해보시기 바랍니다. 그러면 백작 부인이 스스로를 치외 법권의 존재로 생각하고 있다는 사실을 확인할 수 있을 겁니다.

익명의 제보자 올림

제
*3*
장

---- ✳ ----

오딜
Odile

1941년 12월, 프랑스 파리

클라라 드 샹브렝 백작 부인이 파리 미국 도서관의 새로운 관장이 되었다. 그녀는 1920년부터 작가인 이디스 워튼이나 자선 사업가인 앤 모건[1] 등과 함께 초대 이사가 되어 도서관 개관에 도움을 줬던 인물이었다. 백작 부인은 셰익스피어에 대한 책을 썼을 뿐만 아니라 자신이 쓴 희곡을 프랑스어로 번역했으며 헤밍웨이와 같은 출판사에서 책을 출간하기도 했다. 특히 지난 몇 개월 동안은 난방비부터 급여까지 도서관 관리 비용을 감당하기 위해 기부자를 찾아다녔고, 점령 지역 내 정비 계획의 일환으로 보리스와 관리인을 독일로 보내려는 점령군 사령부의 명령을 취소시키기 위해 백방으로 손쓰기도 했다. 나는 백작 부인이 영향력 있는 외국인이란 이유로 당국에 체포되지는 않을까 염려되었다.

나는 대출 창구에서 보리스와 마거릿에게 이런 나의 걱정에 대해 털어놓았다. 보리스는 시몬 부인이 찾던 〈하퍼스 바자〉에 도장을 찍으며 말했다. 백작 부인은 1901년 프랑스 장군 출신인 알드베르드 샹브렝 백작과 결혼했으며 이중 국적자라서 연합국 국민에 해당되지 않는다는 것이었다.

그때 드 네르시아 씨가 갑자기 나타났고 프라이스-존스 씨가 그 뒤를 따라왔다.

"일본군이 진주만을 쳤어!" 드 네르시아 씨가 소리쳤다.

사람들이 몰려들었다.

"일본군이 뭘 쳐요?" 마거릿이 물었다. "진주만이 대체 어디예요?

"일본군이 하와이에 있는 미국의 해군 기지를 공격했습니다." 프라이스-존스 씨의 설명이었다.

"그럼 미국도 전쟁에 본격적으로 참전한다는 뜻인가요?" 나는 독일군이 곧 물러나게 될지도 모른다는 실낱같은 희망을 품고 물었다.

"그리될 것 같아." 드 네르시아 씨가 대답했다.

"미군이 독일군을 몰아내겠군요!" 내가 격앙된 목소리로 말했다.

"설마 미군이 프랑스군보다 못하겠어요." 마거릿이 말했다.

나는 고개를 치켜들었다. 어떻게 감히 마거릿이 레미 같은 프랑스군을 비난할 수 있단 말인가. 그녀야말로 제일 먼저 파리에서 도망친 사람이었으면서. "자기 나라로 도망치는 건 영국이 일등이죠."

마거릿과 나는 서로를 노려봤다. 나는 마거릿이 자신이 했던 말에 대해 진심으로 사과하기를 기다렸다.

"우리 정치 얘기는 하지 말기로 해요." 마거릿이 말했다.

마거릿은 화해를 요청했지만 사과를 한 건 아니었다. 나는 화를 내지 않으려고 애썼다. 그녀가 일부러 그랬을 리는 없었다. 나는 나중에 후회할 말을 하게 될까 두려워 급히 타자기가 있는 창고로 갔다. 소식지 만드는 작업으로 신경을 돌려 딴생각을 하지 않기를 바라면서. 독일군이 쳐들어오기 전에는 도서관의 등사기[2]로 소식지를 500부씩 찍어내곤 했지만, 지금은 종이를 구하기 힘들어서 달랑 한 장의 소식지를 만들어 게시판에 갖다 붙일 뿐이었다.

프라이스-존스 씨가 내 옆에 의자를 가져와 앉았다. "타자기 두드리는 소리가 열람실까지 들리던데."

나는 타자기의 잉크 리본을 가리켜 보였다. "너무 오래 갈아주지 못했어요. 잉크가 말라서 아무리 두드려도 글자가 희미해요."

"타자기에 화풀이하는 건 아니고? 마거릿이 프랑스군을 그렇게 말한 게 잘했다는 건 아니지만."

"마거릿이 나쁜 뜻으로 한 말이 아니라는 건 저도 알아요. 그렇지만 상처가 되는 건 어쩔 수 없네요." 나는 타자기 자판으로 레미의 이름을 두드렸다. "레미가 너무 보고 싶어요. 우리 레미는 열심히 싸웠어요."

"마거릿도 다 알 거야. 마거릿이 생각 없이 말부터 내뱉는 버릇이 있긴 하잖아."

"다들 그렇죠 뭐." 나는 이번 달 소식지에 실을 대담 기사가 필요했다.

"그나저나 주로 어떤 책을 보세요? 가장 좋아하는 책은요?"

"솔직한 대답을 듣기를 원하나?"

나는 몸을 숙였다. 외설스러운 문제작을 읽는다는 고백이라도 하려는 걸까?

"지난주에 있었던 일인데 내가 가지고 있던 책을 전부 치워버렸어."

"네?" 책을 치워버리다니 그건 숨 쉴 공기를 포기하는 것과 같은 일이 아닌가.

"예전에는 소포클레스며 아리스토텔레스, 그리고 멜빌과 호손의 책을 많이 읽었어. 대학에서 배웠거나 동료들이 권했던 책이야. 그런 건 이제 충분한 것 같고. 요즘은 스콧 피츠제럴드나 낸시 밋포드, 랭스턴 휴스 같은 작가들의 책을 읽고 싶더군."

"가지고 있던 책은 어떻게 하셨어요?"

"코헨 교수가 책을 다 뺏겼다는 소식을 듣고 내 책을 몽땅 코헨 교수한테 보냈지. 남의 책을 빼앗는 건 그 사람의 무덤을 파헤치는 일이나 마찬가지야."

프라이스-존스 씨는 평생을 모아온 책을 남에게 줘버린 데 대해 태연한 척했지만 나는 그의 솔직한 속마음을 읽을 수 있었다. 코헨 교수는 강제로 자신의 책과 이별했다. 그런 그녀를 위해 프라이스-존스 씨는 자신의 책에게 자진해서 작별을 고한 것이다. 나는 나보다 더 큰 상처와 문제를 안고 살아가는 사람들이 있다는, 아니 많다는 사실을 다시 한번 마음속에 새겼다.

하지만 마거릿에 대한 울분은 쉽게 풀리지 않았다.

포로수용소 전용 우편

1941년 12월 12일

그리운 오딜에게,

네가 편지에 뭔가를 말하지 않고 있다는 사실을 문득 깨달
았어. 어떻게 눈치챘냐고? 우선 아빠에 대한 불평이 거의
없고, 폴에 대한 이야기도 없잖아. 아마도 내가 비째를 그
리워할까 봐 일부러 폴과 너에 대한 이야기를 피하는 거
겠지. 하지만 너는 잘못 알고 있는 거야. 나는 아빠가 소리
지르는 것도 엄마가 잡담하는 것도 죄다 그리워. 그리고
네 사랑 이야기도 듣고 싶고. 내 심정을 헤아린다면서 빙
빙 말 돌리지 말고 진심으로 어떤 느낌인지 이야기해줬으
면 좋겠어. 나에 대해 신경 써주는 건 고맙지만 난 진실이
더 궁금하니까. 나는 네가 스스로 편지를 검열해서 내가
제대로 된 소식을 듣지 못하는 게 더 괴로워. 서로 떨어져
있다고 해서 일부러 거리를 둘 필요는 없잖아. 비째도 편
지 쓸 때 생각이 많은가 봐. 나도 마찬가지고. 너를 보호해
주고 싶으니까 사실을 다 알리고 싶지 않다가도 한편으론
네가 다 알았으면 좋겠고 그래.
수용소 생활은 힘들어. 먹을 건 모자라고 다들 지쳐 있어.
해져 빠진 옷을 입고 고개는 늘 축 처져 있으니. 고향이 그
리워. 애인이 우리를 잊었을까 봐 걱정도 많이 해. 듣는 사
람이 없는 것 같다 싶을 때는 막 울기도 해. 하지만 제일

힘든 건 포로로 잡혀 있는 우리의 처지야. 우리는 그저 우리의 신념과 조국을 위해 싸웠을 뿐인데 이렇게 사방이 철조망으로 둘러쳐진 곳에 갇혀 있으니 죄짓고 잡혀온 것 같아서 마음이 너무 힘들어.

사랑을 담아서,
레미

1941년 12월 20일

보고 싶은 레미에게,
그럼 솔직하게 다 말해볼까. 폴이랑 나는 드디어 엄마의 감시망을 벗어났어. 폴이 둘만의 밀회를 위해 어느 버려진 집을 찾아냈어. 우리는 그 집을 내 책과 그가 그린 브르타뉴 그림으로 장식했어. 다만 난방이 안 돼서 둘 다 감기에 걸리고 말았어. 그래도 그런 건 아무런 상관없을 만큼 좋아! 책 읽는 것보다 더 짜릿한 일이 있을 거라고는 한 번도 생각해본 적 없는데. 독일은 미국에 선전 포고를 했고 프랑스에 거주 중인 미국인들은 확실하게 연합국의 국민으로 낙인찍히게 됐어. 나는 독일군이 도서관을 영구적으로 폐쇄하지는 않을까 두려워. 직원들은 아무렇지 않은 듯 지내려고 애쓰지만 사실상 모두들 지친 데다가 겁에 질려 있어. 우리는 줄에 매달린 꼭두각시처럼 움직일 뿐이야. 가끔 아무 이유 없이 화가 치밀어 오르고 머리가 꽉 막힌 것 같은 때가 있어. 그러면 뭘 어떻게 생각해야 할지 모르겠고 그래.

상황이 어찌 돌아가든 우리는 크리스마스 모임을 고대하고 있어. 백작 부인이 '도서관에 부끄럽지 않은' 수준의 가족을 동반해도 괜찮다고 해서 엄마와 외제니 '아주머니'를 부를 생각이야. 아빠는 회의가 있어서 못 오신대. 아빠에 대한 불평이 없다고 또 뭐라 할까 봐 미리 말해주는 거야. 이번 일 말고도 아빠는 집에 거의 들어오지 않아.

사랑을 담아서,

오딜

보리스가 가져온 향신료를 섞은 와인 향이 도서관에 가득 퍼졌다. 벽난로에서는 밤이 타닥타닥 익는 소리가 들렸다. 비찌는 아이들과 함께 오래된 잡지를 오려 크리스마스트리를 장식했다. 마거릿과 나는 빨간 장식용 리본을 찾아내서 열람실에 달았다.

"요새 집이 너무 추워서," 마거릿이 말했다. "이렇게 오래된 책은 장작 대신 쓰고 싶을 정도예요."

나는 본능적으로 소설책 한 권을 집어 들어 품에 꼭 끌어안았다. 단 한 권이라도 책을 그런 용도로 쓰느니 차라리 얼어 죽는 쪽을 택하겠다고 생각했다. 이곳에 있는 상당수의 책은 지난번 전쟁 때 파병 온 미군을 위해 미국에서 보낸 것이었다. 병사들은 참호나 야전 병원에서 책을 읽으며 잠시나마 다른 세상에 가 있는 편안함을 맛봤으리라.

"농담이에요." 마거릿이 말했다. "진담으로 들은 건 아니죠?"

"그야 물론……." 하지만 그런 생각을 입에 담는 것 자체가 끔찍한 게 아닌가 하는 마음은 여전했다. 나는 책을 품에 안고 사람들이 없는 구석으로 갔다. 《도리언 그레이의 초상》, 823. 나는 오래된 책 냄새를 가볍게 들이마셨다. 그리고 거기에 참호의 진흙이며 화약 냄새가 뒤섞여 있다고 상상했다. 나는 오래된 책을 펼치는 일은 그 책에 봉인되어 있던 어느 병사의 영혼을 불러내는 것과 같다고 믿었다. "친구야, 이제 괜찮아." 내가 속삭였다. "여기가 네 집이야. 여기 있으면 안전하니까."

"뭐 해요?" 비찌가 웃으며 말을 걸었다. 엄마와 외제니도 함께였다. "여기가 네가 일하는 곳이란 말이지?" 엄마가 말했다. "생각했던 만큼 음침하진 않네."

외제니가 킥킥거렸다. "오딜이 어디 탄광 같은 데서 일하는 줄 아셨나 봐요."

엄마가 그런 외제니를 장난스럽게 툭 쳤다.

크리스마스 모임을 위해 찾아온 사람들은 요즘 같은 전시 상황에 구하기 어려운 귀하고 값비싼 음식을 장만해왔다. 부드러운 카망베르 치즈, 오렌지 등은 파리의 암시장이나 시골에 사는 친척에게서 얻은 거겠지. 엄마와 외제니는 폴이 브르타뉴에서 가져다준 푸아그라를 들고 왔다. 화려한 모피 숄을 걸친 클라라 드 샹브렝 백작 부인이 등장하자 좌중이 조용해졌다. 부인 옆에 턱시도를 차려입고 팔짱을 낀 백발의 신사가 서 있었다. 남편인 백작이었다. 굳이 군복을 입지 않아도 가슴을 딩딩하게 내밀고 침착한 눈으로 군대를 사열하듯 사람들을 살펴보는 자세는 누가 봐도 장군 그 자체였다.

시몬 부인이 음식이 차려진 탁자 근처로 백작 부인을 옴짝달싹 못하게 몰아넣었다. 그러고는 목욕 가운을 장식용 터번으로 변신시킨 이야기를 떠들어댔다. 백작 부인이 '구조를 요청하는' 신호를 남편에게 보내자 백작은 말 잘 듣는 강아지처럼 한걸음에 부인에게로 달려왔다.

"한때는 두 대륙에서 온 군인을 지휘하던 장군이었는데 말이지." 프라이스-존스 씨가 말했다.

"지금은 딱 봐도 누가 대장인지 알겠구먼." 드 네르시아 씨가 응수했다.

"강적을 만난 거지."

"강적은 무슨. 백작이 좋아서 결혼한 건데."

폴이 내가 제일 좋아하는 823 서가 쪽으로 나를 데려갔다. 거기서 우리는 캐서린과 히스클리프, 그리고 제인과 로체스터를 만나 함께 어울렸다. 나는 와인으로 붉어진 폴의 입술을 그윽하게 바라봤다. 그가 천천히 내 앞에 무릎을 꿇었다. "당신은 내 인생의 여인이에요." 그가 말했다. "아침에 잠에서 깨면 제일 먼저 보고 싶은 얼굴도, 자기 전에 입 맞추고 싶은 얼굴도 바로 당신입니다. 당신이 말하는 건 어떻게 그렇게 다 재미있는지. 나는 당신 발에 밟히는 낙엽 소리며 당신이 만나는 괴팍한 도서관 손님들에 대한 이야기, 그리고 당신이 잠자리에서 읽는 소설 내용까지 전부 다 듣고 싶어요. 나도 마음속 깊은 생각이나 좋아하는 책에 대해 이야기할 순 있어요. 하지만 내가 바라는 건 나 자신의 이야기보다 우리의 이야기입니다. 오딜, 나와 결혼해줄래요?"

폴의 청혼은 한 편의 완벽한 소설과도 같았다. 폴과의 해피 엔딩을 예상은 했지만 여전히 놀라운 마음을 감출 수 없었다.

열람실 쪽에서 엄마의 목소리가 들려왔다. "폴이랑 오딜은 어디 갔나?" 뒤이어 외제니의 대답도 들을 수 있었다. "오늘 같은 날은 둘이서 있게 좀 내버려두세요."

"지금 우리가 비밀의 집에 있다면 얼마나 좋을까요." 내가 속삭였다. "우리가 꾸며놓은 그 집 말이에요."

"나도 단둘이 있고 싶어요. 다만……."

"다만 왜요?"

폴이 긴장한 듯 침을 꿀꺽 삼켰다. "이렇게 계속 남몰래 만나는 건 옳지 않은 일 같아서요. 내가 당신을 제대로 책임질 수 있을 때까지 시간이 얼마나 더 걸릴진 잘 모르겠지만……."

"아빠는 눈치 못 챌 거예요."

"당신은 왜 모든 일을 아버지하고 연관 짓나요?"

"그런 거 아니에요!"

"알겠어요. 중요한 것도 아닌 일로 싸우지 말아요." 폴이 말했다.

나는 그의 얼굴을 어루만지며 전쟁이 불러온 변화를 받아들일 수밖에 없었다. 그의 눈가에는 어두운 그림자가 드리워져 있었고, 입꼬리에도 깊은 주름이 자리를 잡고 있었다. 너무나 많은 것이 변했다. 나는 도서관 사서로서의 내 일이라든가 비밀의 집에서의 밀회 같은 것은 절대 변하지 않고 남아 있기를 바랐다.

"당신이 있어서 이 전쟁을 버틸 수 있어요." 폴이 말했다. "당신이 있기에 내 일도 견디고 있고요. 하루 빨리 당신과 결혼해서 함께하고 싶습니다."

"그래요, 내 사랑. 레미가 집으로 돌아오면……."

나는 몸을 웅크렸다. 폴이 뭔가를 말하기 시작했다. 사랑한다, 아니면 더 이상 기다릴 수 없다, 이런 말이었나? 하지만 나는 그의 입술에 입을 맞췄고 그가 하는 말은 내 혀와 뒤엉켜버렸다. 폴이 나를 끌어안았고 내 두 손이 그의 옷 안으로 미끄러져 들어갔다. 겉옷과 속옷을 헤치고 들어간 내 손으로 그의 피부에서 올라오는 열기가 전해졌다. 뒤편에서 들리는 '고요한 밤 거룩한 밤' 노랫소리에도 아랑곳하지 않고, 폴과 나는 두 눈을 감은 채 오로지 우리의 열정에 취해 뒤엉켜 있었다.

1942년 새해가 밝았다. 우리 가족은 여전히 레미가 포로로 잡혀 있는 날을 헤아리고 있었다. 1월 12일. '보고 싶은 레미에게, 이런 말을 할 수 있는 사람이 너밖에 없구나. 폴이 내게 청혼했어! 네가 집으로 돌아오면 바로 결혼식을 올릴 예정이야.' 2월 20일. '보고 싶은 오딜에게, 나를 기다릴 필요는 없어. 지금의 행복을 누려야지.' 3월 19일. '보고 싶은 레미에게, 마거릿과 나는 더 이상 스타킹을 구할 수 없어서 다리에 베이지색 파우더를 발라. 비찌는 우리가 정신이 나갔다고 생각할 거야.' 4월 5일. '보고 싶은 오딜에게, 비찌 생각이 맞는 것 같은데? 그나저나 책 보내줘서 고마워. 내가 모파상 읽고 싶어 하는지 어떻게 안 거야?'

한 사람도 빼놓지 않고 어떤 식으로든 당국의 명부에 등록되어 있어야만 했다. 주부들은 배급을 받기 위한 등록을 했고 외국인과 유대인들도 경찰서에 가서 신고나 등록을 했다. 프라이스-존스 씨도 매주 정기적으로 신분 확인을 해야 했다. 그런데 마거릿은 단 한 번도 신분 확인 절차를 밟지 않았다. 건물 사이를 지나가다 보면 벽에 독일군을 몰아내자는 구호를 갈겨써놓은 걸 종종 볼 수 있었다. '유대인을 몰아내자' 같은 구호도 있었다. 지난 세계 대전의 영웅인 페탱 원수는 독일군 점령 지역을 제외한 나머지 지역에서 프랑스의 실질적인 지배자가 되어 프랑스를 대표하는 구호인 '자유, 평등, 박애'를 '노동, 가족, 조국'으로 바꿔버렸다. 파리 사람들의 솔직한 심정은 '긴장, 분노, 원망'이었지만.

폴과 나는 샹젤리제 거리의 가로수 그늘 아래를 돌아다녔다. 독일군과 그들의 현지 여자 친구가 가득한 카페가 즐비했다. 독일군에게는 맥주와 여자들이 좋아할 만한 비싼 장신구를 살 수 있는 마르크화가 있었다. 동부 전선과 멀리 떨어져 있는 파리의 독일군은 외로운 처지의 예쁜 파리 여성과 어울리며 전시 상황이라는 현실을 잊고자 했다.

그렇다고 그 여자들을 비난할 수는 없었다. 열여덟 꽃다운 나이에 춤추러 가고 싶지 않은 사람이 어디 있겠는가. 또 서른 살 엄마들은 금전적인 도움이 절실했다. 남편들은 전사했거나 멀리 포로수용소에 끌려가 있었다. 여자들도 그저 최선을 다해 삶을 꾸려가는 것뿐이었다. 각자 처한 현실이 다르다는 걸 알고 있음에도 그 화려한 여자들 옆을 지나가는데 내 스스로가 몹시도 초라하게 느껴졌다. 나는 혈색이 조금이라도 돌아오기를 바라며 뺨을 꼬집었다. 그리고 생각했다. '전쟁통에는 나 같은 모습이 정상인 거야.'

"나도 당신한테 보석을 사주고 싶어요." 폴이 독일군과 여자를 노려보며 말했다. "당신에게 어울릴 만한 것을 해줄 수 없어서…… 정말 화가 나요."

"당신에 대한 나의 감정은 그런 것하고는 아무 상관없어요."

"우리는 빈털터리인데 저 더러운 여자들은 없는 게 없으니. 독일군이나 물고 빠는 창녀 같으니……."

"그렇게까지 말할 필요는 없잖아요!"

"하지만 저 여자들은 부끄러운 줄 알아야 해요. 빌어먹을 독일놈들에게 딱 달라붙어서 아양을 떨고 있잖아요. 절대 잊어버리지 않도록 가서 따끔하게 한마디해야겠어요."

폴은 어금니를 꽉 깨물고 주먹을 움켜쥔 채 독일군과 여자에게 다가갔다. 그런 그의 모습이 너무나 낯설었다. 그를 알게 된 후 처음으로 그가 무섭게 느껴졌다.

"괜한 싸움 걸지 말아요. 그럴 만한 가치도 없어요." 나는 필사적으로 그의 팔을 붙잡고 매달렸다.

거리에서 독일군을 피하는 일이 점점 불가능해졌다. 그들은 우리가 자주 가는 카페를 차지했다. 그리고 거리에 더 많은 검문소를 설치했다. 어디서 독일군이 불쑥 나타날지 예측하기도 어려웠다. 생거 박사에게 과학 관련 책을 가져다주려고 몽마르트르로 가다가 바로 전날까지도 보지 못했던 철제 바리케이드를 통과하게 되었다. 어느 독일군 병사가 내 가방을 낚아채더니 가방 안에 든 것을 땅바닥에 마구 집어던졌다. 두꺼운 책이 바닥에 부딪혀 펼쳐지자 나도 모르게 움찔했다. 병사는 책을 집어 들어 후루룩 넘겨봤다. 무슨 극비 암호문이나 칼 같은 걸 찾는 듯했다. 어쩌면 그냥 지루했던 걸지도 몰랐다. 책 제목을 본 병사가 능글맞게 웃었다. "프랑스 아가씨가 물리학 전문 서적을 다 읽네?"

나는 고등학교에서 물리 수업을 들었던 때가 언제인지 기억조차 나지 않았다. 만일 그 독일군이 뭐라도 묻는다면 곤란해질 게 뻔했다. 이웃 사람 거라고 할까? 아니다. 내가 먼저 말을 걸어보자.

"그럼 여자들은 자수 책 같은 것만 봐야 한다는 말인가요?"

병사는 내 가방을 돌려주며 떨어진 책을 주워가라고 했다.

도서관으로 복귀한 나는 마거릿에게 경고를 해주려 했으나 그녀는 자신이 처해 있는 위험 자체를 인정하려 들지 않았다. 심지어 동료였던 웨드 양이나 센강 좌안에서 서점을 운영하는 비치 양 같은 외국인이 갇혀 있는 수용소로 보낼 책을 포장하면서도 자신과는 상관없는 일이라고 생각하는 것 같았다.

"아직도 경찰서에서 외국인 등록 안 했어요?" 이 질문만 벌써 열 번째였다.

"나는 내가 프랑스인 같아요. 그걸로 충분하지 않을까요." 마거릿은 낸시 밋포드의 《크리스마스 푸딩》과 《비둘기 파이》를 겹쳐놓으며 말했다.

"아니면 독일군 점령 지역 밖에 있는 로렌스에게 돌아가는 건 어때요?"

"남편의 내연녀가 달가워하지 않을걸요."

내연녀? 그럴 리가. 나는 우리가 그동안 나눴던 대화를 되짚어봤다. 그 속에 혹시 내가 놓친 단서가 있었나. 언젠가 그녀가 남편이 '친구'와 함께 있다고 했을 때 나는 그 말을 액면 그대로 받아들였었다. 그러고 보니 마거릿은 남편에게서 편지가 왔다거나 남편이 그립다는 말 같은 걸 지금까지 한 번도 하지 않았었다. 아, 오딜, 이 바보야. 그녀가 말없이 고통을 겪는 동안 나는 눈치 없이 폴 이야기를 떠들어댔다. 나는 책만 읽을 줄 알았지 상대방의 마음은 전혀 읽지 못하는 눈치 없는 사람이었다.

내연녀 때문에 마거릿이 이혼을 할 수도 있었다. 그로 인해 마거릿이 런던으로 돌아가거나 카로 이모처럼 소리 소문 없이 사라지면 어쩌나 걱정이 되었다. 내가 얼마나 정신 나간 표정을 지어 보였는지 마거릿이 내 손을 잡았다. "영국과 프랑스의 외교 관계는 이미 예전에 단절됐어요." 그녀가 말했다. "로렌스는 그녀를 위해 남은 거고 나와는 다른 삶을 살고 있어요. 물론 크리스티나를 생각하면 결코 원하지 않았던 일이고, 우리 딸이 앞으로 다시는 아빠를 볼 수 없을 수도 있지만 받아들이고 감수해야겠죠."

"멍청한 인간. 이렇게나 사랑스럽고 용감한 당신을 두고. 그런 바보가 또 어디 있을까요."

마거릿이 희미하게 웃었다. "오딜처럼 나를 생각해주는 사람은 없어요."

나는 마거릿의 손을 꼭 쥐었다. "로렌스가 이혼을 요구할 거라 생각해요?"

"우리 같은 처지의 부부는 공식적으로 이혼하지 않아요. 그냥 이런 상태로 지내는 거죠."

"그럼 여기 계속 머무를 건가요?"

"나는 도서관을 절대로 떠나지 않을 거예요."

"약속하는 거죠?"

"그럼요. 지금까지 했던 약속 중에서 가장 지키기 쉬운 약속이니까."

"계속 여기 머무를 거라니 너무나 기쁘지만 그렇다고 당신이 어려움을 겪는 건 바라지 않아요. 웨드 양처럼 독일군에게 체포라도 되면 어떡해요? 그러니 제발 경찰서에 가서 신고하고 등록해요. 지금은 그게 규정이잖아요."

"규정이라고 모두 다 따라야 하는 건 아닌걸요." 마거릿이 내 손

을 떼어내고 책이 담긴 상자의 뚜껑을 단단하게 닫았다. 이야기는
그걸로 끝이 났다.

제
*4*
장

## 마거릿
### Margaret

저녁 하늘이 은빛으로 물들어갈 무렵 마거릿은 지하철역 계단을 올라가며 오늘 밤은 딸아이에게 어떤 책을 읽어줄까 고민하고 있었다. 《염소 벨라 이야기》? 아니면 《고양이 호머 이야기》? 그러다 마거릿은 새로 설치된 검문소를 너무 늦게 발견하고 말았다. 마거릿은 천천히 뒷걸음질을 쳤다.

한 독일군 병사가 손을 내밀었다. "보 파피예."

신분 증명서를 요구하는 병사의 프랑스어에 거친 독일어 억양이 섞여 있었다.

마거릿이 신분증을 내밀었다.

그는 신분증을 검사하더니 그녀를 쳐다봤다. "앙글레즈?"

내가 영국인이냐고? 연합국 국민이냐는 뜻이겠지.

병사가 마거릿의 팔을 붙들었다. 병사의 손이 가슴을 스치자 마거릿은 그 손길을 피하기 위해 본능적으로 몸을 움츠렸다.

마거릿은 오늘 그들이 찾아낸 유일한 외국인이었다. 병사들은 그녀를 앞으로 밀며 인도를 따라 내려갔다. 마거릿은 이렇게까지 공포에 질려본 적이 없었다. 이 남자들은 마거릿을 어느 외진 곳으로 끌고 가 마음대로 유린하고 그녀의 인생을 영원히 뒤바꿔놓을 수도 있었다.

여섯 블록 정도 걸어가서 그들은 독일군이 점령한 어느 경찰서 건물로 들어섰다. 건물 한쪽에 책상이 쭉 늘어서 있고, 다른 한쪽의 유치장에 나이가 꽤 들어 보이는 여자 셋이 벤치에 웅크리고 앉아 있었다. 짓뭉개진 눈 화장이며 구겨진 옷차림을 보니 여러 날을 이곳에 갇혀 있었던 모양이었다.

"우리 딸이……," 독일군 병사가 마거릿을 유치장으로 밀어 넣으려 하자 그녀가 말했다. "딸한테 전화 한 통만 해도 될까요?"

"어디 놀러 온 줄 알아?" 그가 소리쳤다. "손님 대접이라도 해달라는 거야?"

여자들이 자리를 만들어줬고 마거릿은 벤치 가장자리에 조심스럽게 앉았다. 평상시라면 자신을 세인트 제임스 부인이라고 소개했겠지만 유치장에서 격식을 차리는 건 우스꽝스러운 일이라는 생각이 들었다.

"전 마거릿이에요. 영국인이라는 게 죄목이고요."

"우리도 마찬가지예요."

"독서 모임이 끝나고 집으로 걸어가는데 독일군이 우리를 붙잡았어요."

"그것 말고는 아무 잘못도 없는데!"

"저 건장한 독일군들은 우리 같은 가냘픈 여자들이 프루스트의 책을 읽지 못하게 막아냈다고 자랑스럽게 떠벌리고 다니겠죠."

장교들이 집으로 돌아가고 젊은 병사 하나만 남아 책상 앞에 앉아서 책을 읽었다.

"'앙트르 누', 우리끼리 하는 말이지만 저 병사가 여기 새로 오신 분에게 관심이 있는 것 같은데."

마거릿은 병사의 시선이 책을 떠나 유치장 안을 향하고 있다는 사실을 알아챘다. 쓸쓸한 경찰서 건물 안에서 눈 둘 데가 마땅치 않을 것 같기도 했지만.

"여기 며칠이나 갇혀 있었어요?" 마거릿이 물었다.

"일주일이요. 충분히 붙잡아뒀다는 생각이 들면 그때는 수용소로 보낼 거예요. 마실 것도 먹을 것도 없이, 벼룩이 득실거리고 지루해 죽으려 하는 병사들만 있는 곳으로요."

밤이 되자 유치장의 여자들은 다시 하룻밤을 지낼 준비를 했다. 먼저 잡혀와 있던 여자들은 점점 더 견디기 힘들어하는 것 같았다.

"영원히 여기 잡아둔다면 어떻게 하지?"

마거릿이 가방에서 《프라이어리》를 꺼냈다. "제가 책 읽어드릴게요." 여자들이 자리를 잡고 앉았다. "'해가 거의 졌다. 24킬로 떨어진 두 마을 사이를 고속도로를 타고 왔다 갔다 하는 자동차들이 전조등을 켰다. 차가 지나갈 때마다 선비 프라이어리의 입구도 밝아졌다 어두워졌다를 반복했다.' 아, 선비 프라이어리는 오래됐지만 아주 아늑한 저택이에요."

한 장을 거의 다 읽어가자 여자 하나가 하품을 했다. 세 여자는 바닥에 웅크리고 누워 잠을 청했다. 시멘트 바닥이 몸이 누울 침대고 가방이 머리를 댈 베개였다. 마거릿도 그 무리에 끼어들었다.

"벤치 위에서 자요."

"우리보다 옷도 덜 걸치고 있잖아. 그러니까 저 위에서 자도록 해요."

그들의 작은 친절에 마거릿은 깊은 감동을 받았다. "그냥 같이 누울게요."

《프라이어리》를 베고 누운 마거릿은 진주 목걸이를 어루만졌다. 사실 어머니에게 물려받은 이 목걸이는 로렌스가 모임에서 남들에게 과시하라고 사다 준 보석과는 급이 다른 싸구려였다. 하지만 마거릿은 이 목걸이를 차고 있으면 어머니의 사랑이 자신을 포근하게 감싸주는 것 같았고, 어머니의 부드러운 입술이 속삭이는 소리가 느껴져서 좋았다.

'공부 열심히 해. 그럼 엄마처럼 공장에서 일할 필요가 없어.' 엄마는 이렇게 이야기했지만 할머니는 마거릿이 마음만 먹으면 어떤 남자라도 손에 넣을 수 있을 거라고 했었다. 아무나 범접할 수 없는 그녀의 외모라면 낮은 신분쯤이야 얼마든지 극복할 수 있다는 것이었다. 할머니는 남자와의 만남을 낚시에 비유했다. 어디든 상대가 많은 곳에 가서 가장 훌륭한 미끼를 놓고 가만히 기다리라고 했다. 마거릿과 친구들은 고급 식당 근처를 서성이다가 얌전한 척하며 식당 앞을 지나갔다. 짙은 푸른색 정장을 입은 당당한 모습의 로렌스를 본 마거릿은 일부러 지갑을 떨어트렸고 로렌스가 마거릿의 지갑을 주워줬다. 모든 게 계획대로 착착 진행되었다.

결혼식에서 마거릿은 실크로 만든 최고급 예복을 입었다. 사람들을 향해 끊임없이 웃어 보이느라 얼굴 근육이 마비될 지경이었다. 마거릿은 결혼식 이후의 일에 대해서는 생각해본 적이 없었다. 당연히 첫날밤에 대해서도 아무 생각이 없었다. 첫날밤이 가져다준 충격은 좋기도 했지만 한편으로는 너무나 어색했다. 때문에 신혼여행을 떠날 수 없다는 사실도 크게 신경 쓰이지 않았다. 로렌스는 신참 외교관이었고 이들 부부는 나라 간의 평화 유지를 위해 열리는 중요한 행사와 모임에 불려 다녔다.

런던 남부의 퍼트니에서 열린 칵테일파티에서 로렌스는 마거릿의 등에 다정하게 손을 얹은 채 이탈리아 대사, 독일 대표단 사이를 돌아다니며 프랑스어로 마거릿을 자신의 아내라고 소개했다. "부아시 마 팜!" 마거릿은 그 자리의 모든 이들이 프랑스어를 알아듣고 프랑스어로 말할 줄 안다는 사실에 적잖이 놀랐다. 어쨌거나 지금 이곳은 영국 땅이 아닌가. "프랑스어는 외교 전용 언어야." 로렌스가 알려줬다. "당신도 프랑스어 공부했다고 하지 않았어?"

그렇다. 예전에 마거릿은 로렌스에게 프랑스어를 공부했다고 말했었다. 마거릿은 거짓말을 하지 않으려고 조심했다. 어쨌든 프랑스어를 공부한 건 맞았다. 하지만 4년간의 프랑스어 수업에서 낙제를 면치 못했다.

파티가 진행되는 동안 로렌스는 대부분의 대화를 혼자 이끌어가며 그럭저럭 마거릿의 공백을 채웠고 그녀는 그게 큰 문제가 된다고 생각하지 않았다.

마거릿은 칵테일을 마시며 다른 외교관 부인들이 재치 있는 말재주로 완고한 외교관들의 비위를 맞추면서 너털웃음을 터트리게 만드는 모습을 지켜보기만 했다.

정찬을 함께하는 자리에서 마거릿은 소심해 보이는 체코슬로바키아인과 무뚝뚝한 러시아인 사이에 끼어 앉게 되었는데 역시나 말 한마디 제대로 못했다. 그녀는 남편에게서 아주 작은 도움이라도 얻을 수 있기를 바랐지만 로렌스는 그녀의 시어머니가 그랬던 것처럼 그녀를 경멸의 눈초리로 쳐다볼 뿐이었다. 다행히도 남자들이 담배를 피우는 동안 여자들은 응접실에 따로 모이게 되었다. 마거릿은 옷차림이나 유행에 대한 이야기를 기대했으나 부인들은 중요한 정치적 사안에 대해서만 이야기했다. 마거릿은 좀처럼 대화의 주제를 따라잡지 못했다. 이탈리아에는 최고 통치자가 있고 독일에는 총리가 있고 프랑스에는 대통령에 수상까지 있다니. 혼란스러운 것투성이였다.

마침내 난감했던 순간이 마무리되었다. 파티가 열렸던 호텔 앞에서 로렌스와 차를 기다리는데 한 프랑스 여자가 다가왔다. 시퀸 드레스를 입은 여자가 로렌스의 뺨에, 하지만 입술에 거의 닿을 정도로 입을 맞추면서 완벽한 억양의 영어로 말했다. "로렌스, 마거릿에게 신문 구독 좀 시켜줘요. 그럼 뭐 하나라도 도움되는 걸 배울 수 있지 않겠어요?"

기사가 모는 차를 타고 돌아오면서 마거릿은 말했다. "별문제 없었어요. 그리고 가정 교사를 구하면 예전에 배웠던 프랑스어를 다시 다듬을 수 있을 거예요."

로렌스는 아무 대답도 하지 않았다. 차 안의 실내등 아래에서 마거릿은 그녀의 어머니에게서 봤던 것과 똑같은 표정이 남편의 얼굴에 떠오른 것을 봤다. 시장에서 사온 과일에서 상한 부분을 발견했을 때의 표정이었다. 장사꾼에게 속아 넘어간 자기 자신에 대한 짜증이 어린 표정.

"내가 뭘 하면 될지 말해주세요. 뭐든 다 할게요." 마거릿이 애원했다.

로렌스는 그런 마거릿을 거들떠보지 않았다. 그리고 다시는 마거릿의 손끝 하나도 건들지 않았다.

한 주가 지나고 마거릿은 친구들을 불러 차를 마셨다. 친구들은 화려한 집에 부자 남편, 그리고 다이아몬드 반지 등 마거릿이 가진 모든 것에 흠뻑 매료되었다. "꿈에 그리던 걸 모조리 손에 넣었구나!"

유치장에서 세 여자 중 한 명이 몸을 가까이 붙여오자 그 체온 덕분에 마거릿은 잠을 청할 수 있었다. 마거릿은 잠이 들면서 생각했다. 꿈에 그리던 걸 모두 손에 넣은 건 분명한 사실이라고. 다만 자신이 원하는 건 그 이상이었다고.

마거릿은 한밤중에 잠이 깼다. 누군가 그녀의 어깨를 쿡쿡 찔렀던 것이다. 경찰서를 홀로 지키던 독일군 병사가 그녀를 내려다보고 있었다. 마거릿은 그를 피해 뒤로 물러서려 했지만 그럴 만한 공간이 없었다.

"내가 풀어줄게." 병사가 속삭였다.

유치장의 문이 열려 있었다. 그녀는 다른 여자들을 깨우려고 몸을 일으켰다.

"다른 사람들은 안 돼. 당신만."

"왜 나만……?"

"예쁘니까. 당신 같은 여자는 이런 데 어울리지 않아."

이 병사도 로렌스와 비슷했다. 그저 자신이 원하는 것만 보고 있었다. 마거릿은 다시 바닥에 드러누웠다.

"할 수만 있다면 다 내보내주고 싶지만," 그가 말했다. "뒷감당할 자신이 없어서."

마거릿은 병사를 쏘아봤다. 그가 자신의 눈앞에서 자유를 조건으로 장난을 치고 있다는 사실이 너무나도 화가 났다. "전쟁터에 나왔으면 거짓말하는 것 정도는 배우지 않나요?"

"다 내보내기엔 무리라니까."

"당신네 대장이 빈 유치장을 보면 역정을 낼 테지만 잠깐만 참으면 되잖아요. 우리 입장을 한 번이라도 생각해봤나요? 사랑하는 사람들과 헤어져 먹을 것도 없는 얼어붙은 수용소로 보내지는 최악의 상황을요. 게다가 거기는 책도 없잖아요."

"그럼 네 사람 다 내보내줄게……."

"메르시. 당케." 뜻밖의 상황에 마거릿은 프랑스어와 독일어로 연신 고맙다는 말을 했다.

"네 사람 다 내보내줄게. 하지만 나한테 그 소설 좀 읽어줘."

"네?"

"하루에 한 번씩 만나. 판테온 사원 앞 아니면 당신이 편한 곳 어디든."

"그건 안 돼요."

"하루에 소설 한 장씩."

마거릿은 병사의 얼굴을 자세히 보고 싶었지만 희미한 불빛을 등지고 있는 탓에 잘 보이지 않았다.

"왜죠?"

"그냥 다음 이야기가 어떻게 되는지 알고 싶으니까."

파리

1942년 5월 9일

경찰 담당자 귀하,

파리 미국 도서관의 관장 클라라 드 샹브렝 백작 부인이라는 사람에 대해 알려드립니다. 이 여자는 도서관의 수석 사서와 관리인이 독일 본토로 보내져 노동을 하게 되는 것을 막고, 그들을 도서관에 두기 위해 거짓으로 손을 쓰고 여러 곳에 연줄을 댔습니다.

또한 수석 사서 보리스 니셰프는 매일 저녁 유대인의 집을 찾아다니며 그들이 읽고 싶어 하는 책을 전해주고 있습니다. 당국에서 금지하는 불온하고 외설스러운 책이 오가고 있다고 해도 전혀 놀랍지 않은 상황입니다. 보리스라는 자에게는 그 어떤 도덕적 의식도 없습니다. 뿐만 아니라 도서관 장서의 순수한 혈통을 보존하고자 하는 노력도 거부하고 있습니다. 그는 자신이 프랑스 국적을 가지고 있다고 주장하고 있습니다만 그것조차 의심스러운 상황입니다.

담당자께서는 주어진 임무에 충실해주시기 바랍니다. 파

리에서 이런 불온하고 퇴폐적인 외국인을 몰아내는 것이
당신의 임무 아닙니까?

익명의 제보자 올림

제
5
장

---

# 오딜
## Odile

아침 식사는 귀리죽 몇 숟가락에 세 조각으로 나눈 달걀프라이였다. 엄마는 흘러내리는 노른자를 흰자에 조심스럽게 올려 담았다. 한때 통통했던 엄마의 두 뺨은 건자두처럼 움푹 패였고, 아빠는 살이 너무 많이 빠져서 바지 치수를 줄여야 했다. 풍성한 수염도 쓸쓸한 입가의 주름을 감출 수는 없었다.

"빨리 결혼해야지. 언제까지 노처녀 신세로 도서관에 박혀 있을 셈이냐?" 아빠가 말했다. "도대체 뭐가 문제야?"

나는 레미의 빈자리를 응시했다. 이럴 때마다 옆에서 거들어주던 레미가 그리웠다.

"폴은 아주 좋은 사람이야." 아빠의 이야기가 계속되었다.

"그런데 왜 폴과 결혼하지 않는 거냐?"

"그만 좀 해요!" 엄마가 말했다.

아빠가 입을 다물었다. 사방이 조용한 가운데 레미의 말소리가 들리는 것 같았다. '하실 말씀이 그거밖에 없으세요? 도대체 뭐가 문제인지 우리도 알았으면 좋겠어요!'

도서관에 출근했지만 미처 건물 안으로 들어서기도 전에 보리스가 나타나 책 한 무더기를 안겨줬다. 상관없었다. 이제는 사방이 검문소 천지였고 보리스와 백작 부인 역시 그만큼의 책을 전해주고 있었다. 나는 코헨 교수를 찾아가는 길에 푸르게 피어나는 6월의 아침을 애써 즐겨보려고 했다. 하지만 아빠의 잔소리가 귓전을 떠나지 않았다. '도대체 뭐가 문제냐? 도대체 뭐가 문제야?'

나는 코헨 교수의 집 거실에 있는 긴 의자에 주저앉았다. 그러고는 힘겨운 소리로 시간을 알려주는 오래된 괘종시계를 보다가 늘 텅 비어 있는 화병을, 그리고 걱정하는 기색이 역력한 코헨 교수의 두 눈을 쳐다봤다.

"별일 없는 거지?"

개인적인 감정을 터트리는 건 어른답지 못하지만 다행히 코헨 교수가 먼저 물어봤으니 마음껏 털어놓아도 될 터였다. "아빠가 저보고 빨리 결혼하라고 하세요."

의자에 앉아 있던 코헨 교수가 몸을 내 쪽으로 숙였다. "폴과 약혼했어?"

"네!" 나는 혼자서 간직하고 있던 비밀을 누군가와 나눌 수 있어 기분이 좋아졌다. "그렇지만 레미만 알아요. 이제는 교수님도 알게 됐지만요."

그녀의 얼굴에서 걱정이 사라졌다. "샴페인이 필요한 순간이네. 하지만 남은 게 버찌로 빚은 술뿐이라." 코헨 교수가 찬장에서 병 하나를 꺼내와 유리 잔 두 개에 술을 따랐다.

"두 사람을 위하여."

우리는 달콤한 와인을 한 모금 들이켰다.

"그런데 왜 부모님한테는 비밀로 하는 거야?"

"아빠가 알면 당장 결혼식 날짜를 잡고 손주들 이름까지 지을걸요. 엄마는 제 방을 혼숫감으로 가득 채울 테고요. 엄마가 손수 바느질한 온갖 깔개며 덮개에 파묻히게 될 거예요. 하지만 무엇보다도 레미를 기다리고 싶어요. 결혼을 언제 할지는 아빠가 아니라 제가 내릴 결정이라고요."

"충분히 이해해. 이해하고말고. 그렇지만 우리 어머니가 늘 하시던 말씀이 있지. '사람을 있는 그대로의 모습으로 받아들여라. 자신이 원하는 모습으로는 말고.'"

"무슨 뜻이에요?"

"오딜네 아버지는 연세도 많으시고 지금껏 그랬듯 앞으로도 변하지 않으실 거야. 콩 심은 데 콩 난다고 오딜도 아빠 닮아서 한 고집하겠지? 그렇다면 방법은 하나뿐이야. 아버지를 바라보는 오딜의 시선을 바꾸는 거지."

"그게 가능할까요."

"아버지께 말씀드려봐." 코헨 교수가 말했다. "폴에 대해 어떤 감정인지 솔직하게 알려드려. 결혼보다 레미가 돌아오는 게 먼저라는 말씀도 드리고.”

“아빠는 그저 저를 결혼시키지 못해 안달이신 것뿐인데요.”

“아버지도 레미를 그리워하실 거야. 그러니까 분명히 오딜의 입장을 이해해주시겠지.”

나는 입을 삐죽 내밀었다. “교수님은 우리 아빠를 잘 모르세요.”

“오딜도 나중에 나이가 들면…….”

나는 작별 인사를 하고 여전히 뺘루퉁한 채로 쿵쾅거리며 계단을 내려왔다. ‘나중에 나이가 들면! 도대체 뭐가 문제냐?’ 나는 블랑슈 거리를 돌아 나오다가 우아한 푸른 재킷을 걸친 흑갈색 머리의 여자를 봤다. 그녀의 옷깃에 노란 별이 붙어 있었다. 나는 그 자리에 얼어붙고 말았다. 그리고 내가 얼마나 옹졸한 사람인지 뼈저리게 깨닫고 자존심에 커다란 상처를 입었다.

유대인들은 더 이상 교편을 잡을 수도, 공원을 산책할 수도 없었다. 심지어 샹젤리제 거리는 출입 금지였다. 공중전화 사용도 불가할뿐더러 지하철은 맨 끝 량에만 탈 수 있었다. 내 쪽으로 오던 여자는 당당한 듯 고개를 치켜들었지만 떨리는 입가를 숨기지 못했다. 나는 그 노란 별에 대해 들은 적이 있었지만 눈으로 본 건 이번이 처음이었고 어찌해야 할지 몰랐다. 친절하게 웃어 보이며 이런 기이한 신분 증명 방식에 모두가 동의하는 건 아니라는 사실을 알려줘야 할까. 그저 앞만 보고 걸어가면서 아무것도 달라진 건 없다는 신호를 보내야 할까. 하지만 나는 그 여자가 나를 스치는 순간 못 본 척 눈을 돌려버렸다. 나 역시 다른 사람들과 똑같은 시선으로 그녀를 바라보고 있다는 사실을 증명하고 말았다.

이제 유대인들은 단지 배척의 대상이 아닌 어떤 증오의 표적이 되었다. 그리고 이 와중에 나란 사람은 아주 개인적이고 사소한 문제로 코헨 교수 앞에서 불평이나 늘어놓고 있었던 것이다.

마거릿과 나는 오전 내내 낡은 책을 수선했다. 더 이상은 새로운 책을 들여올 수 없는 형편이라 책 한 권 한 권이 너무나 소중했다. 피곤하고 배가 고팠지만 계속해서 책등과 표지 앞뒤에 풀칠을 했다. 그렇게 같은 일을 반복하자니 축음기의 음반 돌아가는 속도가 느려지듯 동작이 점점 느려지기 시작했다. 하던 일을 멈춘 마거릿의 오른쪽 입꼬리가 슬며시 위로 올라갔다. 내가 마거릿의 이름을 두어 번 불렀지만 그녀는 듣지 못했다.

"마거릿?" 나는 그녀의 무릎을 슬쩍 쳤다.

"아, 미안해요. 딴생각을 좀 하느라."

"작업 중에 그러면 사고 나요." 내가 말했다.

마거릿은 웃음을 터트렸다. 반짝거리는 눈동자는 사랑에 빠진 사람의 것이었다. 남편인 로렌스가 다시 돌아온 걸까?

"로렌스가 돌아왔나요?"

마거릿이 깜짝 놀란 듯 나를 보고 입을 딱 벌렸다. "무슨 그런 말을! 갑자기 왜 그런 생각을 한 거예요?"

"행복해 보여서요." 그녀는 언제나 아름다운 모습이었지만 지난 3주 동안 표정이 많이도 바뀌었다. 더 밝아진 것이었다. 마치 오전에 꼈던 안개가 오후의 햇살 속에 다 걷힌 것 같은 느낌이었다. 그 변화가 너무 서서히 일어나는 바람에 나는 이제서야 눈치를 챘다.

마거릿은 당황해서 잠시 머뭇거리다가 말했다. "당신 말이 맞아요."

"무슨 좋은 일이라도 있어요?"

"요즘《프라이어리》를 큰 소리로 읽고 있거든요."

"소리 내서요?"

"그것도 절대 큰 소리로 읽어줄 수 없는 사람에게요."

마거릿의 이야기를 더 듣고 싶었는데 마침 군화 소리가 들려와 우리의 신경은 그쪽으로 쏠렸다. 훅스 박사와 부하 둘이 도서관에 나타났다. 사람들은 제자리에 꼼짝 않고 있었다. 어느덧 파리 사람은 독일군을 보는 일에 익숙해졌지만 도서관에서 그들을 맞닥뜨리는 건 결코 흔한 일이 아니었다. 도서관 보호인이라는 훅스 박사가 마지막으로 이곳을 찾아온 지도 벌써 수개월 전의 일이었고 그동안 많은 것이 변했다. 리더 관장은 프랑스를 떠났고 독일과 미국은 전쟁 중이었다. 그런데 왜 지금 저들이 이곳을 찾아왔을까?

훅스 박사는 안경테를 바로잡으며 관장이 어디 있느냐고 물었다. 나는 그를 클라라 드 샹브렝 백작 부인의 사무실로 데려갔다. 비찌가 그 뒤를 조심스럽게 따라왔다.

독일군 고위 장교를 많이 만나본 백작 부인은 훅스 박사의 도착을 알렸음에도 크게 놀라지 않고 심드렁한 얼굴이었다. 하지만 훅스 박사는 그렇지 못했다. 리더 관장의 책상에 낯선 사람이 앉아 있는 광경을 본 박사의 두 눈이 휘둥그레졌다. 그는 사무실을 둘러보고 다시 나를 노려봤다. 마치 내가 리더 관장을 깊숙한 어딘가에 숨겨놓기라도 한 듯한 표정이었다.

"이게 다 무슨 일입니까?" 그가 따지듯 물었다.

"클라라 드 샹브렝 백작 부인이십니다. 현재 파리 미국 도서관 관장을 맡고 계세요." 내가 대답했다.

"리더 관장은요?" 그녀를 걱정하는 듯한 목소리였다.

"리더 관장은 본국으로 돌아갔어요." 백작 부인이 대신 대답했다.

"내가 분명히 모든 걸 책임지고 보호해주겠다고 약속했는데 왜 떠났단 말입니까?"

"아마도 돌아오라는 명령을 받았겠지요. 박사님과의 약속보다 더 긴급한 명령이었을 겁니다."

복도로 나와 비찌를 만난 나는 의아한 듯 물었다. "저 사람 왜 저렇게 화를 낼까요?"

"리더 관장님이 작별 인사도 없이 가버렸으니까요. 그리고 저 사람은 지금 화가 난 게 아니라 상처를 받은 거예요."

아, 그렇구나. 리더 관장을 사랑하는 마음이라……. 나는 훅스 박사의 인간적인 면모에 살짝 호감이 갔다.

훅스 박사는 자격 문제부터 시작해 도서관 장서의 가치, 도서관의 보험 대책 등에 대해 심문하듯 백작 부인을 몰아붙였다. 백작 부인은 차분히 답을 해줬고 훅스 박사는 겨우 만족한 듯 직원들의 봉급 인상 금지부터 책 판매 금지까지 몇 가지 규칙을 제시했다. "다시 약속드립니다만 파리 미국 도서관은 현 상태를 유지하게 될 겁니다." 그가 말했다. "물론 점령군 사령부에서 어떤 식으로든 관여를 안 할 수는 없을 건데, 책상 서랍에 파리와 베를린의 내 연락처가 있을 테니 문제가 있으면 언제든 연락을 주십시오."

포로수용소 전용 우편

1942년 11월 30일

66

보고 싶은 오딜에게,

답장 못해서 미안해. 종이를 구할 수 없었어. 이곳 포로들 상당수가 이런저런 병을 앓고 있고 나도 부상이 완전히 낫지 않아서 힘들어. 독일군 경비들이 설마 우리를 죽이겠나 싶다가도 그렇다고 딱히 우리를 살려둘 명분이 있는 것 같지도 않거든. 들리는 말로는 독일군이 쓸 의약품마저 부족하다던데.

같은 막사에 있는 마르셀이 또 사고를 쳤어. 소젖 짜는 일을 망친 얘기한 적 있지? 이번에는 그 농장의 트랙터를 몰다가 도랑에 처박아버렸어. 그런데 트랙터가 뒤집힐 때 같이 넘어지면서 팔이 깔린 거야. 수용소장이 다른 포로를 보내준다고 했지만 농장 주인은 프랑스군 포로의 도움 따위 필요 없다고 했대.

한 동료는 메이 웨스트[3] 같은 멋진 몸매에 천사같이 예쁜 젊은 과부 집에서 일하게 됐는데 그 과부랑 사이가 가까워진 거야. 전쟁이 끝나도 여기 남겠다더라. 다들 안타까워하고 있어.

그 과부가 추수를 도와준 것에 대한 감사 인사로 라디오 하나를 몰래 줬어. 독일에는 히틀러 못지않게 악독한 사람도 있지만 나치를 반대하고 연합군의 선전 방송을 숨어서 듣는 사람도 있어. 너와도 그렇고 세상과도 단절되어 있다는 현실이 너무 힘들었는데, 라디오 덕분에 매일 먹을 빵은 모자랄지언정 바깥 소식을 들을 수 있어서 얼마나 기쁜지 몰라.

나는 요즘 네 편지와 너를 다시 볼 수 있으리라는 희망으로 버티고 있어. 다정한 가족이 있어서 참 다행이야. 고향 소식을 전혀 못 듣는 사람도 많거든. 혹시 마르셀에게도 뭔가 먹을 걸 보내줄 수 있다면 아주 좋아할 것 같아.

사랑해,
레미

어린이 열람실에서 레미의 편지를 읽은 비찌가 입술을 깨물었다. 레미의 뜻은 잘 알겠지만 가족 챙기는 것도 어려운 형편에 어떻게 다른 사람에게 먹을 걸 보내줄 수 있을까.

"'봉주르, 르 피', 안녕, 아가씨들." 마거릿이 들어오면서 프랑스어로 인사했다. "오딜, 대출 창구를 비워두면 어떡해요? 지금 사람들이 줄 서서 기다리는데."

"레미한테 편지가 와서요." 나는 레미의 편지를 영어로 바꿔 읽어줬다.

마거릿이 얼굴을 찌푸렸다. "이제부터 매달 레미에게 적당한 물건을 보낼 수 있게 해줄게요. 약속해요."

다음 날이 되자 마거릿이 작은 꾸러미 하나를 내밀었다. 안에는 소시지, 담배, 초콜릿 같은 게 들어 있었다. "이걸 어떻게?" 내가 놀라서 물었다.

"그런 건 신경 쓰지 말고요."

그녀의 집에 걸려 있던 화려한 액자며 초상화를 떠올린 나는 마거릿이 레미를 돕기 위해 자신의 물건을 하나둘씩 파는 상상을 했다. 마거릿은 그야말로 천사 같은 친구였다.

1942년 12월 20일

보고 싶은 레미에게,

함께 보낸 소포가 잘 도착했기를 바라. 카디건은 몸에 잘
맞으려나? 색깔은 어때? 우리가 어릴 때 입었던 스웨터
를 풀어서 새로 짜봤어. 엄마가 옷을 버리지 않고 보관해
둔 덕분이지. 혹시 소매 길이가 맞지 않는다면 미안해. 나
로서는 아무리 연습해도 나아지지 않는 부분이 있더라고.
간밤에 백작 부인이 제작한 '햄릿'을 보러 폴과 오데옹 극
장에 갔어. 전쟁 전에 누렸던 평범한 일상을 짧게나마 다
시 체험할 수 있다는 건 굉장히 멋진 일이었어. 비쩨와 나
는 숲으로 호랑가시나무의 가지를 주우러 갈 생각이야. 우
리가 전해주는 책 꾸러미의 장식용으로 쓰려고. 요즘은 책
을 부탁하는 사람이 많이 줄었어. 좀 이상하지.
비쩨가 너를 너무나 보고 싶어 해. 하긴 우리 모두 다 그
렇지. 네가 하루빨리 집으로 돌아오기만을 바라고 있어.

사랑해,

오딜

포로수용소 전용 우편

1943년 2월 1일

보고 싶은 오딜에게,

맛있는 음식 정말 고마워! 소포를 받은 마르셀의 얼굴을 네가 직접 봤어야 했는데. 다만 집에서 먹을 걸 줄이고 여기로 보낸 건 아닌가 싶어 걱정도 되네. 애초에 그런 부탁을 하지 말았어야 했는데.

여기는 다 괜찮아. 마르셀이 죽을 뻔했던 일만 빼고는. 휴게실에서 몇몇이 모여서 라디오를 듣고 있었어. 라디오 소리라고 해봐야 모기 소리만 하게 틀어놓았을 뿐인데 갑자기 경비병들이 들이닥친 거야. 대부분 몸을 피했는데 가엾은 마르셀만 방송에 너무 집중하느라 눈치를 못 챈 거지. 경비병들이 라디오를 박살내고 100명 가까운 포로를 막사 앞에 줄 세웠어. 이 추운 날씨에 코트 하나 못 걸치게 하고. 그러고는 누구 짓인지 자백하면 문제는 쉽게 해결될 거라고 으름장을 놓았지. 하지만 모두가 아무 말도 하지 않았어. 화가 난 수용소장이 나와서 마르셀의 무릎을 꿇리더니 머리에 총을 겨눴어.

"누구랑 같이 라디오를 들었나? 말하지 않으면 죽여버리겠다."

그런데 그 바보 같은 마르셀이 뭐라고 했는지 알아?

"그럼 나 혼자 죽으면 끝이겠군."

사랑을 담아서,

레미

파리

1943년 6월 1일

사령관 귀하,

프랑스 경찰 담당자에게 끊임없이 제보했지만 아무 효과
가 없어서 이렇게 독일군 사령부에 직접 소식을 알리고
자 합니다.

파리 미국 도서관에는 히틀러 총통을 우스꽝스럽게 묘사
해놓은 그림이 있습니다. 그리고 누구나 그 그림을 볼 수
있도록 전시해놓았습니다. 뿐만이 아닙니다. 앞서 제보했
듯 도서관 직원들은 유대인들에게 몰래 책을 가져다주고
있으며, 거기에는 읽어서는 안 되는 불온하고 외설스러운
금지 서적도 포함되어 있습니다.

도서관 직원 비쩌 주베르는 독일군 병사를 모욕하는 말을
하고 다닙니다. 그 여자는 독일군 병사 하나와 숙소를 공
유하고 있습니다. 그 여자가 그 불쌍한 독일 병사를 어떻
게 능욕하고 있는지는 오직 신만이 아실 겁니다. 자원봉
사자라고 자칭하는 마거릿 세인트 제임스는 암시장에서
음식을 사들이고 있습니다. 수많은 사람이 굶주리고 있
는데 통통하고 혈색 좋은 그 여자의 얼굴이란. 도서관 이
용자 중에 조프리 드 네르시아라는 사람은 레지스탕스[4]
에 자금을 대고 심지어 자신의 집에 그자들을 숨겨주기
까지 합니다.

파리 미국 도서관의 은밀한 곳에서는 로버트 프라이스-
존스라는 남자가 당국에서 엄격하게 금지하는 영국 BBC
라디오 방송을 청취 중입니다. 문제는 이뿐만이 아닙니다.
늘 잠겨 있어 일반인은 들어갈 수 없는 다락방에서 발자
국 소리가 끊이지 않습니다. 과연 도서관 측에서 무엇을,
아니 누구를 거기에 숨겨주고 있는 걸까요? 반드시 파리
미국 도서관을 찾아가셔서 직접 확인해주시기 바랍니다.

익명의 제보자 올림

제
6
장

## 오딜
### Odile

나는 배달된 패션 잡지를 서가에 정리했다. 〈모드 뒤 주르〉를 보면 '지능과 취향 문제는 배급으로도 해결할 수 없다'는 사실을 깨달을 수 있었다. 또한 신발은 닳아 해질지언정 모자는 결코 그럴 일이 없다는 사실도. 나는 〈타임〉과 〈라이프〉가 그리웠다. 내 옆에 초면인 남자가 서 있기에 도움이 필요한지 물어보려고 했다. 예전 같았으면 메마른 입술이나 초록색 트위드 정장만 보고 깐깐한 성품의 교수를 떠올렸을 테지만, 지금은 자연스럽게 수상한 사람이 아닌지 의심부터 들었다. 나는 마른침을 꿀꺽 삼켰다. 이건 편집증이었다.

나치의 선동에 나도 모르게 물이 든 것 같았다. 남자는 오래된 잡지를 옷 안에 감추려고는 했지만 분명 아무 문제없는 사람이리라.

나는 남자를 똑바로 쳐다봤다. "정기 간행물은 대출되지 않습니다."

남자는 잡지를 제자리에 놓고는 빠른 걸음으로 사라졌다.

"훌륭하십니다!" 보리스가 박수를 쳤다. "국립 도서관의 미몽 부인을 능가하는 박력이군요. 그분도 말할 때 용이 불을 뿜는 것 같았는데."

나는 허리를 숙여 절을 했다. "과찬이십니다."

비찌도 출근을 했지만 그저 고개를 까딱하는 걸로 인사를 대신할 뿐이었다. 요즘 비찌는 눈에 띄게 말수가 줄어 내 걱정이 이만저만이 아니었다. 그녀에게서 눈을 떼고 싶지 않았던 나는 코헨 교수에게 책을 가져다주는 데 일손이 필요하다고 우겼고, 결국 우리 둘은 함께 코헨 교수 집에 가게 되었다. 코헨 교수가 비찌와 내가 내미는 두툼한 책을 받아 들었다.

그녀가 책상에 쌓여 있는 종이 더미를 가리키며 말했다. "드디어 소설을 끝냈어."

"와, 축하드려요!" 내가 말했다.

하지만 그녀의 눈에 예의 그 밝고 명랑한 빛이 보이지 않았다. 그러고 보니 그녀의 집에도 실망의 기운이 가득 차 있었다.

코헨 교수가 한숨을 내쉬었다. "출판사에서 출간을 못해주겠다네."

나는 이유를 알 것 같았다. 그녀 역시 이유를 알고 있었다. 유대인 저자의 책을 출간해줄 프랑스 출판사는 어디에도 없으리라.

"어떡해요." 내가 말했다.

"그러니까." 코헨 교수가 내 말을 받으며 말했다. "어쨌거나 오딜의 도움이 없었다면 책을 끝내지 못했을 거야. 필요한 참고 자료를 가져다준 것도 그렇고, 친절하게 찾아와 말동무가 돼준 것도 그렇고. 오딜은 나에게 파리를 내다보는 창문과도 같았어. 책과 머릿속에 들어 있는 생각은 우리 몸속의 피하고 똑같아서 계속 돌고 돌아야 하고, 또 그래야 우리도 살아갈 수 있거든. 오딜 덕분에 세상에는 아직 좋은 일이 많이 남아 있다는 사실을 잊지 않을 수 있었어."

이런 칭찬을 들었으니 무척이나 흥분될 법도 했지만 내 몸을 파고든 건 차가운 두려움이었다. "무슨 작별 인사라도 하시는 것 같아요."

"나는 그저 앞으로 무슨 일이 벌어질지 아무도 모른다는 말을 하고 싶었어." 코헨 교수가 나에게 소설 원고를 내밀었다. "이것 좀 잘 간직해줘."

나에 대한 그녀의 믿음이 영광스럽기까지 했다. 나는 그녀의 두 뺨에 입을 맞췄다. "이 귀중한 원고를…… 동료분에게 보내야 하지 않으려나요? 정말 괜찮으시겠어요?"

"이건 딱 한 부밖에 없는 거야. 그리고 소설은 오딜과 함께 있으면 더 안전할 테니까."

"제목이 뭐예요?" 비찌가 물었다.

"《파리 미국 도서관》이야."

"내용이 정말 흥미진진하겠네요!" 비찌가 말했다.

"등장인물이 누구인지 알면 더 그럴걸. 실제 인물을 바탕으로 한 거거든!" 코헨 교수가 한쪽 눈을 찡긋했다. "보기만 해도 누가 누군지 한눈에 알아볼 수 있을 거야."

빛, 535. 원고, 091. 그리고 도서관, 027.

우리가 집을 나설 때는 다행히도 코헨 교수의 기분이 이전보다 더 나아진 듯했다. 계단을 따라 내려오는 비찌와 나의 귓가에 철컥, 철컥, 철컥 씩씩하게 타자 치는 소리가 들려왔다. 나는 코헨 교수가 곧바로 소설의 속편 작업에 들어가는 것이기를 바랐다.

도서관으로 돌아오는 길에 비찌가 말했다. "책임이 막중하네요." 나는 코헨 교수에게 받은 원고를 조심스레 가방에 넣었다. "아무래도 금고 안에 넣어둬야 할까 봐요."

도서관으로 이어지는 거리로 들어서는데 망사 스타킹을 신은 여자 셋이 깔깔거리며 지나갔다. 거리의 여자들이었다. 단정치 못한 차림새로 우쭐대며 걸어가는 여자들에게서 향수 냄새가 진하게 풍겨왔다. "어우 매춘부들!" 비찌가 향수 냄새를 없애려는 듯 손을 휘저었다. "전쟁이라는 현실을 직시하지 못하는 사람들이 있어요." 비찌는 도서관 건물 안으로 들어설 때까지도 목청을 낮출 생각을 하지 않았다. "어제 아침에도 저런 여자들이 비틀거리며 집으로 돌아가는 걸 봤어요. 술 냄새를 풀풀 풍기면서. 요즘 같은 때에 참 취향도 고상하시지!"

나는 창고로 쓰는 방으로 들어가서 원고를 책상에 내려놓고 비찌를 앞에 앉혔다. "자격 없는 사람들이 생필품을 독차지하고 있어요." 그녀의 목소리는 거칠었다. "난 너무 배가 고프고 머리도 잘 안 돌아가요. 계절은 계속 바뀌고 있지만 하나도 달갑지가 않아요. 크리스마스고 새해고 그냥 흘러가버리는 게 오히려 더 기쁠 지경이에요. 부활절 주간이 왔지만 물가는 내려갈 줄을 모르고. 레미가 보고 싶어요. 레미만 아니었다면 나는 그냥……."

"우리 레미한테 편지 썼어요." 절망하는 비찌의 모습에 갑자기 두려움이 엄습했다. 레미의 도움이 필요했다. 레미에 대해 생각하는 것만으로도 우리의 기분은 나아지곤 했었다. 나는 가방에서 연필 한 자루를 꺼냈다. "내가 인쇄체로 굵게 쓸 테니 비찌는 필기체로 작게 써요."

보고 싶은 '레미'에게, '도서관에서' 안부 인사를 전해요. '오딜도 나도' 당신이 무척 '보고 싶어요'. '글씨체가 각각 다른 건' 오딜의 '말도 안 되는' 제안 때문이에요.

"이건 편지가 아니라 몸값을 요구하는 협박장 같은데요." 비찌가 말했다. "이런 편지가 레미에게 제대로 전달이나 될까요?"

"검열관이 당황해할 수도 있겠네요."

비찌가 얼핏 웃음을 지었다. 그것만으로도 충분했다.

"그런데 말이에요. 아까 그 소설, 좀 읽어봐도 코헨 교수님이 뭐라고 하시진 않을 것 같은데. 어떻게 생각해요?" 비찌가 물었다.

코헨 교수의 사생활에 대한 존중과 비찌를 위한 위로 사이에서 갈팡질팡하던 나는 결국 제목이 적힌 첫 장을 들추고 소설을 소리 내어 읽기 시작했다. "'3층의 오래된 책 보관실에 가득 찬 냄새야말로 천국의 향기나 다름없다. 보관실 벽에는 책장이 줄지어 늘어서 있고 그곳에는 사람들에게 잊혀진 책이 가득 꽂혀 있다. 도서관 건물 안에 숨어 있는 이 작고 아늑한 공간 안에는 창문이나 시계가 존재하지 않으며, 멀리서 아이들의 웃음소리가 들려오거나 초콜릿을 넣어 구운 크루아상의 향기만이 풍겨올 뿐이다.'"

"거기는 내가 도서관에서 제일 좋아하는 곳인데." 비쩌가 말했다.

"나도요."

다음 줄을 읽으려고 하는데 어떤 여자의 고함 소리가 들렸다.

"더 이상 못 기다리겠어! 책을 내놓든지 어떻게 좀 해보라고!"

"아, 이런, 또 문제가 생겼나 보네."

서둘러 대출 창구로 내려가니 대여섯 명 정도 되는 사람들이 줄을 서 있었다. 소란스러운 바깥 상황을 살피러 샹브렝 백작 부인이 사무실에서 내려오는 모습이 보였다. "대체 무슨 일인가요?" 백작 부인이 물었다.

"스마이스 부인께서 기다리다 지치신 모양입니다." 보리스는 백작 부인에게 이렇게 대답하고는 다시 스마이스 부인이라는 사람을 향해 말했다. "죄송하지만 줄을 서서 조금만 더 기다려주십시오."

"경찰에 알릴 거야!" 그녀가 으르렁거렸다.

"도서관 업무가 비효율적이라서요?" 보리스가 눈을 치켜떴다. "그럼 프랑스 전체를 고발하셔야 할 것 같은데요."

뒤에 줄을 서 있던 사람들이 보리스의 말을 듣고 킬킬거렸다.

"당신들 유대인한테 책 빌려주고 있지? 내가 다 고발할 거야."

"그만!" 백작 부인이 스마이스 부인의 팔을 붙잡고 문 쪽으로 끌고 갔다. "나가요. 다시는 오지 마세요."

그러자 스마이스 부인이 흐느끼기 시작했다. "안 돼요. 여기 책 없인 못 살아요."


나는 도서관을 열기 한참 전에 출근해 보리스와 함께 대출 창구에서 반납된 책과 대출증을 정리했다. 나는 폴 생각을 했다. 점심 시간이 되면 폴과 나는 그 집에서 만나겠지. 절망이 절대로 들어올 수 없는 곳. 우리는 폴의 브르타뉴 그림이 걸려 있는 아늑한 방에서 편안하게 쉴 것이다. 나는 양귀비 꽃밭과 이웃해 있는 밀밭이며 황금색 건초 더미, 늙어서 등이 굽은 말까지 그가 그린 그림이라면 무조건 좋았다.

나는 뭔가를 두드리는 소리에 불현듯 정신을 차렸다. 훅스 박사가 창밖에서 도서관 안을 들여다보고 있었다. 이른 아침부터 도서관에는 무슨 일로 온 거지? 우리는 문을 열고 훅스 박사를 맞아들였지만 그는 계단에 서서 미동도 하지 않았다.

"조심들 하시오." 그가 속삭였다. "게슈타포에서 함정을 파고 기다리고 있어. 그러니 금지 서적을 밖으로 돌리다가 그들 손에 들어가게 하면 안 됩니다. 무슨 꼬투리를 잡아서든 당신들을 체포할 테니까." 훅스 박사는 주변을 둘러봤다. "나도 여기 이렇게 있는 걸 들키면 곤란해요."

"무슨 함정이요?" 내가 물었지만 그는 뒤도 돌아보지 않고 사라져버렸다.

"게슈타포 본부가 파리에 설치되었다는 이야기는 들었어요." 보리스가 담배에 불을 붙였다. "그들이 본격적으로 활동을 시작하면 지금보다 더 위험해지겠지요."

독일군이 프랑스군을 격파하고 파리를 점령한 것보다 더 위험해진다고? 독일군 병사들이 밤낮없이 파리 시내를 돌아다니는 것보다 더 위험한 상황이 있을 수 있다니.

우리는 불편한 적막 속에서 오전 내내 하던 일을 마저 했다.

드디어 점심시간이 되었다. 폴이 도서관 정원에 와 있었다. "어, 그 집에서 만나기로 한 거 아니었어요?" 내가 깜짝 놀라며 물었다. 요즘 나는 모든 게 다 혼란스러웠다.

"내 친구가 여자 친구를 데리고 어제 그 집에 갔는데 새 가구가 들어와 있었다더군요. 그런데 친구가 대수롭지 않게 생각해서……. 음, 두 사람이 키스를 하는데 누군가 집 안으로 들어오더래요. 둘은 한참을 숨어 있다가 하인용 출입구를 통해 겨우 빠져나왔는데 나중에 다시 가보니 자물쇠가 다른 걸로 바뀌어 있었답니다."

우리의 아늑한 둥지가 사라지다니. 폴과 내가 서로를 끌어안고 무슨 말을 해도 되던 곳, 아니, 아무 말도 하지 않고 있을 수 있던 곳, 전쟁을 잊고 지낼 수 있던 곳이 사라진 것이었다.

"당신 그림은요?" 내가 우울한 목소리로 물었다.

"그림이야 언제든 다시 그릴 수 있는데요." 폴이 내 허리에 손을 감았다. "걱정하지 말아요. 내가 새로운 곳을 찾아냈으니까."

거리로 나온 우리는 시몬 부인과 마주쳤다. "지금 이 시간에 어디들 가는 거지?" 그녀가 따지듯 물었다.

둘만의 공간이 사라졌다는 사실에 여전히 심란했지만 나는 아무렇지 않은 척했다.

"도서관 직원도 점심은 먹어야 하니까요." 폴이 대꾸했다.

"그럼 점심만 먹고 시간 맞춰 돌아와야 할 거예요." 시몬 부인이 나를 보며 말했다.

"부인과는 상관없는 일입니다." 폴은 차갑게 말하고 내 손을 잡은 손에 더욱 힘을 주며 인도로 나를 이끌었다.

"그렇게까지 딱딱하게 대하지 않아도 돼요." 내가 말했다. "시몬 부인은 그냥《작은 아씨들》에 나오는 고모처럼 좀 까탈스러운 사람일 뿐이니까. 게다가 겉으로만 저러지 속은 꼭 그렇지도 않아요."

"글쎄요. 과연 그럴까요."

"세상에 온통 나쁜 사람만 있는 건 아니에요." 나는 웃으며 말했다.

"겉으로 보이는 모습이 전부인 사람도 있어요." 우리는 19세기 파리 재정비 사업 시절 지은 어느 웅장한 건물 앞에 멈춰 섰다. "자, 다 왔어요."

건물 입구에 깔린 엄청나게 두텁고 호화스러운 붉은색 양탄자가 우리를 반겼다. 나는 황금 샹들리에를 바라보며 뭔지 모를 강한 기시감을 느꼈다. 책을 가져다주러 왔었나.

위층에 있는 방에는 두꺼운 비단 휘장이 둘러쳐져 있었다. 사실 집 안 풍경 따위에는 전혀 관심이 없었다. 내 눈에는 그저 폴만 보였다. 나는 우리 두 사람이 모든 것을 잊을 수 있는 단 한 시간이 절실했다. 폴이 내 가슴, 배, 엉덩이에 입을 맞추자 온몸이 달아오르기 시작했다.

시간이 흐른 후 우리 둘은 벌거벗은 채 박물관을 관람하듯 집 안 여기저기를 돌아다녔다. 벽난로 위에 있는 중국 화병이며 벽에 걸려 있는 오래되고 진귀한 그림이 그제서야 내 눈길을 끌었다. 그렇지만 진짜는 주방에 있었나. 찬장 안에 초콜릿이 있었던 것이다. 폴이 새로 찾아낸 장소는 이전 집만큼 좋지는 않았지만 크게 뒤지지도 않았다. 무엇보다 새로운 장소를 둘러보는 일은 늘 흥미로우니까.

시간이 너무 많이 지체되었다. 나는 셔츠와 바지를 폴에게 던져줬다. 그는 옷을 대충 걸치고 내 등 뒤에서 블라우스 단추를 채워줬다. 폴은 경건하기까지 한 자세로 내 목덜미에 입을 맞추며 자개 단추를 채우기 시작했다. 내가 그를 가장 사랑하게 되는 때가 바로 이런 따뜻하고 부드러운 순간이었다.

그렇게 우리만의 감정에 사로잡혀 있느라 폴과 나는 자물쇠가 철컥거리고 문이 삐걱대는 소리를 미처 듣지 못했다.

"당신들 누구야?" 건장한 몸집의 남자가 소리쳤다.

우리는 옷도 제대로 걸치지 못한 채로 깜짝 놀라 서로에게서 떨어졌다.

"내 집에서 당장 나가."

나는 문 쪽으로 조금씩 몸을 움직였다. 폴이 내 손을 잡고 나를 품 안으로 끌어당겼다. "우리는……."

"당장 꺼져! 다시는 얼씬거리지 말라고."

밀회의 장면을 들킨 것에 크게 당황한 우리는 머리를 푹 숙인 채 조용히 도서관으로 돌아왔다. 이제 어디서 만나야 할까? 다른 의문도 떠올랐다. 과연 누구의 집이었을까? "우린 잘못한 거 없으니 신경 쓰지 말아요." 폴이 말했다. 그는 내 뺨에 가볍게 입을 맞추고 경찰서로 돌아갔다. 누구 집이었지? 나는 반쯤 정신이 나간 상태로 정기 간행물 열람실에 들어갔다가 내 보직이 자료 열람실 담당으로 바뀌었다는 사실을 뒤늦게 떠올렸다. 요즘은 신문이 전혀 들어오지 않아서 정기 간행물 열람실을 찾는 사람이 거의 없었는데 누군가 오래된 잡지를 뒤지고 있었다.

"좀 도와드릴까요?"

"여기 회원 일부가 외국인들이더군요." 남자의 모습이 낯이 익었다. 맞다. 잡지를 몰래 가져가려 했던 트위드 정장의 남자였다.

"파리 미국 도서관의 자랑거리지요. 이곳을 찾는 사람들 모두가 고향에 온 것 같은 편안함을 느끼게 되니까요."

"그 사람들과 연락이 가능할까요?"

"회원 명부를 폐기해버려서요. 그런 자료가 허튼 데 쓰여선 안 되잖아요." 나는 냉정하게 대꾸하고 대출 창구로 돌아왔다. 보리스와 비찌가 고개를 까딱거리며 잡담을 나누고 있었다.

"그 남자가 내 국적을 묻더군요." 보리스가 속삭였다. "그래서 내 국적은 파리라고 했어요."

"그 남자, 도서관을 점점 자주 와요." 비찌가 덧붙였다. "어찌나 바짝 붙어 있는지 내 목덜미에다 대고 시큼한 입 냄새를 풍기는 게 느껴질 정도라니까요."

나는 내 발로 비찌의 발을 토닥여줬다.

"그 남자가 또 뭐라고 하던가요?" 보리스가 물었다.

"도서관의 외국인 회원들에 대해서 묻던대요."

"외국인 회원들이라……. 마거릿은 어디 있어요?" 비찌가 말했다.

지금쯤이면 마거릿도 도서관에 와 있어야 했다.

"전화해봅시다." 보리스가 말했다.

나는 오후 내내 그녀에게 전화를 걸었지만 받지 않았다. 웨드 양처럼 마거릿도 체포된 건 아닐까. 아니, 아직 모습을 드러내지 못한 데는 이유가 있을 거야. 완벽하게 합당한 이유가. 나는 손목시계를 들여다봤다. 아무 움직임이 없었다. 시곗바늘이 움직이기를 거부하는 건가. 나는 시계를 귀에 대봤다. 희미하나마 태엽 돌아가는 소리가 들렸다. 가슴속에서 극심한 공포가 치밀어 오르기 시작하며 숨

쉬기가 어려워졌다.

"어서 가봐요." 보리스가 재촉했다. "여기 일은 우리끼리 알아서 할 테니."

나는 전화를 한 번 더 걸어본 후 마거릿의 집을 향해 달렸다.

제
7
장

오딜
Odile

집사가 문을 열어줬다. "마거릿 안에 있나요?" 나는 이렇게 묻고는 근심이 가득한 얼굴의 집사를 지나쳐 집으로 들어갔다. 집사는 여느 때보다 차분한 태도로 나를 마거릿의 방으로 안내했다. 마거릿은 침대에 누워 있었다. 사방에 구겨진 손수건이 가득했다. 나는 마거릿을 껴안았다.

"오, 하나님. 집에 있었군요. 어디 끌려가기라도 한 건 아닌지 모두가 얼마나 걱정했는데요!"

"몸이 좀 아팠어요." 마거릿이 쉰 목소리로 말했다. "전화하려고 했는데 그럴 수 없었어요. 일주일 내내 전화가 연결이 안 되더라고요."

나는 그녀 옆에 앉았다. "혹시 실종 신고를 해야 할 상황일지도 모르니 폴에게도 와달라고 부탁해뒀는데."

"걱정할 필요 없어요." 마거릿은 단호하게 말했다.

"어떻게 걱정을 안 해요! 파리가 독일군 손아귀에 들어가 있는데."

"누누이 말하지만 내 걱정은 하지 말아요." 그녀는 밖에 하인들이 없는 걸 확인하고 나서 나에게 속삭였다. "어떤 사람을 만났어요."

"늘 마주치는 게 사람이잖아요."

"그게 아니라 어떤 사람을 알게 됐다고요."

지금 마거릿은 애인이라도 생겼다는 말을 하려는 걸까? "도서관에서요?"

"아니요. 오딜을 놀라게 하고 싶지 않아서……. 나 사실 길에서 한번 붙잡혔었어요."

"체포당했었단 말이에요?" 내가 소리를 질렀다.

"쉿! 내가 그럴까 봐 말을 안 했던 건데."

나는 파란색 실크 시트를 움켜쥐었다. 어떻게 그런 중대한 일을 나에게 알리지 않을 수 있는지 어안이 벙벙할 따름이었다. 물론 폴과 내가 결혼을 약속한 사이라는 걸 마거릿에게 말하지 않은 건 별개의 문제였지만.

"붙잡혔다 풀려나면서 펠릭스가 자유롭게 돌아다닐 수 있는 통행증을 만들어줬어요."

마거릿이 남자의 성이 아닌 이름을 말했다. 그렇다면 그 남자와 그만큼 가까운 사이라는 뜻인데. 이건 그냥 이해하고 넘어가기에 너무나 큰일이었다. 나에게 비밀로 하면서 공공의 적인 독일군과 관계를 맺다니. 온몸이 분노로 곤두서는 것 같았다.

"그나저나 아까 폴이 온다고 하지 않았어요?" 마거릿이 화장대로 가더니 코에 파우더를 발랐다.

나는 밖에 누가 있는지 확인하면서 딱딱하게 말했다. "다른 사람을 만날 만큼 몸이 회복되진 않은 것 같네요. 나는 그만 가봐야겠어요."

"누가 파리지앵 아니랄까 봐. 말 돌리지 마요. 파리 사람들은 꼭 그렇게 예의 바른 척 가면을 쓰고 진짜 감정을 감추더라고요."

"무슨 말을 하는지 모르겠네요."

"가고 싶으면 가도 좋은데요. 내 생각하느라 돌아가는 척은 하지 말라고요." 거울 속에서 마거릿과 나의 눈길이 마주쳤다. 내 눈빛은 흔들렸고 그녀의 눈빛은 단호했다. "만일 펠릭스가 나랑 다른 세 명의 나이 든 영국 여자들을 유치장에서 풀어주지 않았다면 우리는 수용소에 끌려갔을 거예요. 그럼 내 딸은 어떻게 됐을까요? 생각해봐요."

그녀의 말은 충분히 설득력이 있었다. 마거릿도 웨드 양처럼 소리 소문 없이 사라져버릴 수 있었다. 성급하게 굴지 말았어야 했는데. 남을 멋대로 판단하다니. 나 역시 시몬 부인 못지않게 편견으로 똘똘 뭉친 사람이었다.

"미안해요." 내가 말했다. "당신이 안전하다는 사실이 중요한 건데. 내가 계속 있어도 정말 괜찮겠어요? 쉬어야 하는 거 아니에요?"

"일어설 때만 조금 어지러울 뿐이에요. 이자에게 차를 준비시킬게요. 먼저 가서 기다리고 있어요."

거실 벽에는 예전에 봤던 화려한 액자가 그대로 걸려 있었다. 마거릿이 레미를 위해 음식 꾸러미를 준비해줄 때마다 나는 액자와 초상화가 하나둘씩 사라지는 모습을 상상하며 미안한 마음이 들었었다. 하지만 암시장에 팔려나간 줄 알았던 그림은 제자리에 있었다. 그렇다면 마거릿은 어디서 음식을 구했을까?

그 독일군 병사에게 부탁한 것이 틀림없었다.

마거릿과 독일군이라. 두 사람을 연결 짓는 일이 얼마나 어색한지. 그 둘은 마치 동떨어진 서가에 꽂힌 아주 다른 분야의 책 같았다. 전쟁이 지속되면서 사람들은 서로 뒤엉키기 시작했다. 종이에 인쇄된 글자처럼 뚜렷했던 흑백이 이제는 마구 뒤섞여 회색이 되어가고 있었던 것이다.

폴이 도착하자 나는 그를 힘껏 끌어안았다.

"무슨 일이에요?" 폴이 내 이마에 입을 맞추며 물었다.

"아무 일도 아니에요. 그냥 당신을 보니까 좋아서, 당신이 당신인 게 좋아서 그래요."

"정말 대단한 그림이군요. 무슨 루브르 박물관 같아요."

"하지만 반짝인다고 다 금은 아니죠." 내가 말했다.

"음?"

마거릿이 나타났다. 마거릿은 갑자기 짠 하고 나타나는 걸 아주 좋아했다. 나는 폴과 떨어졌다.

"폴, 바쁜데 이렇게 오게 해서 미안해요. 진심으로 고마워요. 당신 같은 남자를 만나다니 오딜은 정말 행운아예요."

귀까지 빨개진 폴이 부끄럽게 웃었다. "오딜 양의 가장 친한 친구를 만나는 일은 언제든 대환영입니다."

나는 팔꿈치로 폴을 살짝 찌르며 우리가 여기에 잡담하러 온 게 아님을 알려줬다. 폴은 마거릿에게 경고를 해주기 위해 온 것이었다. 나로서는 애인인지 남자 친구인지한테서 얻었다는 그까짓 종이 한 장이 마거릿을 제대로 보호해줄 거라는 확신이 들지 않았다.

"독일군이 2천 명이 넘는 외국인 여성들을 체포해 억류했다고 들었습니다." 폴이 영어로 진지하게 말했다.

"저도 알아요."

"여기 계속 있으면 위험합니다." 폴이 말했다. "떠나는 게 좋아요."

"오딜도 남쪽에 있는 독일군 점령 지역 밖으로 떠날 수 있었는데 여기 그냥 남았잖아요." 마거릿이 말했다.

"난 레미가 돌아올 때까지 있어야 하니까요."

"전 오딜과 함께하고 싶고요." 폴이 말했다. "하지만 당신은 딸도 있지 않습니까."

"런던도 위험하기는 마찬가지예요." 마거릿이 손수건으로 입을 막고 기침을 했다.

"어쨌든 조심하셔야 해요." 폴이 말했다. "길에서 독일군을 만나면 반드시 피하시고요."

어디를 가도 독일군의 손바닥 안이었다. 도서관도 마찬가지였다. 하지만 마거릿은 독일군을 특별히 피하고 싶어 하지 않았다.

그로부터 일주일 뒤 마거릿이 나를 직원 휴게실 한 켠으로 불렀다. 그러고는 은색 리본이 묶여 있는 상자 하나를 내밀었다. 상자에는 암시장에서도 귀한 초콜릿이 들어 있었다. 초콜릿을 보는 순간 배 속이 요동치기 시작했다. 나는 마거릿이 꺼림칙한 경로를 통해 구해온 물건을 거절하고 싶은 마음이 굴뚝같았지만 사실상 초콜릿을 거부하는 일은 불가능했다. 입안에서 초콜릿이 부드럽게 녹아들었다. 문득 이런 사치스러운 물건을 얻기 위해 마거릿이 어떤 일을 하고 다니는지 궁금해졌다. 또 어떤 걸 받았는지도 궁금해졌다. 실크? 스테이크? 듀이 십진분류법으로는 뭐였더라. 명주실을 자아내는 누에고치가 629이고 가축이 636.2인 것까지는 알겠는데 더 정확한 번호는 떠올릴 수 없었다. 게다가 마거릿이 다른 사람들은 없어서 쩔쩔매는 물품을 전부 가지고 있을 거라는 생각 또한 억측에 불과했다.

"도서관이 정기 휴관을 하면 펠릭스와 어디 좀 다녀오려고요. 지금 생각에는 도빌[5]이 괜찮을 것 같은데. 크리스티나는 유모가 봐줄 거고. 누가 어디 가냐고 물어보면 당신이랑 잠깐 좀 다녀온다고 하려고요……." 행복에 잔뜩 부푼 마거릿이 두둥실 흘러가듯 휴게실을 나갔다.

초콜릿은 아주 맛있었다. 남은 건 레미에게 보내자. 꼭 그렇게 하자. 한 조각만 더 먹고.


그날 저녁 보리스가 백작 부인의 사무실에서 도서관 예산 문제를 의논하는 사이 나는 그를 대신해 대출 창구를 지켰다. 전화가 울렸다. 나는 책을 보내달라는 부탁 전화이겠거니 했다. "클라라 드 샹브렝 백작 부인을 좀 만나야겠습니다." 전화를 건 사람은 독일어 억양이 살짝 섞인 프랑스어로 말했다. "내일 아침 아홉 시 반으로 합시다. 제 사무실로 방문 부탁드린다고 전해주시고, 도서관으로 직접 찾아뵙지 못해 죄송하다고도 전해주십시오." 그는 내가 미처 대답할 새도 없이 전화를 끊어버렸다. 훅스 박사가 백작 부인에게 무슨 볼일이 있다는 거지? 혹시 또 아끼는 사람 하나를 잃게 되는 건 아닐까?

나는 2층으로 올라가 백작 부인의 사무실 문을 슬쩍 열었다. 보리스가 걱정스러운 얼굴로 나를 쳐다봤다. 그는 뭔가 문제가 있다는 사실을 눈치챘을 것이다. 보리스는 도서관의 사서이자 심리학자였고 경비원이자 탐정이었으니까.

"알려드릴 게 있어서요." 내가 입을 열었다.

백작 부인이 독서용 안경 너머로 나를 빤히 봤다. "그래요? 무슨 일인가요?"

"훅스 박사가 내일 자기 사무실에서 관장님을 만나고 싶대요."

"아, 그래요?"

"부군이신 백작님과 파리를 떠나 몸을 피하시는 게 어떨까요?" 보리스가 말했다.

"체포당할 구실을 주라고요?" 백작 부인은 이렇게 대꾸하고는 나를 돌아봤다. "훅스 박사가 정확히 뭐라고 했죠?"

나는 훅스 박사에게 들은 말을 백작 부인에게 전했다.

"그럼 제가 같이 가겠습니다." 보리스가 말했다.

보리스가 동행하는 건 그다지 좋은 생각이 아니었다. 보리스에게는 자기만 바라보고 있는 아내와 어린 딸이 있었다. 나는 보리스를 막을 수 있는 합리적인 이유를 찾아야 했다. 모든 도서관 열쇠를 보리스가 보관 중이니 아침에 도서관 문을 열기 위해서는 어쨌든 그가 여기 남아야 한다고 해볼까? 그러면 보리스는 열쇠를 나에게 넘겨줄 것이다.

"제가 지금까지 지켜보니까……," 내가 천천히 입을 열었다. "훅스 박사라는 사람은 그나마 여자들에게는 좀 친절한 것 같던데요. 그러니 제가 부인을 따라가는 게 더 나을 것 같습니다."

"나치가 우글거리는 자리에 오딜을 데려가진 않을 거예요!" 백작 부인이 말했다. "부모님이 뭐라고 하시겠어요?"

"솔직히 말씀드리면 저희 아버지는 애초에 미국 자본주의자들이 세운 이 도서관에서 일하는 것도 반대하셨고요. 아버지 직업이 경찰서장이라 저희 가족은 나치건 독일군이건 다 익숙해요." 나는 백작 부인을 따라가기 위해 없는 말을 지어냈다. 나는 아빠가 밖에서 누구와 무슨 일을 하는지 생각조차 해본 적이 없었다.

"정말 나와 같이 가도 괜찮겠어요?" 백작 부인이 물었다.

물론 나도 독일군 사령부에 가는 게 무서웠다. 하지만 백작 부인 서가의 가죽 장정 책과 내가 사람들에게 전해준 소설책, 그리고 금고 안에 감춰둔 코헨 교수의 원고를 떠올리며 이 모든 것이 독일군과 마주하는 위험을 감수하면서라도 지킬 만한 가치가 충분하다고 스스로를 다독였다.

"그럼요. 아무 문제없습니다."

사실 우리에게는 장차 무슨 일이 벌어질지 생각할 시간적 여유조차 없었다. 도서관을 꾸려나가는 일만으로도 너무나 벅찼다. 대출 창구에 돌아오니 시몬 부인이 나를 기다리고 있었다. "어디를 그렇게 돌아다니는 거야? 사람 기다리게 하고 말이야!"

그날의 마지막 대출 업무가 끝나자 나는 코헨 교수에게 가져다줄 책을 가방에 넣고 서둘러 도서관을 나섰다. 저녁 일곱 시가 막 지난 시간이었다. 건물의 형체가 어둠에 휩싸이기 시작했다. 파리에서 나고 자라서인지는 몰라도 파리의 거리에 나와 있으면 엄마 품속에 있는 것처럼 안심이 되었다. 하지만 오늘 밤은 달랐다. 뒤돌아볼 때마다 트위드 정장을 입은 남자가 보였다. 내가 거리를 가로지르면 그 남자도 거리를 가로질렀다. 그러다 뒤를 돌아보면 걸음을 멈추고 가판대에 있는 잡지를 훑어보는 척했다. 내가 발걸음을 빨리하면 남자도 종종걸음으로 나를 따라오기 시작했다. 남자의 냉정한 얼굴에는 상대방에게 공포심을 불러일으키는 기운이 맴돌았다. 나는 도시의 어둠 속에서 그가 한 손에는 서류 가방을, 다른 한 손에는 권총을 들고 있는 것을 봤다……. 번뜩이는 총구는 나를 향하고 있었다.

갑자기 오른쪽으로 방향을 바꾼 나는 어느 지저분한 건물에 몸을 기댔다. 다리에 경련이 일었지만 빨리 도망쳐야 했다. 건물 모서리에 숨어 주변을 살펴보니 남자가 가까이 다가오고 있었다. 불행 중 다행인 사실은 권총의 총구라고 생각했던 게 둘둘 만 잡지였다는 것이다. 아까 그 가판대에서 산 것인 듯했다.

나는 남자를 떨쳐내기 위해 다른 길로 들어섰다. 그리고 상류층이 사는 포부르 생토노레 거리를 종종걸음으로 걸어 내려갔다. 에르메스 거리에 당도하자 지금은 사용하지 않는 대통령 집무실인 엘리제궁 근처에서 숨을 만한 장소를 찾기 시작했다. 조금만 더 가면 독일군이 파리를 점령하기 시작한 무렵에 리더 관장이 살았던 르 브리스톨 호텔이었다. 나는 병으로 바깥 출입을 못하는 그 호텔의 투숙객을 위해 책을 가져다준 적이 있었다. 호텔이 보이자 미친 듯이 뛰기 시작했다. 호텔 입구의 안내원이 뭐라고 하기도 전에 호텔 문을 열고 몸을 내던지듯 안으로 뛰어 들어갔다. 나는 프런트 직원에게 뒷문으로 나갈 수 있게 해달라고 애원했다. 직원은 호화로운 타원형 응접실을 지나 벽지와 구분이 가지 않도록 교묘하게 만들어놓은 비밀의 문을 열고는 나를 소란스러운 호텔 주방으로 안내했다. 주방 밖은 호텔 옆 골목길이었다.

나는 가쁜 숨을 몰아쉬며 가던 길을 계속 가야 할지 아니면 집으로 돌아가야 할지 고민했다. 하지만 나에게는 내가 좋아하는 사람을 만날 권리가 있었다. 나는 가던 길을 재촉했다.

"이렇게 또 나를 찾아올 줄은 몰랐는데." 코헨 교수가 말했다.

"평소보다 좀 더 오래 걸리긴 했네요."

코헨 교수는 엄마가 내 얼굴을 쓰다듬을 때와 비슷하게 사랑이 넘치는 손길로 책 표지를 어루만졌다. 그녀가 도서관에서《한밤이여, 안녕》을 빌려 본 게 최소 열 번은 넘으리라. 내가 왜 그렇게 그 책을 좋아하는지 물어보자 그녀는 대답했었다. "진 리스에게는 두려움이 없었거든. 그녀는 진실만을 말했고 외롭고 의지할 데 없는 사람들을 위해 글을 썼어."

나는 책을 펼쳐봤다. 어떤 페이지가 됐든 일단 책을 펼치는 건 책과 친해지는 나만의 방식이었다. '오늘 밤 파리는 특별히 더 아름답게 보인다……. 내가 사랑하는 그대여, 그대도 오늘 밤은 유난히 더 아름다워 보여. 당신이 파리처럼 음탕한 여자가 될 수 있다는 사실을 나는 알고 있지!' 나는 다소 외설스러운 대목에 움찔했다. 내가 태어나고 자란 파리를 이런 식으로는 생각해본 적이 없었다.

내 반응을 지켜본 코헨 교수가 말했다. "잘 기억해둬. 진 리스는 파리를 외국인의 입장에서 묘사한 거야. 돈 한 푼 없고 도와줄 사람 하나 없는 외국인의 처지에서."

나는 코헨 교수를 사랑했기 때문에 그녀가 사랑하는 거라면 무조건 사랑하고 싶었다. "그럼 다 읽으신 후에 저도 읽게 해주세요. 저도 그 책을 좋아할까요?"

코헨 교수가 숄을 단단히 여몄다. "잘 모르겠네. 책이 해피 엔딩이 아니라서."

＊

다음 날 아침 아홉 시 정각에 백작 부인과 그녀의 남편인 백작이 탄 차가 우리 집 앞에 와 섰다. 백작의 백발이 중산모에 감춰져 있었다. 여타의 파리지앵들처럼 백작 역시 눈밑살이 크게 처져 있었다. 백작은 가속 페달을 힘껏 밟았다. 차는 그 무엇도 태우고 싶지 않아 하는 늙고 비루먹은 말처럼 느릿느릿 움직이기 시작했다. 뒷자리에 앉아서 보니 백작은 운전을 하는 동안 정면보다 자기 아내를 보는 시간이 더 많았다. 우리는 요란한 소리를 내며 샹젤리제 거리를 달렸다. 개선문도 지나갔다. 그러고는 훅스 박사의 사무실이 있는 마제스틱 호텔에 도착했다.

"나도 들어갈까?" 백작이 물었다.

"우리 둘이서도 충분해요."

"그렇다면 난 밖에서 기다리지." 백작은 이렇게 말하며 운전대를 꼭 움켜쥐었다.

로비는 텅 비어 있었다. 칙칙한 군복 색깔 때문에 파리 사람들이

'회색 쥐'라고 부르는 촌스러운 모습의 금발 머리 독일 여군이 우리를 훅스 박사의 소박한 사무실로 안내했다. 책상 앞에 뻣뻣한 자세로 앉아 있는 도서관 보호인은 어딘지 모르게 불안해 보였다. 그가 예의 같은 건 아랑곳하지 않는 듯 앉은 채로 우리를 맞는 걸 보고 나는 뭔가 크게 잘못되었다는 걸 깨달았다. 그는 프랑스어로 경고부터 했다. "무조건 진실을 말해주셔야겠습니다."

백작 부인이 몸을 곧추세우며 말했다. "파리 미국 도서관에 대해서라면 제대로 답하지 못할 질문 같은 건 없습니다만."

"익명의 투서를 받았습니다. 파리 미국 도서관이 히틀러 총통을 반대하는 글을 퍼트리고 있다고."

누군가 우리를 익명으로 고발했다고?

"도서관 장서 속에서 이런 그림을 찾아냈습니다." 훅스 박사가 종이 묶음 하나를 내밀었다.

백작 부인은 종이를 한 장씩 훑어봤다. "날짜를 보니 전쟁 전에 나온 것이군요. 게다가 이와 관련된 정기 간행물을 열람실 밖으로 유출한 적은 한 번도 없습니다." 그녀는 종이 묶음을 훅스 박사의 책상에 올려놓았다. "분명히 말하는데 나는 내가 보호해주겠다고 약속한 도서관을 함정에 빠트리는 일은 절대로 하지 않을 겁니다."

"그런 그림이 실린 잡지가 외부로 유출됐다면 그건 분명 당신들 짓이겠죠. 누군가 도서관에서 잡지를 훔치려 하는 걸 똑똑히 봤으니까." 내가 단호하게 잘라 말했다.

"오딜!" 백작 부인이 속삭였다. "말조심."

"도서관 측이 금지된 책을 대출해주고 있다는 사실 또한 알고 있습니다." 훅스 박사가 말했다.

"하지만 일전에 리더 관장님께 그런 책까지 폐기할 필요는 없다고 했잖아요." 내가 따져 물었다.

리더 관장의 이름이 나오자 훅스 박사의 표정이 조금 부드러워졌다. "그랬지요. 하지만 지금부터는 그런 책을 모두 따로 보관하고 엄중하게 관리를 해주셔야겠습니다." 그는 긴 한숨을 내쉬었다. "자, 숙녀분들, 그럼 이걸로 해결책을 찾은 것 같군요." 여기서부터 그는 영어로 말하기 시작했다. 아마도 이렇게 해야 복도에서 몰래 엿듣는 회색 쥐가 우리 말을 알아듣지 못하리라. 훅스 박사가 덧붙였다. "여러분을 만나 이야기를 나눌 수 있어서 너무나 기쁩니다. 제가 이 일을 맡고 있다는 사실이 얼마나 다행으로 생각되는지도 굳이 숨기지는 않겠습니다."

그가 자리에서 일어서며 우리가 이곳을 나갈 시간이 되었다는 사실을 알렸다. 훅스 박사마저 주변을 경계하는 모습을 본 백작 부인과 나는 차로 돌아갈 때까지 한마디도 하지 않았다.

도서관으로 돌아오는 길에 나는 훅스 박사의 묘한 태도에 대해 생각해봤다. 정말로 우리가 무슨 죄를 지었다면 점령 지역 내 도서관을 관리하는 책임자인 훅스 박사도 문책을 면하기는 어렵겠지.

보리스가 도서관 건물 안으로 들어서는 백작 부인과 나를 보더니 서랍에서 작은 위스키를 하나 꺼냈다. 그러고는 찻잔 세 개에 위스키를 조금씩 따랐다. 백작 부인은 의자에 편하게 앉아 술을 한 모금 마셨다. 나는 재빨리 보리스에게 우리가 불려갔던 이유를 설명해줬다.

"훅스 박사라는 사람이 우리의 특별 대출을 알고 있는 걸까요?" 보리스가 물었다.

"그렇진 않을 거예요." 백작 부인이 말했다. "하지만 이렇게 아찔한 일을 겪었으니 8월 정기 휴관을 기다리지 말고 우선 내일이라도 도서관 문을 닫는 게 최선이겠어요."

프랑스 대혁명 기념일. 기념할 이유가 전혀 없는 또 하나의 공휴일이 돌아오고 있었다.

# 보리스
## Boris

보리스와 안나는 화요일마다 이웃집에서 카드놀이를 했다. 전쟁도 독일군의 파리 점령도 카드놀이와는 아무 상관이 없었다. 두 사람은 이웃에 사는 이바노프네 집에서 와인 한 잔에 가벼운 저녁 식사를 함께하곤 했다. 이들의 모임은 갈수록 조촐해졌다. 딸 엘레네는 방에서 나디아와 놀았고, 어른들은 축음기에 바흐를 틀어놓고 식사를 하며 긴장을 풀었다. 오랜 친구들이라면 나눌 수 있는 은밀한 이야기도 오갈 수 있는 자리였다. 블라디미르는 자신과 마리나가 학교 다락방에 숨겨주고 있는 학생 이야기를 했다. 학생의 부모는 어디론가 사라져버렸고 이후 그 학생은 사흘 동안 아무에게도 알리지 않은 채 집에 숨어 있었다고 했다. 학생의 이름은 프란시스. 겨우 열세 살이었지만 다 큰 말처럼 먹성이 좋아서 식량 배급으로는 도저히 감당이 안 된다고 했다.

이야기의 주제는 자녀 문제로 흘러갔다. 보리스는 엘레네에 관해 이야기할 때의 안나를 보는 게 좋았다. 안나는 엘레네 이야기만 나오면 목소리며 눈빛이 부드러워졌다. 빵과 버터, 그 밖의 다른 생필품을 구하는 일은 힘겨웠지만 안나는 전쟁으로 인한 피로를 겉으로 드러내지 않으려 애썼다. 그래서인지 그녀의 얼굴에는 걱정으로 인한 주름이나 분노가 없었다. 가끔 보리스의 어깨가 축 처지고 현재의 삶에 대한 절망감과 비통함에 힘들어할 때도 있었다. 러시아 혁명을 피해 고국을 떠나왔건만 결국 더 큰 전쟁을 겪게 되었으니 말이다. 하지만 안나는 한결같은 모습으로 자신의 기운을 남편 보리스에게 나눠주곤 했다.

식사가 끝나고 본격적으로 카드놀이가 시작되었다. 보리스가 카드를 섞어 나눠줬다. 안나는 자신에게 들어온 패를 보고 환하게 웃었고, 그 모습을 지켜보는 보리스의 마음도 즐거웠다.

그때 문 두드리는 소리가 났다. 모두들 깜짝 놀라 서로를 멀뚱히 쳐다보기만 했다. 정말 큰일일 수도 있었고 아무 일 아닐 수도 있었다. 문을 두드리다 가버리지 않을까. 그렇다면 그때까지 기다리자.

쾅! 쾅! 쾅! 문 두드리는 소리는 그치지 않았다. 네 사람은 서로의 눈을 마주 보며 침묵했다. 블라디미르, 마리나, 안나가 카드를 내려놓았다. 보리스는 여전히 자신의 패를 쥐고 있었다. 블라디미르가 자리에서 일어나 문에 있는 작은 구멍으로 밖을 내다봤다. 그의 등이 뻣뻣하게 굳었다. 보리스의 예상이 들어맞았다. 게슈타포가 찾아온 것이었다.

이렇게 체포되고 마는 건가. 바흐를 들으며 카드놀이를 하다가? 아이들이 방에서 놀고 있는 사이에? 블라디미르가 천천히 문을 열었다. 네 명의 게슈타포가 문을 부술 듯 들이닥쳤다. 한 사람이 블라디미르에게 권총을 겨눴다. 둘은 책장의 책을 갈기갈기 찢었고 나머지 하나는 의자의 방석을 찢어발겼다. 빌어먹을 비밀경찰. 그들은 포기하는 법이 없었다. 어쩌면 학교에 숨겨둔 프란시스의 존재를 알아낸 걸지도 몰랐다. 블라디미르와 마리나는 교사이지 혁명가가 아니었다. 그런데 이곳 프랑스까지 와서 고작 아이를 도와준 일로 추궁을 받다니. 애초에 왜 게슈타포가 여기 와 있는 걸까? 하긴 그들에게 이유 같은 건 필요치 않았다.

보리스는 그들을 보고도 별로 놀라는 기색이 없었다. 파리 사람들은 다양한 독일군의 모습에 익숙했다. 평상시 독일군은 번쩍번쩍 광을 낸 군화를 신고 고향에 있는 어머니에게 보낼 선물을 사러 다녔다. 그러다가도 술에 잔뜩 취해 길거리에 나뒹굴며 추태를 부리기도 하고, 파리 여성에게 거절당하고 벌겋게 달아오른 얼굴로 길 한복판에 멍청히 서 있기도 했다. 하지만 독일군의 눈에 비친 파리 사람들은 한결같이 엉망진창이었다. 굶주림과 분노로 얼룩진 사람들이 배급을 먼저 받으려고 아귀다툼을 벌이는 모습이 거리마다 가득했다. 이제는 독일군과 파리 사람들이 적이면서도 친구가 된 것 같았다. 미처 깨닫지 못한 사이에 서로 뒤엉킨 채 그냥 그렇게 살아가고 있었던 것이다.

권총을 든 게슈타포가 독일어로 뭐라고 으르렁거렸다. 안나, 마리나, 보리스는 식탁 앞에 그대로 앉아 있었다. 그렇게 아무 일 없는 듯 앉아 있는 모습이 그 독일군을 더 화나게 만든 것 같았다.

"자리에서 일어서!" 그가 프랑스어로 소리쳤다.

안나가 여왕처럼 우아한 모습으로 자리에서 일어섰다. 그녀는 겁에 질린 모습을 결단코 보여주지 않을 생각이었다. 그러면 결국 그들이 이겼다는 증거밖에 되지 않으니까.

"거기, 문 앞에 너," 게슈타포가 블라디미르를 가리켰다. "양손 들고 와서 다른 사람들 옆에 서!"

그들 모두 두 손을 들고 있었다. 순간 보리스는 자신의 손에 여전히 카드가 들려 있다는 사실을 깨달았다.

총구가 보리스를 향했다. 게슈타포가 나를 체포할까? 현재 독일은 러시아와 미국 두 나라 모두와 전쟁 중이었고, 보리스는 미국에 소속된 기관에서 일하는 프랑스 국적의 러시아인이었다. 아, 보리스는 그제야 총을 휘두르고 있는 남자를 알아봤다. 트위드 정장을 입고 도서관에 나타나 불법 행위의 증거를 잡기 위해 서가를 살살이 뒤지던 바로 그 교활한 인간이었다. 이 게슈타포의 끄나풀이 도서관에 지나치게 자주 드나든다고 오딜이 말했었다. "누군가 그 개자식에게 양심 있으면 도서관 회비라도 좀 내고 들락거리라고 말해줬으면 좋겠어요."

아, 오딜! 보리스는 그 말을 듣고 웃음을 터트렸었다. 그리고 그때 일을 떠올리며 지금 또다시 웃음을 터트리고 말았다.

남자의 루거[6]가 불을 뿜었다. 통증이 보리스의 몸을 관통했다. 흰 셔츠가 붉게 물들었고 손에서 떨어진 카드가 발밑에 흩어졌다. 너무나 고통스러웠고 몸이 이리저리 흔들렸다. 그렇게 마지막 춤

을 추며 보리스는 생각했다. '아이들에게 사랑한다고 전해줘. 안나, 오, 안나, 당신은 내 마음 알지.'

보리스는 자신의 몸이 무너져내리는 것을 기억하지 못했고 머리가 바닥에 부딪히는 것도 느끼지 못했다. 안나가 곁으로 오는 것 같기는 했다. 그녀는 피가 셔츠를 타고 흘러나와 자신의 창백한 두 손을 적시는 걸 지켜봤다. 게슈타포들이 내지르는 소리가 들렸다. 너무 시끄러웠다. 보리스는 나선형 계단을 미끄러지듯 올라가 말없이 늘어서 있는 책장 사이를 따라 걷고 싶었다. 그리고 아무도 찾지 않는 3층 도서 보관실의 달콤한 고요함 속에서 잠시나마 모든 걸 잊고 싶었다.

제
9
장

릴리
Lily

1987년 8월, 미국 몬태나주 프로이드

메리 루이즈의 언니 엔젤의 이야기가 마을 소식지인 〈프로이드
프로모터〉의 지면을 가득 채웠다. 학교 동기들이 뽑은 동창회의 여
왕. 마을에 행사가 있을 때마다 비키니 차림도 불사하고 온몸을 던
져 기금을 모금하는 일등 공신. 엔젤의 뇌쇄적인 눈빛은 다 큰 성인
남자의 머릿속도 똥 덩어리로 만들어버릴 수 있을 것 같았다. 메리
루이즈와 나는 어떻게 하면 엔젤처럼 될 수 있을지 몇 시간을 고민
하다가 결정적인 해답을 찾기 위해 엔젤의 방에 잠입해 들어갔다.
수 밥이 갑자기 나타나는 불상사를 피하기 위해 귀는 쫑긋 세워둔

채였다. 엔젤의 방에 배인 지독할 정도로 달콤한 아르마니 향수 냄새에 우리가 내뿜는 긴장감이 뒤섞였다.

메리 루이즈는 옷장 서랍부터 뒤졌다. 메리 루이즈의 손가락에 매달린 검은색 브래지어가 어찌나 큰지 소프트볼 공이라도 담을 수 있을 것 같았다. 우리는 엔젤의 앙고라 스웨터를 쓰다듬었다. 그리고 살결보다 보드라운 스웨터를 우리의 납작한 가슴에 대봤다. 나를 어떻게 하고 싶어 안달하는 로비의 손이 이 스웨터 안으로 쓱 들어온다면 기분이 어떨까? 그야말로 달콤하겠지. 침대 밑에서는 졸업생 파티 때 옷에 달았던 코르사주가 가득 든 신발 상자 하나와 분홍색 플라스틱 용기 하나가 나왔다. 용기 안에는 달팽이 껍질처럼 포장지에 둘둘 말린 알약이 있었다. 그 약은 다름 아닌 피임약이었다. 피임약은 인간의 번식을 막을 수 있는 힘이 있다는 점에서 나에게는 총이나 다름없었다. 내가 용기에서 약 한 알을 꺼내자 메리 루이즈가 약을 제자리에 넣어두라고 했다.

화장대 위에는 각종 화장품이 외과 의사의 도구처럼 가지런히 정리되어 있었다. 파란 아이라이너는 엔젤의 눈을 끝없이 펼쳐진 바다처럼 보이게 해줬다. 하지만 우리 눈에서는 그저 싸구려 볼펜으로 장난을 쳐놓은 것처럼 보일 뿐이었다. 그러다 옷장에 가득한 하늘하늘한 원피스를 본 우리는 그만 정신줄을 놓아버렸다. 원피스 자락이 어찌나 부드러운지 천상의 감촉이 있다면 이런 거겠구나 싶었다.

집에 돌아오니 오딜과 엘리너가 의자에 앉아 나를 기다리고 있었다.

"메리 루이즈 엄마가 전화했어." 엘리너가 몸을 일으키며 단호한 말투로 말했다.

나에 대한 보고가 나보다 먼저 집에 도착해 있다는 사실이 믿기지 않았다. "남의 방을 훔쳐보는 건 나쁜 짓이야." 엘리너는 화난 얼굴이 아니었다. 그녀는…… 나를 염려하는 것 같았다. "만일 내가 네 방을 뒤진다면 기분이 어떻겠어?"

"마음대로 해보세요!" 내가 날카롭게 내뱉었다. "나는 감출 만한 비밀 같은 건 하나도 없으니까."

"'마 그란데', 사랑하는 릴리," 오딜도 자리에서 일어나 말했다. "누구에게나 비밀이 있어. 물론 사생활도 있지. 아빠도 그렇고 엘리너도 그렇고 나도. 사람들이 마음의 준비를 하고 뭔가를 얘기할 때는 그걸 고마워할 줄 알아야 해. 그리고 다른 사람들의 단점이나 한계를 받아들이려고 노력하고, 그런 단점이나 한계가 너와는 아무 관계가 없다는 사실도 이해해야 해."

내가 오딜의 급작스런 충고를 어떻게 받아들여야 할지 몰라 당황해하자 엘리너가 간단하게 정리해줬다. "남의 사생활 같은 건 훔쳐보지 마. 그러다 정말 큰코다쳐."

"피임약을 먹는 건 엔젤인데 왜 내가 그런 말을 들어야 돼요?"

깜짝 놀라는 엘리너를 보니 왠지 모르게 통쾌했다.

오딜이 내 팔을 꼭 잡았다. "내 말 잘 들어. 다른 사람의 비밀을 들춰내는 것보다 나쁜 짓은 없어. 왜 엔젤의 사생활을 우리에게 말하는 거니? 그렇게 해서 엔젤을 곤란하게 만들려는 거야? 아니면 엔젤의 평판을 깎아내리기라도 하려는 거야? 그것도 아니면 그냥 상처 주려고?"

"그냥 아무 생각 없이……."

오딜이 나를 쏘아봤다. "그렇다면 다음번에는 생각을 좀 해! 입은 꼭 다물고."

"고자질쟁이를 좋아하는 사람은 없어." 엘리너도 거들었다. 엘리너와 오딜은 다시 자리를 잡고 앉아 그들이 하던 이야기로 돌아갔다.

"제가 한번 가봐야 할까요?" 오딜이 물었다. 오딜이 그토록 자신 없는 말투로 이야기하는 건 처음이었다.

"어디 가는데요?" 내가 끼어들었다.

"시카고에 가신대!" 엘리너가 흥분해서 소리쳤다.

"시카고요?" 나는 한숨을 쉬었다. 나도 일거수일투족을 감시하는 사람들이 없는 먼 곳으로 떠나고 싶었다. 높은 빌딩과 예쁜 레스토랑으로 둘러싸인 대도시에 갈 수만 있다면 얼마나 좋을까? "당연히 가셔야죠!"

"40년 전에 여기 올 때를 빼고는 여태껏 기차 한 번 안 타봤거든요. 그러고 보니 친구 뤼시엔느를 못 본 지도 벌써 40년이라는 세월이 흘렀군요."

"그동안 왜 안 가보신 거예요?" 내가 물었다.

"뤼시엔느가 벅이랑 나를 초대하긴 했는데 벅이 내키지 않아 했어. 벅이 세상을 떠난 후로는 거절하는 게 습관이 돼버렸고."

"시카고에 있는 상점이며 극장을 한번 생각해보세요!" 엘리너가 말했다. "저라면…… 어쨌거나 옛 친구를 다시 만난다는 건 너무 좋은 일 아니에요?"

"뤼시엔느가 한 달 정도 있다가 가래요."

"릴리와 내가 기차역까지 태워다드릴게요." 엘리너가 말했다.

"생각해볼게요." 오딜이 말했다. 하지만 내 경험에 의하면 오딜이 생각해본다고 하는 건 거절의 의미였다.

그날 밤 침대에서 《귀향》을 읽다 깜빡 잠이 들었다. 그러다 방문 틈으로 다투는 소리가 들려와 눈을 떴다. "수 밥은 자기 딸들도 제대로 통제하지 못하는 여자야. 그런 사람이 내 딸한테 이래라저래라 할 자격이 있어?" 아빠가 말했다. "엔젤은 애초에 글렀고 메리 루이즈도 제 언니랑 똑같이 하잖아."

"말도 안 되는 소리 말아요." 엘리너가 대꾸했다. "메리 루이즈는 그저 호기심이 왕성한 아이일 뿐이에요."

비몽사몽에도 메리 루이즈에 대해 그렇게 말해주는 엘리너가 고마웠다. 복도를 따라 엘리너의 발소리가 들리더니 방문이 열렸다. 엘리너가 내 방의 불을 껐다.

"고마워요." 내가 낮게 속삭였다.

"뭐가?"

내가 엔젤에게 한 일에 대해 화내지 않아서, 오딜을 격려해줘서, 그리고 메리 루이즈의 좋은 점을 알아봐줘서 고마웠다. 엘리너의 이해심이 고마웠다. 하지만 나는 더 이상 아무 말하지 않고 이불 속에 몸을 파묻었다. 오랫동안 잊고 지냈던 행복을 느꼈다.


그로부터 열흘 후 엘리너와 나는 울프 포인트에 있는 기차역까지 오딜을 차로 데려다줬다. 나는 뒷좌석에 앉아 창밖에 펼쳐지는 황량한 평야를 바라봤다. 떠나는 사람이 오딜이 아니라 나라면 얼마나 좋을까.

기차를 기다리는데 오딜이 말했다. "친구가 많이 변했으면 어떻게 하죠? 어색하면 어쩌나……? 그럼 아주 난감할 것 같은데."

"그럼 집에 일찍 돌아오면 되죠 뭐." 엘리너가 말했다. "프로이드
는 어디 안 가고 여기 있으니까."

"보고 싶고 생각나는 게 프로이드만은 아닐 거예요." 오딜이 나
를 보며 말했다.

내가 발로 오딜의 발을 토닥였다. "저도 보고 싶을 거예요."

엠파이어 빌더라고 불리는 장거리 운행 열차가 치익치익 소리를
내며 멈춰 서자 오딜이 기차에 올라탔다. 텅 빈 승강장에서 엘리너
와 나는 떠나는 오딜을 향해 손을 흔들었다.


2주가 지난 후 저녁 식사 시간이었다. 나는 조에게 닭고기를 잘라
주며 운전면허를 딸 수 있게 해달라고 아빠를 졸랐다. "메리 루이
즈는 이미 면허증이 있단 말이에요."

"넌 왜 너를 딴 사람들이랑 비교해? 어느 누구도 가질 수 없는 너
만의 장점이 있는데."

나는 조의 얼굴에 묻은 케첩을 닦아줬다. "맞네요. 우리 반에서 면
허증을 제일 늦게 따는 걸 장점으로 볼 수 있다면 아빠 말이 맞아
요." 나는 아빠에게 나를 영원히 이 집에 가둘 수는 없을 거라고 말
해주고 싶었다. 메리 루이즈는 사람들이 잘 다니지 않는 버려진 공
터로 이어지는 길에서 나에게 운전하는 법을 가르쳐줬다. 운전은
생각보다 어렵지 않았다.

"플린 씨네 딸한테 생긴 일만 생각하면 아빠는 걱정돼서 죽을 지
경이야." 아빠가 말했다. "만의 하나라도 우리 딸한테 그런 일이 일
어난다면……. 생각도 하기 싫다."

제스 플린은 남자아이들과 술을 잔뜩 마시고 픽업트럭을 운전했다가 사고를 당했고 현장에서 즉사하고 말았다. 마을 사람들은 5년 전에 일어났던 그 사고를 아직도 잊지 못하고 있었다.

"아직 10대인 아이들이 무슨 술을 마시고 학교까지 차를 몰고 다니겠어요." 엘리너가 주장했다. "그리고 젊은 여자들이 조금쯤 독립적인 생활을 한다고 해서 문제될 건 전혀 없어요. 릴리가 대학에 들어가기 전에 미리 면허도 따고 연습도 해두면 좋잖아요?"

아빠는 자꾸 내 편만 든다며 엘리너를 책망했다. 반대로 나는 이런 엘리너가 더 좋아졌다. 엘리너는 나이프와 포크를 접시에 거칠게 내려놓으며 식탁을 치우기 시작했고 나는 두 사람 사이의 싸움에 끼어 있는 형국이 되었다. 물론 그 싸움의 원인 제공자는 바로 나였지만. 저녁 식사 후에 메리 루이즈가 놀러 왔다. 우리는 책상다리를 하고 바닥에 앉아 더 큐어[7]의 노래를 들었다.

"아빠랑 엘리너 또 시작이네." 내가 말했다. "나도 시카고로 도망치고 싶다."

"돈 모으는 데 백년은 걸릴걸. 최소 서른 살은 돼야 가능하겠다."

"인생을 즐기기엔 서른 살은 너무 늙은 거 아냐?"

"릴리," 엘리너가 거실에서 큰 소리로 외쳤다. "음악 좀 줄여. 벤지가 무서워하잖아! 그리고 오딜 부인네 집에 가서 화분에 물이라도 주지 그러니? 반은 말라 죽었을지도 모르는데."

오딜의 거실은 전혀 달라진 게 없어 보였다. 의자 옆에는 뜨개질 바구니가 있었고, 주로 차를 마실 때 쓰는 작은 탁자에는 내가 만들어 선물한 라벤더 사셰[8], 가죽 책갈피 따위가 놓여 있었다. 그렇지만 바흐의 음악도 없었고 오늘 하루가 어땠는지 물어보는 사람도 없었다. 갓 구운 쿠키 냄새 대신 케케묵은 집 냄새가 나서 그런지 유난히 집이 휑했다. 창문마다 커튼이 쳐진 오딜 없는 집은 영혼 없는 몸뚱이 같았다.

오딜의 집은 어디든 열려 있었다. 이 말인즉슨 메리 루이즈와 나는 원하는 무엇이든 할 수 있다는 뜻이었다. 다시는 오지 않을 기회였다. 나는 서랍 하나를 열었다. 낡은 신문 기사를 오려 모아놓은 것 말고는 아무것도 들어 있지 않았다.

"뭐 찾아?" 메리 루이즈가 말라붙은 화분에 물을 조금씩 뿌리며 물었다.

"단서." 나는 오딜이 나에게 결코 말해주지 않는 진실에 대해 알고 싶었다. 나는 다른 사진이나 연애편지 혹은 일기장 같은 게 있지 않을까 기대하며 책장의 책을 살펴봤다. 금지된 일은 예외 없이 사람을 흥분시킨다. 이 선을 넘지 않고 어떻게 궁금한 걸 알아낼 수 있을까. '남의 사생활 같은 건 훔쳐보지 마. 그러다 정말 큰코다쳐.' 나는 양심의 가책 비슷한 걸 살짝 느꼈지만 책을 뒤지는 일을 멈추지 않았다.

"네가 오딜에 대해 아는 게 생각보다 적을 수도 있어. 옛날에 나치랑 연인 사이였을지도 모르잖아?"

나는 '도서관 보호인'이라는 사람의 사진을 떠올렸다. 그 남자는 나치일지라도 그리 나쁜 사람처럼 보이지 않았는데. 나는 고개를 저었다. "그럴 리 없어! 오딜은 독일군과 맞서 싸웠고 책 속에 암호문 같은 걸 감춰서 전달했을 거야. 그러다 분명 같은 임무를 수행했던 남자하고 사랑에 빠졌겠지. 오딜에게는 안타까운 일이지만 그 사람이 비밀 임무 중에 죽었을지도 모르고."

"그래서 꼬박 1년 동안 웃지도 않고 지내다가," 메리 루이즈가 내 이야기에 살을 붙였다. "그러다가 어느 날 구스타프슨 씨를 만난 거야. 덕분에 오딜은 웃음을 되찾은 거고. 그런데 진짜 두 사람은 어떻게 만났을까?"

나는 머릿속으로 시나리오를 써봤다. "구스타프슨 씨가 낙하산을 타고 프랑스에 들어갔다가 독일군에게 총을 맞았어. 그리고 병원에 실려갔는데 그 병원은 오딜이 일주일에 한 번씩 자원봉사를 하러 가는 곳이었던 거지."

"하지만 구스타프슨 씨를 만나게 된 후로는 그 하루가 매일매일로 바뀐 거고!"

우리는 오딜의 결혼식 사진을 찬찬히 살폈다. 오딜은 입을 굳게 다문 채 카메라를 똑바로 쳐다보고 있었고, 구스타프슨 씨는 그런 오딜을 내려다보고 있었다. 사랑에 눈이 먼 바보의 표정이었다. "병원 침대에 누워 감탄과 사랑이 가득한 눈으로 오딜을 올려다보는 장면이 그려지지 않니?" 내가 물었다.

"결국 오딜도 부상당한 포로를 사랑하게 됐겠지. 하지만 겉으로 표현할 순 없었을 거야. 그때만 해도 여자들은 조신한 척해야 했으니까."

"맞아." 나는 비밀 저항군 차림을 한 오딜이 게슈타포에게 맞서는 모습을 상상했다. 오딜이 자신의 아버지에게 맞서던 것과 똑같은 모습으로. 분명 그녀는 집에다 유대인도 숨겨줬으리라.

"만일 안네 프랑크가 오딜을 만났더라면 수용소에 잡혀가 죽지 않았을걸."

"그렇겠지." 메리 루이즈가 대꾸했다. "또 뭐가 있나 한번 찾아보자!"

우리는 책을 원래 자리에 되돌려놓고는 침실로 향했다. 메리 루이즈의 몸이 옷장 속으로 사라졌다. "보석함이야! 옛날 애인에게서 받은 보석이 잔뜩 있으려나!"

나도 메리 루이즈를 따라 옷장 안으로 들어갔다. 우리 둘이 들어가니 옷장 안이 꽉 찼다. 오딜이 입는 블라우스 소매가 내 뺨에 닿았다. 옷장 후크에 검은 레이스 잠옷이 걸려 있었다. 보는 것만으로도 얼굴을 후끈 달아오르게 하는 관능적이면서도 하늘하늘한 스타일이었다. 구스타프슨 씨의 총이 옷장 구석에 세워져 있었다. 우리는 오딜의 침실, 오딜의 옷장, 오딜의 물건을 뒤져서는 안 되었다. 메리 루이즈는 어떨지 모르겠지만 적어도 나는 절대 그러면 안 된다는 걸 알고 있었다. 하지만 나는 새 옷처럼 단정하게 개어져 있는 순모 카디건을 만지작거리지 않을 수 없었다.

메리 루이즈가 위쪽 선반에 있는 하얀색 상자 하나를 가리켰다. 내가 상자를 내리자 메리 루이즈가 금빛 잠금쇠를 열었다.

"안 잠겨 있네." 내가 놀라서 말했다.

"이게 뭐야. 실망인데." 메리 루이즈가 종이 다발을 들어 보였다. "연애편지 아닐까!"

그거야말로 내가 바라는 바였다. 애인, 그러니까 구스타프슨 씨나 어떤 늠름하고 매력적인 외국 남자가 쓴 오딜의 과거를 알려줄 수 있는 단서. 종이는 낙엽처럼 바싹 말라 있었고 세월 탓인지 색깔도 누렇게 변해 있었다. 나는 첫 번째 종이를 집어 들었다. 여성스러우면서도 물 흐르듯 매끄러운 필체는 오딜의 것과 비슷했다. 그렇다면 애인이 쓴 편지는 아니라는 뜻이었다. 프랑스어로 되어 있는 글은 알아보기 쉽지 않았다. 게다가 지금은 잘 쓰지 않는 듯한 옛날 말이 많았다.

파리

1941년 5월 12일

경찰 담당자 귀하,
왜 숨어 있는 유대인을 철저하게 색출하지 않는 겁니까?
여기 코헨 교수 주소가 있습니다. 블랑슈 거리 35번지입
니다. 그 여자는 소르본 대학교에서 이른바 문학을 강의
했다고 하더군요. 지금은 본인 집으로 학생들을 불러들여
강의를 한답니다. 동료들, 학생들과 희희낙락하면서요. 그
것도 대부분 남자들로만. 나잇값도 못하고 그게 무슨 짓
이랍니까!
그 여자는 외출할 때 보라색 숄을 두르고 머리에 공작새
깃털을 꽂고 나가기 때문에 1킬로미터 밖에서도 알아볼
수 있어요. 그 유대인 여자에게 출생 증명서와 여권을 꺼
내보라고 하세요. 그러면 거기에 그 여자의 종교가 똑똑
히 적혀 있을 테니. 지금 프랑스의 성실한 남자, 여자가 모
두 힘들게 일하고 있는데, 그 잘난 교수님은 앉아서 책 나
부랭이만 읽고 있다고요.
여기 적힌 내용은 전부 틀림없는 사실이니 이제는 그쪽에
서 나설 차례입니다.

편지에서 45년 전의 증오가 고스란히 묻어났다. 이래서 오딜이 자신의 과거에 대해 아무 말도 하지 않으려 했던 걸까? 이런 추악한 말 때문에?

나는 마치 스노볼 안에 서 있는 기분이 들었다. 스노볼을 흔들면 안에 있는 집이나 가로등, 애완동물, 자동차 모형 같은 건 움직이지 않고 가짜 눈만 휘날리는 것처럼, 나는 분명 가만히 있는데 사방이 눈가루에 휩싸였다. 아니, 그건 진짜 눈이 아니라 내 손이 갈기갈기 찢어버린 오래된 편지에서 비롯된 종이 가루였다.

메리 루이즈가 나를 마구 흔들었다. "그걸 왜 찢고 있어!"

"뭐?" 나는 멍하게 대답했다.

메리 루이즈가 발밑에 흩어진 종잇조각을 가리켰다. "오딜이 분명 눈치챌 거야. 우리 이제 큰일 났다고."

이제는 아무래도 좋았다. "상관없어."

갑자기 '도서관 보호인'의 사진이 머릿속에 떠올랐다. 오딜은 그 사진을 다른 사랑했던 사람들의 사진과 함께 보관하고 있었다. 혹시 오딜이 그 남자와 사귀는 사이가 아니었을까. 아니면 그 남자가 하는 일을 돕는 사이였는지도. 결국 오딜은 프랑스로 돌아가지 않았고 가족들과도 나시는 만나지 않았다. 어쩌면 가족들과 완전히 연이 끊어졌을 수도 있었다.

"편지에 뭐라고 써 있었는데?"

나는 메리 루이즈에게 사람들의 끔찍한 과거에 대해 알려주고 싶지 않았다. 또한 오딜의 과거에 대한 나의 의심을 들키고 싶지도 않왔다. 만일 그 익명의 제보자가 오딜이 아니라면 오딜은 왜 편지를 보관하고 있었던 걸까?

"내용이 뭐냐니까?" 메리 루이즈가 재차 물었다.

"나도 잘 모르겠어."

"그럼 됐어." 메리 루이즈가 내 등을 토닥였다. "뭐, 내가 생각했던 것만큼 네 프랑스어 실력이 대단하진 않은가 보다."

나는 결국 원하던 실마리를 찾아냈다. 그리고 이제는…… 한기가 느껴졌다. 배도 쿡쿡 쑤시기 시작했다.

"봐도 잘 모르겠으면 다른 거 한번 읽어보자." 메리 루이즈가 상자에 있는 다른 편지를 가리켰다.

"봐도 알아볼 만한 게 없어. 폐지처럼. 오래된 폐지." 나는 나머지 편지도 다 찢어버리려 했지만 메리 루이즈가 편지를 가져가 처음 모습 그대로 다시 곱게 접었다.

"집에 가자." 내가 말했다.

"그래. 우리 둘 다 그만 여기서 나가야 할 것 같아."

"맞아. 그만 여기서 나가는 게 좋겠어." 오딜이 말했다.

오딜.

메리 루이즈와 나는 소리가 나는 쪽으로 고개를 돌렸다. 치켜 올라간 오딜의 눈썹은 마치 물음표 같았다. 우리는 오딜의 침실에서 뭘 하고 있었던 걸까? 우리 발밑에 흩뿌려진 종잇조각은 다 뭘까?

오딜은 오랜만에 나를 만나 기쁜 얼굴이었다. 나는 살짝 올라간 입꼬리와 부드러운 눈빛에서 그녀의 마음을 읽을 수 있었다.

메리 루이즈와 나는 지금까지 곤란한 일을 많이 겪어봤지만 현장에서 걸렸던 적은 단 한 번도 없었다. 물론 오딜의 사적인 공간을 침범했던 데 대해 사과하고 싶은 마음도 있었다. 그렇지만 그 끔찍한 고발장에 대해 오딜로부터 사과받고 싶은 마음이 훨씬 컸다. 고발장뿐만 아니라 나에게 그런 무시무시한 프랑스어 단어를 가르쳐준 것, 거짓말쟁이에 불과했던 그녀를 독일군과 맞서 싸운 용감한 여성으로 착각하게 만들었던 것에 대해서도 사과받고 싶었다.

"책장에 있는 책을 뒤진 것도 너네들이니?" 오딜의 목소리는 침착했다.

메리 루이즈는 너무 놀라 손에 있던 편지를 떨어트렸다. 재빨리 상황 파악을 마친 메리 루이즈는 나를 밀치고 쏜살같이 달아났다. 오딜이 나에게 가르쳐준 중요한 교훈이 하나 있었다. 자신의 자리를 끝까지 지키라는 것이었다. 나는 오딜의 눈을 똑바로 쳐다봤다. 나는 그녀의 부드러운 갈색 눈동자를 직시하며 물었다. "당신 정체가 뭐죠?"

제
*10*
장

---

# 오딜
**Odile**

1943년 7월 19일, 프랑스 파리

비찌가 예의를 차릴 겨를도 없는 듯 황급히 내 침실로 뛰어 들어 왔다. 나는 책상 앞에 앉아 레미에게 편지를 쓰는 중이었다. 추레한 행색으로 숨을 헐떡이며 방에 들어온 비찌가 소리쳤다. "보리스가 카드놀이를 하다가!"

"카드놀이?"

"총에 맞았어요!"

"총에 맞았다고요?" 나도 모르게 가슴을 움켜쥐었다. "보리스 는…… 살아 있나요?"

"보리스를 자선 병원으로 끌고 갔대요. 그 와중에 심문한다고……."

게슈타포가 파리를 마음대로 주무르고 있는 지금 별다른 설비가 없는 '자선' 병원은 사실상 사형대나 마찬가지였다. 안 돼. 보리스까지 잃을 순 없어. 나는 또다시 친구를 잃는 고통을 감당할 수 없었다.

"집에 혼자 있으려니 가슴만 답답하고 해서," 비찌의 이야기가 이어졌다. "도서관에 뭐 할 일이라도 있나 싶어 갔거든요. 백작 부인이 훅스 박사를 만나고 막 돌아왔더라고요. 백작 부인 말로는 보리스의 아내가 한밤중에 전화를 했대요. 그래서 날이 새자마자 곧바로 훅스 박사를 찾아갔다는 거예요. 보리스가 파리 미국 도서관의 직원으로 20년 가까이 일했다는 사실부터 알려줬대요. '그런 보리스가 나쁜 짓을 했을 리 없다, 게다가 도서관에 문제가 생기면 도와주겠다고 당신이 약속하지 않았느냐'라며 따졌대요."

"그러니까 훅스 박사가 서면 보고부터 하라고 했대요. 무슨 말 같지도 않은 소리를! 어쨌든 백작 부인은 독일군이 일하는 방식을 익히 잘 알아서 사건의 전말을 자세히 기록하고 증인이자 보증인 자격으로 서명한 다음 제출했대요. 그러자 훅스 박사가 어디론가 전화를 걸었고 보리스가 강제 추방될 거라는 소식을 전해 들었다는 거예요."

"강제 추방이라니요!"

"일단 훅스 박사가 어떻게든 손써보겠다고 약속했대요."

그렇다면 다행이었다. 나는 훅스 박사가 약속을 지킬 것이라 믿었다. 그 도서관 보호인은 다른 나치처럼 나쁜 사람이 아니어야만 했다. "보리스를 위해 우리가 할 수 있는 일은 없나요?"

"안나를 도와주면 될 것 같아요."

나는 비찌와 자전거를 타고 파리 외곽의 생클루에 있는 보리스네 집으로 갔다. 안나가 집에 있을까? 집 안으로 살며시 들어가보니 수많은 친구들과 친척들이 모여서 소리 죽여 이야기를 나누고 있었다. 엘레네는 옆방에 있었지만 그들이 하는 이야기를 전부 들었을 것이다. 가엾은 것. 엘레네는 고작 여섯 살이었다. 게슈타포는 뭘 추적하는 걸까? 나는 안나가 보리스를 만날 수 있게 게슈타포가 허락해줬기를 바랐다. 뻔뻔하게도 게슈타포는 새벽 세 시에 보리스의 집을 다시 찾아왔고 탁자에 있던 담배마저 챙겨가려 했다.

그날 저녁 늦게 안나가 달빛처럼 창백한 얼굴을 하고 집으로 돌아왔다. 게슈타포는 안나를 지하실 골방에 가둬놓고 누군지도 모르는 사람들의 사진을 계속해서 보여줬다. 그리고 보리스에게도 똑같은 질문을 한 후에야 두 사람을 만나게 해줬다. 피에 젖은 셔츠를 그대로 입고 있던 보리스는 여태 의사조차 만나보지 못했다.

8월이 되자 보리스는 파리 미국 병원으로 옮겨졌다. 훅스 박사가 뒤에서 힘을 쓴 덕분이었다. 보리스는 폐에 총을 맞았다. 총격 후 며칠이 지나도록 제대로 된 치료를 받지 못한 탓에 한때 생명이 위독할 정도로 상황이 심각하기도 했다. 한 달쯤 지난 후에야 그는 안나 외에 다른 사람들을 만나도 좋다는 허락을 받았다. 병원 정문 쪽 대기실에서 안나는 비찌와 나에게 말했다. "보리스 상태가 많이 좋아졌어요. 어제는 지탕 한 갑만 달라고 농담도 하더라고요."

나는 안나를 따라 웃었다. 보리스가 한 말이 농담이 아니란 건 알았지만.

"저기요!" 마거릿이 소리치며 우리를 향해 달려왔다. "늦어서 미안해요."

나는 몇 주 동안 마거릿의 소식을 듣지 못했다. 햇볕에 적당히 그을린 마거릿의 얼굴은 아무 걱정이 없어 보였다. 그녀에게서 행복이 넘쳐흘렀다.

"대체 이게 무슨 일인지!" 마거릿이 말했다. "왜 더 빨리 연락 안 했어요?"

"전화했었어요." 나는 짧게 대답했다. "그런데 연락이 안 됐어요."

"해변에 있었어요. 같이……," 마거릿이 비찌와 안나의 눈치를 살폈다. "해변에 가 있는 바람에요. 신경 써서 계속 연락을 했었어야 했는데."

보리스를 보러 가는 길에 간호사 하나가 나에게 반갑게 인사를 했다. 누군가 나를 기억해주고 있다는 사실에 마거릿 때문에 언짢았던 마음이 살짝 누그러들었다. 나는 보리스가 깨어 있는지 안나가 확인하러 간 사이 잠시 동안 그녀와 이야기를 나눴다.

나는 병실에 들어서자마자 보리스에게 달려갔다. 그러고는 마치 엄마라도 되는 양 부산을 떨며 담요를 가슴까지 끌어올려줬다. 진통제 탓인지 그의 초록색 눈동자는 평소처럼 또렷하지 않았다. 하지만 실없는 농담을 할 때 한쪽 입꼬리를 삐죽 올리는 건 여전했다.

"이거야 원 우리 프링스가 정말로 예전과 다르게 '변신'이라도 하고 있는 걸까요."

"그래 봤자 프랑스 카프카만 더 많아지지 않겠어요." 나는 보리스의 말을 가볍게 받아치기 위해 애를 썼다.

"대출 창구에 혼자 남겨둬서 미안해요." 보리스가 말했다.

"괜찮아요……. 책을 읽는 사람들에게 도움이 될 수 있어서 좋기만 한걸요. 물론 단골 이용자들은 도서관 정기 휴관 따위 아랑곳없이 매일같이 찾아오긴 하지만요! 어쨌거나 너무 무리하지 않겠다고 약속해주세요."

"아, 그럼 나는 이제 도서관에서 쫓겨나는 건가요?" 보리스가 농담을 던졌다.

비찌는 감정이 북받치는지 아무 말도 하지 못한 채 그저 보리스의 뺨에 입을 맞추고는 병실 한쪽으로 물러났다.

"보리스, 어쩜 도서관 정기 휴관 기간에 딱 맞춰서 병원 신세를 지고 있는지 그 직업 정신이 놀라울 따름이에요."

"총에 맞은 게 이번이 처음은 아니라서요." 보리스가 잠에 취한 목소리로 말했다. "하지만 제발 이번이 마지막이었으면 좋겠군요."

"뭐라고요?" 마거릿이 소리쳤다.

그의 눈꺼풀이 파르르 떨리더니 곧 감겼다.

"요즘 들어 저이가 부쩍 피곤해하더라고요." 안나가 우리를 병원 밖으로 배웅해주며 말했다. "그런데도 언제든 도서관에 출근할 수 있다고 자꾸 고집을 피워요."

"보리스는 괜찮을 거예요." 비찌가 말했다. "언제쯤 다시 오면 좋을까요? 혹시 엘레네를 봐줄 만한 사람은 있으세요?"

두 사람이 이야기를 하는 동안 마거릿이 나를 한쪽 옆으로 데리고 갔다. "딸아이에게 펠릭스를 소개시켜주진 못하겠어요. 비밀을 지키기에는 아직 너무 어리니까. 하지만 누군가 펠릭스를 만나줬으면 해요. 그가 얼마나 친절한 사람인지 알아볼 수 있는 그런 사람이요. 그래서 말인데 당신이 나랑 펠릭스를 한번 만나줄래요?"

마거릿은 진심으로 내가 자기 애인을 만나 차라도 한잔 마셔줄 거라고 기대하는 걸까? "군이 그 남자를 소개시켜줄 필요는 없어요." 내가 쌀쌀맞게 말했다.

"펠릭스는 내 생명을 구해줬어요. 그리고 레미의 생명도 구해줬고요."

마거릿의 말은 맞기도 했고 틀리기도 했다.

"한 시간만 내줘요. 이렇게 부탁할게요."

마거릿은 종종 생각 없이 말을 내뱉곤 했지만 이런 말도 안 되는 부탁을 한다는 건 생각이 없는 정도가 아니라 제정신이 아닌 거나 다름없었다.

"한 시간은커녕 5분도 어림없어요!"

"오딜이 내 도움을 필요로 할 때 내가 한 번이라도 안 된다고 한 적 있나요?" 마거릿도 화를 내며 말했다.

"두 사람 지금 싸우는 거예요?" 비찌가 끼어들었다.

"아무 일도 아니에요." 내가 말했다. "내가 가끔 까탈스럽게 구는 거 비찌도 알잖아요."

"가끔이라고요?" 비찌가 얼굴을 찡그렸다.

포로수용소 전용 우편

1943년 9월 3일

세상에서 가장 사랑하는 오딜에게,
어쩌면 이게 너에게 보내는 마지막 편지일지도 모르겠어.

계속 몸이 안 좋았는데 동료들 말로는 내가 고열로 신음하며 헛소리까지 했대. 부상 입은 자리는 차도를 보일 생각을 않아. 제대로 된 의약품이 전혀 없으니 감염 때문에 염증이 더욱 심해지는 거겠지.

전쟁이 됐든 다른 뭐가 됐든 신경 쓰지 말고 폴과 결혼해. 그리고 매일 폴 곁에서 눈뜨며 너만의 행복을 찾아. 우리 둘 다 비참한 현실에 빠져 있을 이유는 전혀 없어. 내가 파리에 있었다면 나는 당연히 비찌 곁에 있었을 거야. 그리고 한순간도 그녀와 떨어지지 않았을 거야.

무슨 일이 있더라도 슬퍼하지 말고. 나는 하나님을 믿어. 너도 믿음을 좀 가져봐.

사랑해,

레미


나는 머나먼 타지에서 차가운 나무 관에 누워 있는 레미의 모습을 떠올렸다. 아, 레미. 제발 집으로 돌아와. 제발 집으로 돌아와줘. 갑자기 속이 울렁거렸다. 나는 화장실로 달려가 속이 가라앉을 때까지 배 속에 든 걸 모조리 게워냈다. 제발 죽지 마. 제발 죽지 마. 속에 아무것도 남아 있지 않은 것 같은 후에야 화장실에서 나와 벽에 기대섰다. 내 배와 머리와 심장, 어디 한 군데도 아프지 않은 곳이 없었다. 나는 정신을 차려보려고 양손으로 얼굴을 쓸어내렸지만 소용이 없었다. 머리부터 발끝까지 고통에 점령당한 것 같았다. 여기서 우리가 할 수 있는 일이 틀림없이 있을 거야. 나는 약상자를 열어젖히고 이런저런 연고며 고약, 아스피린 병—병에 든 아스피린은 단 세 알뿐이었지만—을 움켜쥐었다. 그렇게 도움이 될 만한 것을 모조리 꺼내 상자에 담기 위해 주방에 갔다.

"그게 다 뭐야?" 엄마가 난장판이 된 식탁을 보며 말했다. "네 꼴은 또 뭐고? 무슨 미친 사람처럼!"

나는 엄마에게 레미의 편지를 읽어줬다.

"아, 레미가……." 엄마는 나를 도와 약을 포장했다. 그렇지만 우리 둘 다 이번 달에 수용소로 보낼 수 있는 소포의 양을 이미 초과했다는 사실을 알고 있었다. "접수를 해주진 않겠지만 뭐라도 해야지." 엄마가 말했다.

나는 무섭도록 침착한 엄마의 모습에 깜짝 놀랐다. 나는 오늘 레미의 편지를 받기 전까지만 해도 레미가 곧 집으로 돌아올 거라고 굳게 그리고 순진하게 믿고 있었다. 하지만 엄마는 아니었던 모양이다. 전쟁을 한차례 겪어봤기 때문에 전쟁의 실체를 잘 알고 있었을 터였다. 그러니 레미가 포로로 잡혔다는 소식에 그토록 상심했던 게 아닐까.

일주일 후 퇴근을 하고 집에 왔는데 사람이 살지 않는 집처럼 불이 죄다 꺼져 있었다. 나는 현관의 불부터 켜고 거실로 향했다. 검은 옷을 입은 엄마가 거실에 홀로 앉아 있었다. "소식이 왔다." 엄마가 말했다. 엄마의 얼굴은 핏기 하나 없이 창백했다. 피를 따라 감정도 모조리 빠져나가버린 건지 엄마에게서는 그 어떤 표정도 읽을 수 없었다.

엄마의 발밑에 종이가 한 장 떨어져 있었다. 레미가 세상을 떠났다.

언젠가, 그러니까 레미와 내가 열 살 무렵 서로 아웅다웅대다 내가 심하게 넘어진 적이 있었다. 어찌나 세게 넘어졌는지 숨이 잘 쉬어지지 않고 제대로 움직일 수조차 없었다. 나는 고개를 들고 레미에게 말해줄 수 없었다. "레미, 네 잘못이 아니야." 지금 생각해보면 잠시 몸이 마비되었던 게 아닌가 싶을 만큼 충격이 컸다. 지금 내 상태가 꼭 그때 같았다. 나는 재킷을 벗을 수도, 눈을 깜빡일 수도, 엄마에게 다가갈 수도 없었다. 온몸이 얼어붙어버린 것 같았다.

"아주 오랫동안 레미가 풀려날 거라고만 생각했었어." 엄마가 말했다. "언젠가 우리 곁으로 돌아와줄 거라고."

"나도요, 엄마." 목소리가 목구멍에 걸려 제대로 나오지 않았다. "나도 그랬어요."

억지로 희망을 품고 있는 것도 힘들지만 그 희망을 다 포기하는 건 더 힘들고 고통스러운 일이라는 사실을 이제야 깨달았다. 나는 엄마 옆에서 무너져내렸다. 엄마가 내 손을 잡았다. 엄마가 쥐고 있던 묵주가 내 손바닥 안으로 파고들었다.

"사실 마지막 편지가 도착하기 전에도," 엄마가 말했다. "이미 알고 있었어. 어떻게 그럴 수 있었는지는 몰라도 그냥 알고 있었다."

"엄마 혼자 있는데 소식 들은 거예요?" 내가 물었다.

"천만다행히도 외제니가 같이 있었어."

나는 거실의 불을 켰다. "외제니 아주머니는 어디 있어요?"

"자기도 상복을 챙겨 입고 싶다고 해서."

"아빠한테도 알려야죠."

엄마가 거실 불을 다시 껐다. "그 사람은 알 자격 없다."

"엄마……."

126

"레미는 제 아빠에게 남자다운 모습을 보여주려고 자원 입대한 거야."

설사 그 말이 사실이라 하더라도 아빠에 대한 원망이 레미를 살아 돌아오게 할 수는 없었다. 엄마가 계속 그런 마음을 품는다면 엄마에게는 아빠마저 죽은 사람이 되고 말 것이었다. 어떻게든 엄마의 원망을 풀어줘야만 했다.

"비찌에게도 소식을 알려야겠어요." 내가 말했다.

"시간은 충분해. 내일 해도 된다. 비찌가 하룻밤만이라도 마음 편히 지낼 수 있도록 해주자꾸나."

엄마와 나는 아무 말없이 슬픔이 가져다준 충격 속으로 빠져들었다. 얼마나 그러고 있을지는 알 수 없었다. "그는 죽지 않았다. 그녀가 그에 대한 생각과 감정을 정리하기 전까지는 그는 절대로 죽은 게 아니었다." 813, 《그들의 눈은 신을 보고 있었다》. 나는 레미 생각만 계속했다. 책상 앞에 앉아 원고를 쓰는 레미. 우리가 좋아하는 카페에서 삼색 고양이를 무릎에 앉혀놓고 커피를 홀짝이는 레미. 비찌와 함께 웃는 레미. 레미. 오, 레미. "동료들 말로는 내가 고열로 신음하며 헛소리까지 했대." 레미는 이제 세상에 없었다. 레미에게 못 다한 이야기가 아직 이렇게나 많은데.

제
*11*
장

폴
Paul

경찰서의 자기 자리에 앉은 폴은 오직 오딜 생각뿐이었다. 오딜만
생각하면 다른 건 다 잊을 수 있었다. 오딜과 첫 만남이 있었던 날
그녀는 어째서인지 화가 잔뜩 나 있었다. 그녀에게 꽃다발을 안긴
후에야 자신을 바라보는 그녀의 눈길이 조금 부드러워졌었다. 체리
처럼 새콤달콤한 향이 나는 오딜의 입. 잔잔히 흔들리는 오딜의 허
리 곡선. 검은 원피스를 입은 오딜, 맨몸을 드러낸 오딜. 그리고 그
녀의 가슴. 폴은 오딜의 가슴을 애무하는 게 좋았다.
  상관이 다가와 책상을 두드렸다. "할 일 없나?"

폴은 자세를 바로잡았다. "아, 네. 그게 그러니까⋯⋯."

"자네가 할 일은 질문이 아니라 입 다물고 명령에 따르는 거야. 자, 여기 명단이 있네."

폴은 이해가 가지 않았다. 독일과 전쟁이 시작되고 파리가 점령당한 이후 지금까지 프랑스 경찰은 공산주의자와 프랑스에 거주 중이던 독일 출신의 평화주의자, 여자를 포함한 영국인 몇 명을 잡아들였고 이제는 유대인까지 추적하고 있었다. 책상 옆에는 다음과 같은 안내문이 붙어 있었다. "유대인은 성별과 국적을 불문하고 임의 검문의 대상이 된다. 또한 유대인은 상황에 따라 억류될 수 있다. 파리의 경찰 병력은 현재 내려진 이와 같은 명령을 책임지고 수행해야 한다."

건물에서 사람들을 쫓아내는 일을 즐기는 경찰도 있었고, 이런 불쾌한 임무에서 벗어나기 위해 꾀병을 부리는 경찰도 있었다. 처음에 폴은 독일군 점령 지역 밖으로 도망칠까도 생각했었지만 자신의 아버지처럼 무책임하게 현실을 놓아버리기 싫었다. 또 북아프리카로 가서 자유 프랑스[9]군에 입대하는 것도 고려해봤지만 오딜을 포기할 수 없었다. 폴은 오딜의 아버지가 제안했던 승진 기회를 거절했기 때문에 오딜이 자신을 선택했다는 사실을 알고 있었다. 그는 어느 누구에게도 털어놓은 적 없던 이야기를 오딜에게 들려줬다. 그는 선택의 기로에 섰다. 오딜인가, 아니면 다른 모든 사람들, 다른 모든 일들인가. 결정을 내리는 건 그리 어렵지 않았다.

폴은 명단에서 가장 먼 주소지를 향해 출발했다. 그는 자신이 해야 할 일에 대해 생각하고 싶지 않았다. 오직 오딜을 떠올리는 것만이 다른 생각을 몰아낼 수 있었다. 침대에 누워 있는 오딜. 실오라기 하나 걸치지 않은 채로 주방에서 구리 냄비에 쇼콜라쇼를 끓이는 오딜. 낯선 이들의 집을 전전하며 벌이는 오딜과의 밀회가 처음에는 짜릿했지만 이제는 밀회 장소를 찾아다니는 게 지겨워졌다. 폴은 오딜과 결혼을 하고 싶었다. 만일 레미가 영영 돌아오지 않는다면 어떻게 되는 걸까? 하지만 누구도 감히 이런 최악의 상황을 상상하지 못했다. 그렇다면 폴은 뭘 할 수 있을 것인가. 합법적인 결혼 허가증을 먼저 받고 그다음 오딜의 승낙을 구해야 할까. 폴은 목적지에 도착했다. 그는 주어진 임무에 대해 생각하고 싶지 않았다. 사랑한다고 말하는 오딜. 자신이 그린 그림을 칭찬하는 오딜. 엘뤼아르의 시를 낭랑한 목소리로 읽어주는 오딜. 오딜. 오딜. 오딜.

폴은 2층으로 올라가 초인종을 눌렀다. 백발의 부인이 문을 열어주자 폴이 말했다. "이렌느 코헨 교수님이신가요? 경찰서까지 같이 가주셔야겠습니다."

"무슨 일이죠?"

"아무 일도 아닙니다. 어쨌거나 당신은……" 폴은 그저 나이가 많은 부인일 뿐이라는 말을 하려고 했지만 여성에게 나이 운운하는 건 예의에 어긋나는 일이었다. "일상적인 확인 절차입니다."

코헨 교수가 책상 위의 책을 챙기기 위해 뒤를 돌았을 때 그녀의 머리에 꽂혀 있는 공작새 깃털 하나가 눈에 들어왔다. "책이라도 가지고 가시는 게 좋을 겁니다." 폴이 말했다. "요즘 경찰서 업무가 계속 지연되고 있거든요."

"우리 구면이에요. 오딜 약혼자 맞죠?" 그녀가 폴에게 얇은 책 한 권을 내밀었다. "미안하지만 이 책을 오딜에게 좀 전해주세요. 주기만 하면 오딜이 알아서 할 거예요."

폴은 너무 놀란 나머지 책을 바닥에 떨어트리고 말았다. 바닥에 떨어진 책이 펼쳐지며 파리 미국 도서관 인장이 눈에 들어왔다. 그리고 인장 한가운데 적혀 있는 라틴어 문구도. "아트룸 포스트 벨룸, 엑스 리브리스 룩스." 언젠가 오딜이 그 문장의 뜻을 알려준 적이 있었다. "전쟁의 어둠이 가신 후에 책의 빛이 찾아오리니."

폴이 책을 집어 들었다. "교수님, 저는 경찰이지 심부름꾼이 아닙니다. 저녁이면 집에 돌아오실 수 있을 테니 나중에 오딜에게 직접 책을 전해주십시오."

"아직 젊어서 그런가 참 순진하군요."

폴이 몸을 곧추세웠다. 그는 뭐라고 한마디하고 싶었다. 순진하다니! 그도 세상 돌아가는 형편에 훤했다. 단지 전쟁에 참전하지 않았다고 해서 아무것도 모르는 눈뜬장님은 아니란 말이다. 폴은 프랑스 구석구석 안 가본 데가 없고, 어머니를 부양하는 한 집안의 가장이었다. 머리에 깃털을 꽂은 저 정신 나간 여자는 대체 무슨 자격으로 나에 대해 함부로 떠드는 거지? 머리에 꽂은 깃털. 폴은 그제야 그녀가 누군지 감이 왔다. 파리 미국 도서관은 나이 든 사람 천지였기에 폴은 그들의 이름을 일일이 기억하지 못했다. 그러다 오딜이 자신이 존경하는 도서관의 단골 이용자에 대해 이야기하던 일이 떠올랐다. 그 인물이 늘 공작새 깃털 장식을 하고 다닌다는 사실도 함께.

코헨 교수가 코트를 입었다. 폴은 코트 깃에 달린 노란 별을 알아봤다. 그는 식은땀을 흘리기 시작했고 부끄러움이 땀방울로 맺혀 몸을 타고 흘러내렸다. 폴은 7월 어느 아침의 끔찍했던 체포 작전에 대해 오딜에게 털어놓고 싶었다. 그날 경찰 병력은 아이가 있는 가족을 포함해 수천 명의 유대인을 강제로 체포했었다. 하지만 그건 자신뿐만 아니라 오딜의 아버지도 한 일이었다.

폴은 양손에 도서관 책을 든 채 생각에 생각을 거듭했다. 오딜에게 다 털어놓을 것인가, 아니면 그대로 비밀을 지킬 것인가. 주어진 임무를 다해 코헨 교수라는 사람을 체포해야 하는가, 아니면 조용히 이 집을 빠져나가 다시는 돌아오지 말아야 하는가.

제
*12*
장

---※---

# 오딜
## Odile

레미의 사망 소식이 전해진 이후로 엄마는 나를 아무 데도 가지 못하게 했다. 엄마는 열흘이 넘도록 집 안에서 나와 꼭 붙어 있었다. 나는 레미가 그리웠고 또 레미를 추모할 수 있는 혼자만의 시간이 필요했지만 엄마는 내 옆에 딱 붙어서 떨어지지 않았다. 나는 긴 의자에 앉아 843,《바다의 침묵》을 펼친 다음 책을 방패 삼아 얼굴 앞으로 들어올렸다. 나에게는 잠시라도 혼자 조용히 있을 수 있는 시간이 필요했다. 출근해서 일에 몰두할 수만 있다면 그 이상 바랄 게 없었다. 파리 미국 도서관이 나를 절실히 필요로 하는데 이렇게 꼼짝없이 집에 갇혀 있어야 하다니.

"그 책이 네 기분을 조금이라도 달래준다면 좋겠구나." 엄마가 말했다.

나는 책을 내려놓았다. "보리스가 돌아왔다는데 못 가봤어요. 분명 아직까진 일을 하면 안 될 텐데."

"그건 너도 마찬가지야! 우리는 끔찍한 일을 겪었잖니."

엄마가 집에 들이는 유일한 사람은 외제니뿐이었다. 나는 두 사람을 지켜봤다. 상복을 입은 두 사람은 창가에 둔 상자에서 키우고 있는 당근에 몰두하고 있었다.

"며칠 더 기다리는 게 나을 거 같아." 엄마가 말했다.

"그래요. 좀 더 자랄 것 같네요." 외제니가 고개를 끄덕였다.

두 사람은 욕실로 가 빨래 준비를 했다. 집안일을 도와주던 가정부는 파리를 떠났고 그런 그녀를 탓할 수 있는 사람은 없었다. 어쨌든 누군가는 집안일을 해야 했다. 엄마와 외제니는 더러워져도 상관없는 낡은 페티코트로 갈아입었다. 그러고는 욕조에 뜨거운 물을 붓고 빨래를 시작했다. 문지르고 헹구고 물기를 짜고. 힘든 와중에도 두 사람의 얼굴에 만족스러운 빛이 떠올랐다. 엄마에게는 할 일이 있는 게 그냥 울고 있는 것보다 백배 나았다.

나도 가서 도우려 했지만 외제니가 나를 말렸다.

"손만 더러워진다니까. 지금 아니라도 앞으로 이런 일을 평생 해야 할 텐데."

두 사람이 빨래를 하는 동안 나는 무기력하게 지켜만 볼 수밖에 없었다.

"망할 놈의 전쟁." 엄마가 말했다.

"그러니까요. 망할 놈의 전쟁." 외제니가 맞장구쳤다.

그 망할 놈의 전쟁 덕분에 두 사람 사이에 기묘한 유대감이 피어나고 있었다.

"그건 내가 할게요." 나는 젖은 수건과 씨름했지만 수건의 물기를 짜는 일은 그리 호락호락하지 않았다.

"오딜은 시골에선 절대 못 살 거야." 외제니가 깔깔대고 웃었다.

"우리 딸은 도시 처녀니까." 엄마가 자랑스럽게 말했다. "몸 쓰는 일보다 머리 쓰는 일을 잘한다 이건가요. 제가 오딜 나이 때는 암탉 모가지도 비틀었는데."

폴도 보고 싶고 파리 미국 도서관도 보고 싶어서 이러다 미쳐버리는 게 아닌가 하는 생각마저 들었을 때, 비찌가 현관문을 열고 들어와 엄마를 밀어젖히고 나에게 왔다. 우리와 마찬가지로 비찌도 상복을 입고 있었다. "당신이 필요해요." 비찌는 책망하듯 말하며 내 가슴께를 손가락으로 슬쩍 찔렀다. 집에 틀어박혀 빨래나 하고 있는 게 내 의지에서 비롯된 것이라고 생각하는 모양이었다. "백작 부인은 쓰러지기 일보 직전이고 보리스도 정상이 아니에요. 모두가 한계에 부닥쳤다고요."

외제니가 엄마 쪽을 힐끗 쳐다봤다. "오딜은 휴식이 필요해."

"그건 저도 마찬가지예요." 비찌가 말했다. "어머님도 마찬가지고요."

"오딜은 내 옆에 있어야 돼." 엄마가 몸을 부들부들 떨었다. "만일 오딜한테까지 무슨 일이 생긴다면……"

불현듯 나를 집에 붙잡아두려 한 엄마의 마음이 이해되었다. 나는 엄마를 와락 끌어안았다.

나는 낡은 문설주에 기대서서 대출 창구에서 분주하게 일하는 보리스를 바라봤다. 정장을 입은 보리스는 예전보다 많이 야위었고 관자놀이 주변의 머리카락도 하얗게 세어 있었다. 만일 백작 부인과 훅스 박사가 없었다면……. 보리스가 나를 알아보고 떨리는 몸을 천천히 일으켜 세웠다. 혹여나 총상 부위를 건드릴까 걱정하며 조심스럽게 그의 두 뺨에 입을 맞췄다. 하지만 보리스는 비쩍 마른 팔을 뻗어 나를 으스러질 듯 끌어안았다.

보리스에게서 텁텁한 지탕 냄새가 풍겼다. 내가 말했다. "당신이 몰래 담배를 피우는 걸 알면 안나가 가만두지 않을걸요."

"한쪽 폐는 아직 쓸 만하니까." 보리스가 항변했다.

나는 웃음을 터트렸다. 그러다 조심해야 한다는 걸 깜빡 잊고 나도 모르게 손을 뻗어 그의 넥타이에 붙은 보풀을 떼어냈다.

"동생 일은 유감입니다." 보리스가 말했다.

"괜찮아요. 고맙습니다."

얼마 지나지 않아 사람들이 몰려들었다. 백작 부인과 프라이스-존스 씨, 드 네르시아 씨, 시몬 부인 등이 각자 한마디씩 애도를 표했다. 아직 젊은데 참으로 슬픈 일이다. 정말 안됐다……. 이 망할 놈의 전쟁……. 울음이 터져버릴 것 같았다. 그때 프라이스-존스 씨가 말했다. "그동안 우리를 말려줄 공정한 심판이 얼마나 그리웠는데."

프라이스-존스 씨의 너스레에 나도 모르게 웃음이 나왔다.

"오딜도 없는데 다퉈봐야 무슨 재미가 있어야지." 드 네르시아 씨도 옆에서 거들었다.

입으로는 가벼운 농이 오갔지만 그들의 눈빛은 나에 대한 진심 어린 걱정으로 가득했다.

이런 친구들이 있다는 사실이 커다란 행운처럼 느껴졌다. 나는 내가 있어야 할 곳으로 돌아올 수 있어 기뻤다. 자료 열람실로 가는 길에 책, 책, 책, 책으로 둘러싸인 세상이 내뿜는 내가 제일 좋아하는 향기를 들이마셨다.

마거릿이 서가 사이에서 모습을 드러냈다. 마치 이곳에 처음 왔을 때처럼 머뭇거리는 듯한 모습이었다. 나는 마거릿이 '독일군 애인'을 소개해주려 했을 때 차갑게 쏘아붙였던 말이 떠올라 민망해졌다.

"레미 소식은 들었어요." 마거릿이 말했다.

나는 레미라는 이름을 듣자 눈물이 핑 돌았다.

"전에는," 마거릿의 이야기가 이어졌다. "내가 너무 귀찮게 굴었죠. 이제서야 내가 선을 넘었다는 걸 알았어요."

"펠릭스는 분명 좋은 사람이겠죠. 그리고 우리 가족도 펠릭스가 챙겨준 음식에 대해 많이 고마워하고 있어요⋯⋯." 나는 마거릿의 애인과 내 동생의 이름을 한번에 입에 올리고 싶지 않았다.

"그동안 당신과 당신 가족을 위해 열심히 기도했어요. 집으로 직접 찾아가보지 못해 미안해요⋯⋯. 불청객이 되진 않을까 싶어서요."

전쟁은 너무나 많은 것을 앗아가버렸다. 이제 그 전쟁이란 것은 나와 마거릿의 우정마저 빼앗으려 했고 이를 묵인할지 말지의 여부는 내 손에 달린 듯했다.

"왔더라도 집에 발도 못 붙였을걸요." 내가 말했다. "엄마가 아무도 집에 들이지 않으시거든요."

"폴도요?"

"폴뿐만 아니라 비쩨도요."

"당신이 어머니에 대해 하는 말이 농담이 아니었군요. 그리 완고하시다니."

"오늘은 할 일이 아주 많아요." 나는 내 책상에 쌓인 서류 더미를 가리켜 보였다. "저 서류 처리하는 것 좀 도와줄래요?"

"얼마든지."

우리는 파리 미국 도서관의 사서였던 때로 돌아가 하루 종일 여러 가지 일을 처리했다. 카미유 클로델[10] 정보 찾기, 미국 클리블랜드의 역사 자료 정리하기 등등. 일하는 내내 나는 주머니에서 손을 빼지 않았다. 주머니에 레미의 마지막 편지가 들어 있었기 때문이다. 나는 편지의 내용을 한 자도 빼놓지 않고 외우고 있었다. 그날 마지막 업무를 끝내고 나자 편지 속 한 줄이 다시금 떠올랐다. '전쟁이 됐든 다른 뭐가 됐든 신경 쓰지 말고 폴과 결혼해.'

나는 경찰서에 전화를 걸었다. "나 일 다 끝났어요. 도서관으로 올 수 있어요?"

도서관 정원을 지나가는데 백작 부인이 다가왔다. "책을 가지고 코헨 교수 집에 두 번이나 찾아갔었는데 그때마다 집에 없더군요. 미안하지만 한 번 더 가볼 수 있겠어요?"

"오늘 밤은 약속이 있어서요. 내일 가봐도 될까요?"

"그럼 그렇게 할까요?" 백작 부인이 너그러운 말투로 허락해줬다. "혹시 오늘 만날 사람이 '뺨이 홀쭉하고…… 눈동자가 파란' 그 사람인가?"

"네." 나는 그 표현이 어디에서 나왔는지 알아듣고 이렇게 덧붙였다. "그렇지만 '불굴의 의지'를 지닌 그런 사람이죠."

백작 부인은 가던 길을 갔다. 그녀의 머리 위로 희미한 가로등 불빛을 받은 아카시아 나뭇잎이 뭔가를 속삭이듯 살랑거렸다. 나는 백작 부인이 인용했던 셰익스피어의 《뜻대로 하세요》의 다른 대목을 떠올렸다. "이 나무는 나의 책이니, 그 껍질 위에 내 생각을 새기리라."

폴이 도착하자 나는 그의 품에 뛰어들었다.

"레미 일은 정말로 안됐어요." 폴이 말했다.

나는 그의 품속으로 더 깊이 파고들었다.

"바로 가보려고 했지만 당신 어머니 때문에." 폴이 말했다.

"전쟁 때문에 엄마가 많이 변했어요."

"변한 건 어머님뿐만이 아니지요."

나는 전쟁에 대해서도, 사랑했지만 떠나버린 사람들에 대해서도 생각하고 싶지 않았다. 폴과 함께 집으로 가면서 내가 물었다. "경찰서는 요즘 어때요?"

"난리도 아니죠 뭐."

옛날이라면 평범한 인사에 불과했을 질문이 지금은 마치 장전된 총처럼 위태롭게 느껴졌다. 나는 폴과 걸으며 브르타뉴에 사는 숙모님—폴의 어머니는 언급 금지라는 걸 알았기에—의 안부를 물었지만 그는 아무 대답도 하지 않았다. 병가를 냈다는 동료가 복귀했는지에 대해서도 물어봤지만 역시 아무런 대답도 들을 수 없었다.

"다른 일은 없고요?"

폴이 발걸음을 멈췄다. 그가 뭔가 말하려 한다는 걸 알 수 있었다.

"하고 싶은 말 있으면 해봐요."

"며칠 전 일인데…… 그러니까…… 당신 아버님이 요즘 우리 사이가 어떠냐고……."

"우리 아빠가요?" 내가 되물었다. "우리 사이랑 아빠가 무슨 상관인데요?"

폴은 어깨를 한번 으쓱하더니 다시 성큼성큼 걷기 시작했다.

내가 그 뒤를 따라가며 물었다. "왜 그래요?"

폴은 그저 앞만 보며 걸을 뿐이었다. "꼭 무슨 일이 있어야 하나요?"


다음 날 폴은 처음으로 순찰 근무 중에 도서관에 들리지 않았다. 나는 그에게 아무 일도 없기만을 빌 뿐이었다. 폴은 아마 경찰서 일로 온갖 수난을 겪고 있으리라. 술집에서 벌어진 소동을 뜯어말리고, 자신들의 사업에 방해가 되는 경찰을 위협하는 암시장 상인과도 맞서 싸우면서 말이다. 나는 이런저런 걱정 때문에 코헨 교수에게 가져다줘야 할 책마저 깜빡 잊고 곧장 집으로 와버렸다.

폴은 이틀 연속으로 퇴근 후에 도서관에 찾아오지 않았다. 나는 도서관 일을 마무리 짓고 코헨 교수에게 전해줄 소설책을 가방에 챙겼다. 달팽이 껍데기 모양의 계단을 올라가며 타자기 소리가 들리기를 고대했지만 으스스한 정적만이 가득했다. 나는 문을 두드렸다. "교수님?"

아무런 인기척이 없었다.

문에 귀를 가져다 댔다. 역시 아무 소리도 나지 않았다.

나는 문을 더 세게 두드렸다. "교수님? 저예요. 오딜이에요."

이 늦은 시간에 코헨 교수는 대체 어디 간 거지? 누군가를 만나러 갔나? 아니면 무슨 일이 생긴 건가? 어쩌면 조카딸을 만나러 파리 밖으로 나간 걸지도 몰랐다. 하지만 여행 계획에 대해서는 들은 적이 없는데. 우울증이라도 걸린 걸까. 그렇지만 다사다난한 상황 속에서도 코헨 교수는 지금까지 잘 버텨왔었다. 나는 다시 문을 두드렸고 20분 이상을 서성거리다가 힘없이 발걸음을 돌려 집으로 돌아왔다.

다음 날 아침 도서관에서 나는 보리스에게 말했다. "코헨 교수님 댁에 갔는데 아무도 없는 것 같더라고요. 이런 적은 처음인데. 어떻게 해야 할지 모르겠어요. 다른 사람에게 연락을 한번 해볼까요? 오늘 다시 가봐야 할까요?"

나는 보리스가 별일 아닐 테니 염려하지 말라고 말해줄 줄 알았다. 그런데 뜻밖에도 그는 말했다. "당장 가봅시다."

코헨 교수의 집으로 가는 길에 보리스는 자신이 책을 가져다주던 유대인 회원 세 사람이 모두 사라졌다는 사실을 알려줬다. 우리는 무슨 일이 벌어지고 있는 건지 알 수 없어 답답하고 불안했다. 독일군의 무서운 감시망을 피해 파리를 빠져나간 것일까, 혹시 그들의 신상에 무슨 일이 생긴 것은 아닐까?

집 앞에 도착한 보리스가 문을 두드렸다. 내가 소리쳤다. "교수님! 오딜이 왔어요." 역시나 아무 대답이 없었다.


다시 일주일이 흘렀고 폴은 여전히 나타나지 않았다. 나는 미쳐버릴 것만 같았다. 카롤린 이모는 리오넬 이모부를 잃었고, 마거릿은 로렌스를 잃었다. 어쩌면 폴은 내가 싫증 난 걸지도 몰랐다. 레미의 사망 소식이 전해진 후로 내 상태는 그리 좋지 못했다. 눈물이 마를 날이 없었고 사람들이 하는 말에 제대로 집중하지도 못했다. 그렇다면 폴이 다른 누군가를 만난 걸까. 파리에는 남자에 굶주린 여자들이 득실거렸다. 독일군과 그들의 여자 친구가 가득한 술집을 지나가면서 폴이 가슴이 깊게 파인 블라우스를 입은 그 여자들을 어떤 시선으로 바라봤는지 기억나지 않았다.

땅거미가 지고 있었다. 퇴근을 하려고 도서관을 나서는데 폴이 기다리고 있었다. 나는 안도의 한숨을 내쉬며 그를 껴안으러 다가갔지만 그는 그저 서먹하게 나를 맞아줄 뿐이었다.

"도대체 무슨 일이에요?" 내가 물었다.

폴이 내 눈길을 피하며 대답했다. "그렇게 화내지 말아요."

폴은 나에게 상처 줄 말을 하려는 것이 틀림없었다.

"자주 못 와서 미안해요. 안 그래도 레미 일 때문에 힘들었을 텐데. 그냥 일 때문이었어요. 아주 끔찍했어요."

그렇다면 이 모든 게 다른 여자 때문이 아니라 경찰 업무 때문이었다는 건가? 나는 폴을 의심했던 내 자신이 너무나 부끄러웠다.

"어쨌든 다시 와줘서 기뻐요." 나는 그의 머리를 쓰다듬으려 손을 뻗었지만 그는 고개를 돌렸다.

"당신도 아는 사람을 체포했어요. 코헨 교수요."

이게 다 무슨 말이지? "동명이인일 거예요." 코헨이라는 이름은 흔하디흔했다.

폴이 메고 있던 가방에서 책 한 권을 꺼냈다. 《한밤이여, 안녕》. 내가 코헨 교수에게 마지막으로 가져다준 소설책이었다. 나는 책을 낚아챘다. "언제?"

"몇 주 전쯤. 진작부터 알려주고 싶었지만⋯⋯."

"왜 아무 말 안 했어요?" 아, 그래서 코헨 교수가 집에 없었구나. 아니, 절대 그럴 리가 없었다. 나는 코헨 교수의 집을 향해 걷기 시작했다.

폴이 내 뒤를 따라왔다. "나도 같이 갈게요."

"됐어요. 필요 없어요."

"미리 말해주지 못해 미안해요." 폴이 내 팔을 잡았다.

나는 폴의 손을 뿌리치고 달리기 시작했다. 길바닥에 부딪히는 나무 굽 소리가 커다랗게 울려 퍼졌다. 나는 문을 닫아걸은 정육점, 초콜릿 없는 초콜릿 전문점, 그리고 빵 한 조각 구하기 힘든 빵집과 독일군이 맥주를 마셔대는 술집을 지나쳤다.

나는 달팽이 껍질을 닮은 계단을 한번에 두 개씩 뛰어올라가 코헨 교수 집 문을 두드렸다. 반대편에서 뭔가 움직이는 소리가 들려왔다. 어쩌면 코헨 교수가 차라도 끓이고 있는지도 몰랐다. 내가 찾아갔을 때는 잠시 집을 비운 것뿐이리라. 어쨌든 지금은 집에 있지 않은가. 바닥을 밟고 걸어오는 소리가 들리더니 자물쇠를 끄르는 소리가 희미하게 들렸다. 코헨 교수는 무사했다. 모든 게 그저 오해에서 비롯된 일일 뿐이었다. 나는 심호흡을 했다.

문이 열렸다. 차르르한 파란 원피스 차림의 금발 머리 여자가 나타났다. "누구세요?"

내가 자세를 고치며 말했다. "코헨 교수님을 찾아왔는데요."

"누구요?"

"이렌느 코헨 교수님이요." 나는 내 앞에 서 있는 여자 너머로 괘종시계를 바라봤다. 시곗바늘이 3시 17분에 고정되어 있었다. 꽃병에는 장미꽃이 가득했고 각양각색의 맥주잔이 책장을 차지하고 있었다.

"잘못 찾아오신 것 같은데요."

"이 집이 맞아요." 내가 물러서지 않으며 말했다.

"그런 사람 여기 없어요. 여긴 내 집이라고요."

"그럼 혹시 어디로 갔는지 아세요?"

여자는 문을 쾅 닫아버렸다.

저 여자는 대체 누구지? 왜 저 여자가 코헨 교수 집에 자기 세간살이를 들여놓고 살고 있는 거야? 원하는 답을 듣기 위해 나는 폴에게 돌아갔다. 폴은 어느 호스텔에서 나를 기다리고 있었다.

그가 안으로 들어오라고 손짓했지만 나는 못 본 척 복도에 서 있었다.

"왜 코헨 교수님을 체포한 건가요?"

"유대인 명단에 이름이 올라 있었어요."

"유대인 명단이요? 그런 게 있어요?"

폴이 고개를 끄덕였다.

"그럼 다른 유대인도 체포한 건가요?"

"네."

나는 폴과 내가 밀회를 가졌던 버려진 집을 떠올렸다. 그때 나는 그 집이 누구 건지 물어보기는 했지만 사실 크게 신경 쓰지 않았다. 하지만 이제 나는 그게 누구 집이었는지, 그리고 왜 귀중품이 그대로 남아 있었는지 이해할 수 있을 것 같았다. 나는 공포심에 마구 떨리는 손으로 입을 틀어막았다. 다른 사람의 집에서, 그 침대에서 폴과 나는 무슨 짓을 한 건가.

"좀 더 일찍 말해주지 못해서 미안해요." 폴이 말했다. "다신 그 어떤 것도 당신에게 숨기지 않을게요."

나는 폴의 얼굴을 바라봤다. 지금 내 앞에 있는 사람이 내가 알던 그 사람이 맞나 싶었다. "코헨 교수님을 찾을 수 있겠어요?"

"나는 조직의 말단 하수인에 불과해요. 당신의 질문에 답을 줄 수 있는 사람이 누군지 아마 당신은 알 거예요."

나는 말없이 그 자리를 벗어났다. 세상에 이렇게 바보 같은 사서가 또 있을까. 내가 하는 일은 진실을 찾는 것인데 지금껏 나는 진실을 외면해왔다. 낯선 이의 고급스러운 구스 베개에 머리를 누이기 전에 의문부터 품었어야 했다.

집으로 돌아온 나는 폴이 한 말의 의미를 이해했다. 내 질문에 답을 해줄 사람은 다름 아닌 아빠였다. 일단 전후 사정을 설명하면 코헨 교수가 풀려날 수 있도록 아빠가 힘을 써줄 것이었다. 어쩌면 모든 일이 생각보다 쉽게 해결될지도 몰랐다.

저녁 식사는 이미 준비되어 있었다. 엄마가 각자의 그릇에 수프를 담았다. 회색 면이 둥둥 떠 있었다. "오늘은 이게 대파 대신이에요." 엄마가 말했다.

아빠가 한 숟가락 맛보더니 말했다. "음, 당신은 정말 놀라운 재주꾼이야."

"고마워요." 엄마도 이번만큼은 별것 아닌 아빠의 칭찬을 있는 그대로 받아들이기로 한 모양이었다.

"아빠, 내 친구 한 명이 체포당했어요."

아빠가 숟가락질을 멈추고 신경이 곤두선 표정으로 엄마를 봤다.

"친구라니. 누구 말이니?" 엄마가 물었다.

"코헨 교수님이요. 예전에 말했었는데…… 지금 도서관에 취직할 수 있도록 힘써주신 분이요. 폴이 그 교수님을 체포했대요."

엄마가 갑자기 온몸을 부들부들 떨면서 아빠 쪽을 쳐다봤다. "폴이 왜 그런 힘없는 여자를 잡아갔을까요? 이, 이런 망할 놈의 전쟁."

"네가 괜한 말을 해서 엄마가 놀랐잖아." 아빠가 말했다.

그리고 아빠는 침묵해버렸다.


아침 식사를 마치고 나는 아빠를 설득시킬 말을 머릿속으로 정리하며 아빠가 일하는 경찰서로 향했다. '지금까지 이런 식으로 뭘 부탁드린 적이 한 번도 없잖아요. 한번 알아봐주시기라도 하면 안 돼요?' 나는 졸고 있는 경비원을 지나쳐 서둘러 아빠의 사무실로 향했다. 아직 이른 시간이라 아빠의 비서는 출근 전이었다. 덕분에 막힘없이 아빠의 사무실로 직행할 수 있었다.

아빠가 책상 앞에서 몸을 일으켰다. "엄마한테 무슨 일 있어?"

"아니요. 엄마는 괜찮아요."

"그럼 여기까지 무슨 일로 온 거냐?"

나는 무슨 말부터 꺼내야 할지 엄두가 나지 않았다. 일단 주변을 찬찬히 둘러봤다. 10여 개가 넘는 봉투가 여기저기 흩어져 있었다. 책상 옆 바닥에는 마치 누군가 화를 내며 집어 던진 듯한 편지가 쌓여 있었다.

나는 그중 몇 장을 집어 들었다.


로저-찰스 메이어는 유대인 중에서도 아주 순수한 혈통의 인물입니다. 그자가 체포된다면 저는 구태여 기쁨을 감추지 않을 것입니다……. 메이어는 붙잡혀도 싼 유대인입니다. 경찰이 알아서 처리해준다면 대단히 감사하겠습니다.

**다른 편지로 넘어갔다.**

더러운 유대인들을 그냥 두고 보겠다는 말 따위는 듣고 싶지 않습니다. 그러지 않아도 파리에는 유대인이 득실댑니다. 사랑하는 내 가족이 전사하거나 포로로 잡혀갈 때 이 유대인들은 멀쩡히 남아 돈만 벌어댔습니다. 불쌍한 프랑스 사람은 굶어 죽고 있는데 말이죠. 게다가 유대인들이 물자를 독점하는 것도 아주 큰 문제입니다.

**또 다른 편지.**

경찰서장님 귀하,
두 쿠에디크 거리 49번지에 대해 꼭 알려드릴 일이 있어서 이렇게 편지를 씁니다. 그곳에는 모리스 라이히만이라는 자가 살고 있습니다. 유대인 혈통이면서 공산주의자이지요. 부인은 프랑스인이고요. 그자의 집 앞에서 끔찍한 일이 벌어지고 있습니다. 서장님께서 제 요청을 반드시 처리해주시리라 생각합니다. 이 거리에서 가게를 운영하는 한 사람으로서 미리 감사 인사드립니다.

**편지 말미에 '74명의 주요 유대인 명단'이라는 제목과 함께 이름,**

주소, 직업이 일목요연하게 정리되어 있었다.

"이게 다 뭐예요?" 나는 들고 있던 편지를 쓰레기통에 처넣었다.

"고발장이다." 아빠가 머뭇거리며 말했다. "우리는 '익명의 제보 편지'라고 부른다만."

"익명의 제보 편지요?"

"이웃, 동료, 친구를 몰래 감시하는 음흉한 사람들이 보내는 편지다. 심지어 가족을 고발하는 사람도 있어."

"제보 방법이 다 이런 식이에요?" 내가 물었다. "고발자나 제보자가 자기 이름을 밝히는 경우도 있다만, 대부분 익명으로 암시장 관계자나 저항군, 유대인, 그리고 영국 라디오 방송을 듣거나 독일군에 대해 나쁜 말을 퍼트리고 다니는 사람들을 제보하고 있어."

"언제부터 이런 일이 시작된 거예요?"

"1941년부터. 페탱 원수가 라디오 방송을 통해 신고를 하지 않는 건 범죄라고 선언한 다음부터지. 이 '익명의 제보자' 대부분은 자신이 하는 일이 애국자의 의무를 다하는 거라는 확신에 차 있다. 제보의 진위를 확인하는 게 내 일이고."

"그렇지만 아빠……."

"내가 일을 그만둔다 하더라도 당장 나를 대신할 사람이 수십은 넘을 거다."

"이건 옳은 일이 아니잖아요."

"딸내미를 굶기는 것도 가장으로서는 못할 짓이지."

나는 아빠가 사람들을 돕는 일을 하고 있다고 생각했었다…….

"이게…… 저를 위한 거라고요?"

"지난 20여 년간 엄마와 내가 너희들을 위해 했던 일을 생각해봐라! 레미의 라틴어 과외 수업에 네 영어 교습까지 말이야. 네 혼수 장만도 해야지. 엄마는 바느질하느라 시력이 나빠질 대로 나빠졌지만. 어쨌든 네가 결혼할 때쯤 되면 백화점 하나는 족히 채울 만한 혼숫감을 준비할 수 있을 거다."

"내가 언제 그렇게 해달라고 한 적 있나요?"

"아니. 그런 말을 할 필요성 자체를 못 느꼈던 거지."

나는 머리를 한 대 얻어맞은 것 같은 충격과 함께 뭔가를 깨달았다. 나는 내 삶을 자랑스럽게 여겨왔다. 나는 아빠에게 반항하는 데 한 치의 주저함도 없었고 늘 내가 알아서 판단하려 했다. 카로 이모에게 생긴 일을 코앞에서 목격한 이후로는 더더욱 독립된 삶을 살기 위해 최선을 다해왔다. 그런데 내 힘으로 독립적으로 살아온 게 아니라 모든 것이 이미 준비되어 있었다는 불편한 진실을 맞닥뜨린 것이었다. 그동안 누려온 의식주와 기회, 심지어 남편감까지 죄다 부모님이 손수 차려준 식탁이나 마찬가지였으며, 내가 한 일이라고는 식탁 앞에 앉아서 밥을 떠먹여주기를 기다리는 것뿐이었다. 나는 커다란 충격에 휩싸였다. 폴은 내가 생각하던 사람이 아니었고 아빠도 그랬다. 심지어 나 자신 역시 내가 생각했던 사람이 아니었다.

아빠가 쓰레기통에서 편지를 다시 끄집어냈다. "이건 내 의무다. 제보 편지 하나하나 면밀히 조사할 거야."

"의무라고요?"

"내 일은 법을 수호하는 거니까."

"그렇지만 그 법이 잘못된 거라면요? 이런 편지 때문에 무고한 사람들이 피해를 입는다면요?" 아빠에게 대들 때면 늘 그랬듯 목소리가 갈라져 나왔다. 나는 여기에 아빠와 싸우러 온 게 아니라 다른 이유 때문에 왔다는 사실을 떠올렸다. "아빠, 제발요. 코헨 교수님 이야기 좀 하면 안 될까요?"

"하루에도 수십 명이 넘는 사람들이 가족을 찾아달라며 나를 찾아와 도움을 요청한다. 난 그 사람들을 도울 수 없고 너도 도와줄 수 없어!" 아빠는 내 팔을 움켜쥐고 나를 문밖으로 몰아냈다. "전에도 말했지. 아빠는 네가 여기 오는 게 싫다. 여긴 얌전한 아가씨가 들락거릴 만한 곳이 못 돼!"

바깥 날씨가 추웠다. 나는 숄을 단단히 여몄다. '어떻게 하면 코헨 교수님을 도울 수 있을까?' 나는 레미에게 묻고 있었다.

'백작 부인에게 도움을 요청해.' 레미의 대답이 들렸다. 레미가 옳았다. 백작 부인에게는 지위가 높은 친구들이 많으니 분명 도와줄 수 있을 거야. 나는 당장 그녀의 사무실로 달려갔다.

책상 앞에 앉은 백작 부인은 슬픈 얼굴로 찻잔을 응시하고 있었다. "다른 사람들에게는 이미 말했는데 오딜에게도 이 말을 전해야겠군요." 백작 부인이 떨리는 목소리로 말했다. "우리의 친구 코헨 교수가 독일군에게 붙잡혀갔어요."

아직 늦지 않았다. 백작 부인과 훅스 박사라면 보리스를 구해냈듯 코헨 교수도 구해낼 수 있을 것이다.

"코헨 교수는 드랑시[11]에 있었다는군요."

파리 북부 수용소? 잠깐만. 있었다는 건 또 무슨 말이야?

"드랑시 수용소 사정은 말이 아니라고 들었어요. 남편에게 얘기를 전해 들었을 땐 정말 내 귀를 의심하지 않을 수가 없더군요. 코헨 교수를 구하려고 애썼지만 불행히도……."

안 돼. 코헨 교수를 이렇게 포기할 순 없어. 갑자기 바닥이 흔들리며 현기증이 났다. 나는 손을 뻗어 벽을 짚었다. 모든 것이 속수무책으로 무너져내리는 것만 같았다.

"코헨 교수님이 저에게 메시지를 전하려고 했는데……." 내가 말했다. "아빠도…… 제보 편지도…… 모든 게 제 잘못이에요."

"자책하지 말아요." 백작 부인이 말했다. "시몬 부인의 아들과 며느리가 코헨 교수의 집을 차지했다는 소식을 들었어요. 무슨 일이 있었는지 셜록 홈즈가 아니더라도 이해할 수 있는 상황이죠. 들리는 소문으로는 시몬 부인하고 아들이 경찰뿐 아니라 게슈타포에도 연줄이 닿아 있대요."

그 땍땍거리는 틀니 여자가 익명의 제보 편지를 썼다고? 시몬 부인은 하루가 멀다 하고 도서관을 들락날락했는데 이제야 정체를 알게 되다니. "다시는 도서관에 발도 못 붙이게 만들어야 해요!"

"그렇게 될 거예요. 날 믿어요. 들어야 할 이야기가 더 있어요. 지금 코헨 교수의 행방이 묘연해요. 남편은 그녀가 수용소에서 몰래 빠져나갔다고 생각하는 모양이에요."

코헨 교수는 발레리나로서 혹독한 훈련을 견뎌냈고 소르본 대학교에서 아주 어려운 코스도 통과한 사람이었다. 온갖 고난 속에서도 교수로 일했고 세 명의 남편보다도 더 오래 살았다. 만일 감옥 같은 데서 탈출할 수 있는 사람이 있다면 그건 바로 코헨 교수가 아닐까. 그러면 파리의 집으로는 돌아올 수 없었을 테고 대신 파리 외곽의 친구 집 같은 데 머물고 있을 가능성이 컸다……. 나는 코헨 교수가 안전하다고 믿고 싶었다. 나의 해피 엔딩은 코헨 교수가 있어야 완성되는 것이었다. 나는 《한밤이여, 안녕》의 한 구절을 떠올렸다.

"나는 부자에 대한 길고도 차분한 내용의 책—마치 평평한 목초지에서 양이 뛰놀고 있는 듯한 그런 책—이 한 권 필요하다……. 그러면 나는 대부분의 시간을 그 책을 읽으며 행복해하리라."

제
*13*
장

---
✳
---

오딜
Odile

책상 앞에 앉았지만 익명의 제보 편지가 머릿속을 떠나지 않았다. 파리지앵은 아는 사람이든 모르는 사람이든 간에 남의 차림새에 민감한 건 사실이었다. 우리 파리 사람들은 스카프 하나를 매도 제대로 된 방식을 따라야 하고, 모자를 쓸 때는 적절한 각도가 있어 멋있게 기울여 써야 한다고 생각했다. 하지만 지금은 우리가 그토록 찬양했던 차림새가 비난과 질투의 대상으로 변질되어버렸다. 저 여자는 무슨 생각으로 저런 모피를 입고 돌아다니는 거야? 저 남자는 어디서 새 신발을 구했지? 마거릿은 도대체 누구에게 금팔

찌를 받은 거야?

제보 편지를 쓰는 이들이 어떤 사람들인지 궁금했다. 나는 구멍 난 양복을 입은 남자를 슬쩍 봤다. 저 남자일까? 파란 모자를 쓴 여자도 보였다. 아니면 저 여자? 하지만 주변의 모두가 그저 평범해 보일 뿐이었다. 물론 이 상황에서 평범하다는 건 야위고 초췌해 보인다는 뜻이었다.

보리스가 와서 오늘은 병원 검진 때문에 일찍 가봐야 한다고 했다. "심란해 보이는데요."

"그냥 기운이 좀 없어요." 내가 말했다.

익명의 제보 편지. 다른 사람이 코헨 교수의 전철을 밟지 않게 할 방법이 분명히 있을 것 같았다. 마거릿과 나는 대출 창구에 앉아 도서관에 오지 못하는 사람들에게 가져다줄 책을 정리했다. 문득 제보 편지가 없다면 체포당하는 사람도 없을 거라는 생각이 들었다.

블라우스 칼라가 목을 조여오는 것 같아 단추 하나를 풀었다. 11월인데 왜 이렇게 더운 거야.

"얼굴이 벌개요." 마거릿이 놀리듯 말했다. "폴 생각하는 거 아니에요?"

나는 마거릿의 농담을 알아듣지 못하고 고개를 저었다.

"그나저나 폴은 요즘 뭐 해요? 여기 안 온 지 꽤 된 거 같은데."

"좀 나가봐야겠어요." 내가 말했다. "한 시간이면 돼요. 혼자서 자리 지킬 수 있죠?"

"난 그냥 자원봉사자인데 괜찮을까요?"

"보리스처럼 당당하게 행동하면 돼요. 그럼 아무 문제없어요."

"무슨 일 때문에 그래요? 어디 아파요?"

"좀 그래요." 내가 건성으로 대답했다. "몸이 좀 안 좋아요."

나는 대로를 따라 뛰었다. 아빠 비서가 들어가지 못하게 막으면 이렇게 말해야지. "근처에 왔다가 한번 들렀어요." 아빠가 사무실 자리를 지키고 있으면 또 이렇게 말해야지. "엄마가 저녁 식사 전에 올 수 있는지 물어보라고 해서 왔어요." 내가 경찰서에 왔다 갔다는 사실이 철저히 비밀에 부쳐져야 했다. 즉, 내가 외출한 사실을 마거릿 말고는 아는 사람이 없어야 했다. 그러려면 최대한 빨리 경찰서에 갔다가 도서관으로 복귀해야 했다.

경찰서 앞에 도착한 나는 잠시 머뭇거렸다. 혹시 무슨 일이 생길까 봐 두려웠다. 아빠의 불같은 성격을 감당할 수 없을 것도 같았다. 하지만 나는 행동하지 않는 내 모습을 보는 게 더 두려웠다. 나는 매일 점점 더 많이 경찰서로 날아들 제보 편지를 떠올리며 용기를 내 경찰서 안으로 들어갔다. 그리고 제복 입은 남자들을 피해 벽을 따라 움직였다.

다행히 비서는 부재중이었고 사무실 문은 열려 있었다. 나는 책상이며 캐비닛, 창턱에 쌓여 있는 편지를 쭉 훑어본 다음 손에 잡히는 대로 가방에 쑤셔 넣었다. 그러고는 가방을 닫고 사무실 밖의 상황을 살폈다. 몇몇 사람들이 복도를 오가고 있었다. 나는 가방을 품에 안고 발소리를 죽여 경찰서 입구로 향했다.

"이봐 거기, 멈춰!" 경찰 하나가 소리쳤다.

나는 아무 일 없다는 듯 고개를 쳐들고 계속 걸었다.

"멈추라니까!"

끈적이는 손가락이 갑작스레 목덜미를 낚아채는 바람에 하마터면 뒤로 나자빠질 뻔했다.

"어디를 그리 급하게 가는 거지?" 경찰이 허리춤의 총에 손을 가져다 대며 물었다.

나는 아빠에게 들킬 일만 걱정했지 아빠 외의 사람들로 인해 생길 수 있는 위험한 상황에 대해서는 미처 예상하지 못했다. 나는 겁에 질려 그만 말문이 막히고 말았다.

사무실에서 사람들이 우르르 몰려나왔다. 일부는 엄중한 얼굴로, 또 일부는 걱정스러운 얼굴로 상황을 지켜봤다. 상급자로 보이는 백발의 남자가 물었다. "이게 다 무슨 소란인가?"

"수상한 여자를 붙잡았습니다."

백발의 남자가 얼굴을 찌푸렸다. "아가씨, 여기서 뭐 하시는 겁니까?"

나는 아무 말도 하지 않았다. 아니, 할 수가 없었다.

"신분증 꺼내." 나를 붙잡고 있던 경찰이 명령하듯 말했다.

신분증은 가방 안에 있었다. 하지만 가방을 열면 안에 든 편지를 들키고 말 것이었다.

경찰이 내 가방을 움켜쥐자 나는 지하철의 소매치기라도 만난 듯 본능적으로 그의 손아귀에서 가방을 빼앗았다.

나는 간신히 평정심을 되찾고 말했다. "전 아버지를 보러 온 것뿐이에요. 하지만 자리에 안 계시더군요." 그러면서 아빠의 사무실 쪽을 가리켰다.

백발 남자의 표정이 부드러워졌다. "아, 아가씨가 오딜 수셰이인가. 아버지 말대로 아주 예쁘네. 거칠게 대해 미안해요. 경찰서 습격 사건 대문에 경비를 두 배로 강화했거든."

"경찰서 습격이요?" 내가 작은 목소리로 되물었다. 지금의 나를

보고 하는 말인가? 경찰서나 관공서에 위해를 가하는 자는 종신형
감이었다. 최근에는 도서관 회원 하나가 레지스탕스의 선전물 인
쇄를 돕다가 강제 노동형에 처해졌다는 소식이 전해지기도 했다.

"겁낼 필요 전혀 없어요." 남자가 말했다. "우리가 아버지를 안전
하게 지켜줄 테니까."

나는 고맙다는 인사를 하려 했지만 말이 제대로 나오지 않았다.

"부끄러움을 많이 타는가 보군. 자, 아무 걱정하지 말고 어서 집
으로 돌아가요."

나는 가방을 꼭 끌어안은 채 서둘러 도서관으로 돌아왔다.

"오딜?" 마거릿이 벽난로로 향하는 내 뒤를 따라왔다. "뭐가 그렇
게 중요한 일이었어요?"

나는 벽난로 안에 편지 다발을 집어 던지고 불에 타는 모습을 지
켜봤다. "그냥 볼일이 좀 있었어요."

"당신이 무슨 일을 했는지 알기나 해요?"

혹시 마거릿이 내가 한 일을 눈치챈 건가? "그, 그게 무슨 말이
에요?"

"이렇게 도서관을 비우는 건 정말 무책임한 일이라고요! 백작 부
인은 탈진하기 일보 직전이에요. 백작 부인이 우리의 도서관을 지
키기 위해 사무실에서 밤을 새우고 있다는 걸 당신도 잘 알고 있잖
아요. 비찌는 당신이 없으면 입을 열 생각조차 않고요. 보리스는 일
하는 자체가 무리예요. 우리는 당신이 필요하다고요."

*

도서관 정원에서 폴이 창문을 통해 나를 보고 있었다. 나는 고개를 저었고 폴은 자리를 떴다. 폴은 그렇게 며칠에 한 번씩 나를 찾아왔다. 그는 도서관 서가 사이에서 혹은 길거리에서, 그리고 잿빛 겨울비 속에서 나를 따라다녔다. 폴이 없을 때도 폴이 곁에 있는 것 같았다. 나는 폴이 코헨 교수 일을 바로 이야기해주지 않은 데 대해 화가 났고 아무것도 몰랐던 나 자신에게도 화가 났다. 그리고 그럼에도 불구하고 폴을 그리워하는 내 모습에 더욱 화가 났다.

내가 아침 안개를 헤치고 자갈이 깔린 길을 따라 도서관에 거의 도착했을 때쯤 폴이 나를 따라잡았다. "이제 그만 나를 용서해줄 순 없나요?" 그가 물었다.

"코헨 교수님이 드랑시에 있는 수용소로 끌려갔대요. 아세요?"

"전혀 몰랐습니다."

"아무도 교수님의 행방을 모른다고요."

폴은 고개를 푹 숙인 채 사라졌다. 나도 모르게 어깨가 축 처졌다. 폴만 보면 모르는 사람이 버리고 간 집에서 행복에 겨워하던 나날이 떠올랐다.

나는 매일 점심시간마다 다급히 경찰서로 향했다. 그러고는 나를 경계하는 경비병의 눈초리를 뒤로하고 아빠의 사무실로 들어가서 제보 편지를 챙겼다. 나는 도서관으로 돌아와 편지를 불태웠다. 몇 주의 시간이 흐르자 점점 자신감이 붙기 시작했다. 대여섯 장씩 집어오던 편지가 열 장 이상으로 늘어났다. 그렇지만 아직 수백 장이 더 남아 있었고 편지는 매일같이 쉬지 않고 도착해 있었다. 사실 전부 다 들고 나오고 싶은 마음이 굴뚝같았지만 잘못하면 의심을 살 수도 있었다.

물론 혹시 붙잡히지는 않을까 두려운 마음이 없는 건 아니었다. 경찰서에서 도서관으로 돌아올 때면 몇 번이고 뒤를 돌아봤고 집에서도 불안에 떨어야 했다. 일요일 아침 나는 미사를 보러 나가기 위해 현관 앞에서 스카프를 맸다. 아빠도 넥타이를 매려고 내 옆으로 왔다. 거울 속에서 우리의 시선이 부딪혔다.

"괜찮니?" 아빠가 부드럽게 물었다.

나는 고개를 끄덕였다.

"미안하구나. 아빠는……."

"네?" 내가 짧게 물었다.

아빠는 눈길을 다른 곳으로 돌렸다.

아빠가 재킷을 입으러 간 사이 엄마가 물었다. "너 말이야, 요 몇 주간 마치 딴 사람처럼 굴잖아. 무슨 일 있는 거니?"

"그런 거 없어요."

"그냥 뭔가 좋은 쪽으로…… 바뀐 것 같아서. 그런데 폴은 요즘 왜 집에 안 온다니?"

"미사에 늦겠어요. 갈게요."

엄마가 내 이마를 손으로 짚어봤다. "몸이 좀 안 좋은 거 같은데. 혹시……." 엄마가 겁에 질린 얼굴로 내 배를 흘깃 봤다.

나는 허둥대며 얼버무렸다. "엄마가 생각하는 그런 거 아니에요."

"그럼 집에서 쉬거라."

엄마와 아빠가 미사를 보러 나간 후 나는 일기를 쓰기 시작했다. '보고 싶은 레미에게, 나는 그동안 아무것도 모르고 이기적으로 살았어. 나는 코헨 교수님도 지켜드리지 못했어. 하지만 이제부터라

도 잘못된 일을 바로잡아보려고 해.'

초인종이 울렸다. 엄마가 지갑을 두고 간 건가 싶어 얼른 현관으로 나갔다.

"여기 오지 말았어야 했는데," 폴이었다. "하지만 집으로 갔다간 놈들이 바로 찾아낼 것 같아서."

폴의 코 주변에 피가 말라붙어 있었다.

"이게 다 무슨 일이에요?" 나는 폴에게 안으로 들어오라고 손짓했다.

폴은 움직이지 않았다. "당신 부모님에게 이런 꼴 보이고 싶지 않아요."

"두 분 다 성당 가셨어요. 어서 들어와요. 도대체 무슨 일이에요?" 나는 그를 의자에 앉히며 물었다.

"술에 잔뜩 취한 독일군 한 놈이 길에 있더라고요. 모르겠어요. 그냥 그놈 목덜미를 붙잡고 막 때렸어요. 멋대로 휘젓고 다닌 걸 후회하게 만들어주려고요. 놈이 반격하긴 했지만 코뼈가 부러졌어요. 아마 갈비뼈도 몇 대 나갔을 겁니다. 그러고는 도망쳐버렸어요. 내가 한 일을 후회하진 않아요. 하지만 요즘 같은 때라면 숨어 있는 목격자가 있는지도 모르죠."

"당신은 이제 안전해요." 나는 손수건을 꺼내 폴의 얼굴을 닦아줬다. 그동안 그의 몸을 얼마나 어루만지고 싶었는지, 그의 손길이 얼마나 그리웠는지 모른다. 폴과 파리 북역에 갔던 그날로, 폴에게서 오직 하나의 감정—절대적인 사랑—만을 느꼈던 시간으로 돌아갈 수는 없겠지만 나는 그가 이렇게 찾아와준 것만으로도 너무 기뻤다.

"예전에 경찰로서 내 일은 범법자를 체포하는 거였어요. 하지만…… 나이 들고 힘없는 여자를 잡아오는 일을 하게 될 줄은 꿈에도 몰랐어요."

"그래요. 전혀 예상 못했을 거예요." 나는 내가 코헨 교수에게 가져다주려다 잊어버린 책을 떠올렸다. "실수는 누구나 할 수 있어요."

"사랑해요." 폴이 말했다. "그러니 나를 용서한다고 말해줘요."

제
*14*
장

---  ✳  ---

# 오딜
## Odile

백작 부인의 사무실 한 켠에는 임시 잠자리가 마련되어 있었다.
그녀는 일흔 살이 넘은 나이에도 불구하고 언제든 독일군에 맞설
준비를 하며 매일 밤 도서관을 지키고 있었다. 잠자리 머리맡에 책
이 몇 권 흩어져 있었다. 책 제목을 보려고 몸을 숙이는데 비찌가 내
소매를 잡아끌었다. 다른 사람들은 이미 백작 부인 책상 앞에 모여
있었다. 한때 전 직원이 모이기도 했던 직원 회의에는 이제 관장의
비서, 관리인, 비찌, 보리스, 마거릿, 그리고 나밖에 없었다.

"프라이스-존스 씨가 체포됐어요." 백작 부인이 입을 열었다. "바

로 수용소로 끌려갔다고 합니다."

이번에는 아무 이유 없이 친구를 잃은 게 아니라 '연합국 국민'으로 체포당한 것이었다.

"드 네르시아 씨가 프라이스-존스 씨의 석방을 위해 백방으로 알아보는 중이에요." 백작 부인이 덧붙였다.

"끔찍한 이야기를 들었는데요." 보리스가 말했다. "그렇게 체포된 사람들은 수용소로 가지 않고 바로 처형장으로 끌려간답니다."

"선동하는 거에 휘둘리지 말자고요." 백작 부인이 경계하듯 내뱉었다. "그동안 우리가 들었던 뜬소문을 생각해봐요."

"누가 고발한 거 아닐까요?" 비찌가 물었다.

"그랬을 가능성이 커요." 보리스가 대답했다.

이 전쟁은 내가 아끼는 사람들을 하나둘씩 빼앗아가고 있었다. 내 조국, 내 도시, 내 친구 할 거 없이 모두가 약탈당하고 배신당했다. 나는 내가 할 수 있는 유일한 방법으로 그런 일을 막기 위해 애썼다. 나는 제보 편지를 없애야만 했다. 나에게 닥칠 위험에 대해서도 더 이상은 신경 쓰지 않았다. 분명한 건 오직 하나였다. 편지를 태워버려야 한다! 나는 자리를 박차고 나왔다. 보리스와 비찌가 등 뒤에서 소리쳤다.

"어디 가요?"

"괜찮아요?"

경찰서 건물에 도착한 나는 아빠의 사무실로 뛰어 들어가 문을 닫았다. 나는 편지 한 통을 골라 반으로 찢어발겼다. 그리고 같은 행동을 반복하고 또 반복했다. 지금까지 살면서 종이 찢어지는 소리가 이토록 만족스럽게 들린 적이 또 있었을까. 언제든 아빠가 문을 열고 들어올 수 있다는 사실은 알고 있었지만 개의치 않았다. 나는 편지 한 뭉치를 가방에 아무렇게나 구겨 넣었다.

뒤에서 철컥하는 소리가 들리더니 문이 활짝 열렸다. 나는 아빠의 책상 앞에서 물러서며 서둘러 가방을 잠갔다.

"우리 착한 딸 왔네." 아빠가 차가운 목소리로 말했다. "웬일로 아빠를 다 찾아왔니?"

어떻게든 이 상황을 모면해야 했다.

적반하장으로 큰소리를 칠까? 당신의 친딸마저 의심하는 거냐고?

아니면 진짜 아무 일도 아닌 것처럼 말하면 어떨까? 아빠한테 중요한 볼일이 있어서 왔다고.

그것도 아니라면 편지를 훔치러 왔다고 단도직입적으로 말할 수도 있었다.

"일전에 제보한 '정보'가 왜 제대로 조사되지 않느냐는 항의 서한이 끊이지 않는데 말이지. 이상한 거야. 왜냐하면 우리는 고발 내용 전부를 면밀히 조사하고 있거든. 아무리 생각해도 이해가 안 되는 거야." 아빠는 내가 찢어버린 편지를 날카로운 눈길로 응시했다. "이제야 그 이유를 알겠구나."

나는 가방을 움켜쥔 손에 더욱 힘을 줬다.

"뭐라고 변명할 말이라도 있는 거냐?" 아빠가 말했다.

나는 고개를 저었다.

"내가 체포를 당할 수도 있다." 아빠의 말이 이어졌다. "내부 배신자에 대한 선고는 사형뿐이다."

"아무도 아빠를 의심하지 않을 거예요."

"하나님 맙소사, 넌 어떻게 그런 순진한 소리만 늘어놓는 거냐!"

아빠가 손바닥으로 책상을 내리치며 고개를 떨궜다. 완전히 절망한 모습이었다.

"하지만 아빠……."

"다른 사람이라도 체포해야겠군. 어서 집으로 돌아가거라. 다신 여기 오지 마라."

나는 가방 속에 편지 몇 통만 챙긴 채 아빠의 사무실을 빠져나왔다. 내 선에서 할 수 있었던 가장 중요한 일마저 이제는 더 이상 할 수 없게 되어버렸다.

제

*15*

장

# 릴리
Lily

1987년 8월, 미국 몬태나주 프로이드

옷장 한구석에서 옷가지와 비밀에 둘러싸인 채 나는 오딜을 똑바로 응시했다. 화장품 파우치를 손에 든 오딜은 언제나처럼 우아함 그 자체였다. 우리 둘 사이에 편지가 나뒹굴고 있었다. '왜 숨어 있는 유대인을 철저하게 색출하지 않는 겁니까? 여기 적힌 내용은 전부 틀림없는 사실이니 이제는 그쪽에서 나설 차례입니다.'

"당신 정체가 뭐냐고요?" 내가 물었다.

오딜은 입을 열듯 하다가 다시 굳게 다물었다. 오딜이 턱을 앞으로 내밀었다. 그리고 내가 평소와 다른 눈길로 자신을 보고 있는 것처럼 평소와는 다른 눈길로 나를 바라봤다. 뭔지 모를 거리감과 커다란 슬픔이 느껴졌다. 오딜의 침묵이 이어지자 나는 바닥에 떨어져 있던 편지를 집어 들어 그녀의 얼굴 앞에 내밀었다. 오딜은 눈하나 깜박하지 않았다.

"왜 이런 걸 갖고 있어요?" 내가 따지듯이 물었다.

"다른 편지처럼 태워버리지 않았어······. 그럴 작정이었지만."

"난 여태껏 아줌마가 유대인을 숨겨준 영웅인 줄 알았어요."

오딜이 한숨을 내쉬었다. "아니, 아니야. 그냥 편지만 처리했을 뿐이지."

"어디서 난 건데요?"

"우리 아버지가 받은 거야."

"무슨 말인지 모르겠어요. 아버지가 경찰이었다면서요?"

오딜의 눈동자가 유령이라도 본 것마냥 흔들렸다. 오딜의 옷장, 오딜의 침실, 그리고 오딜과 나의 우정 사이에 침묵만이 흘렀다. 들리는 거라고는 외로운 갈매기의 울음소리, 쓰레기차가 골목을 느릿느릿 지나가는 소리, 내 가엾은 심장이 두근거리는 소리뿐이었다.

"전쟁이 나고 나서," 오딜이 입을 열었다. "프랑스 경찰이 공산주의자를 잡아들였어. 그러다 독일군 점령 지역에서 유대인 추적이 시작됐지. 사람들은 이웃을 밀고하는 제보 편지를 썼어. 그리고 그중 일부가 우리 아버지에게 배달됐고. 나는 그런 편지를 훔쳐서 아버지가 죄 없는 사람들을 체포하지 못하게 하려 했어."

"그럼 편지를 직접 쓰신 게 아니었군요?" 나는 이렇게 물었지만 오딜이 제보 편지를 쓰는 일 따위 절대 하지 않았을 거라는 사실을 마음으로는 잘 알고 있었다.

오딜은 떨고 있는 내 손에 쥐어진 편지를 물끄러미 바라봤다. "내 물건을 뒤진 건 상관없어. 심심했거나 아님 궁금한 게 있었겠지." 오딜의 눈길은 점점 차가워졌다. 마침내 그녀는 눈을 가늘게 뜨고 나를 무심하게 바라보며 말했다. "그런데 넌 내가 그딴 편지를 썼을 거라 생각한 거니? 내가 그동안 뭘 어떻게 했기에 너한테 그런 악마 같은 짓을 할 수 있는 사람으로 보인 거니?"

오딜이 나를 똑바로 쳐다보기 힘든 듯 창문으로 눈길을 돌렸다. 나에게 그녀의 물건을 뒤지거나 그녀의 과거를 파헤칠 권리 같은 건 전혀 없었다. 또한 무슨 이유에서든 오딜이 묻어뒀던 진실을 끄집어낼 권리도 없었다. 전쟁 때 그녀의 아버지가 했던 일이 아마도 그녀가 프랑스를 떠난 이유가 아니었을까.

"난 네가 보고 싶어서 집에 일찍 돌아왔는데." 오딜이 침대에 주저앉았다. 성당에서는 언제나 꼿꼿하던 허리가 서글프게 굽어 있었다.

"이만 가줄래?"

오딜이 말했다.

"그리고 이제 오지 않았음 좋겠다."

"안 돼요. 제발요." 나는 머리를 세차게 흔들며 오딜에게 다가갔다. 어떻게 오딜에 대해 그런 말도 안 되는 의심을 품을 수 있었을까? 나는 뭐가 되었든 내 실수에 대한 보상을 하고 싶었다. 정원을 가꾸고 잔디를 깎고, 그리고 겨우내 눈도 치울 것이었다. 그렇게 해서라도 내 충동적이고 어리석은 행동과 질문을 오딜에게서 지우고 싶었다. "정말 죄송해요."

오딜이 자리에서 일어나 방에서 나갔다. 현관문이 열리는 소리가 들렸다. 오딜은 그렇게 떠나버렸다.

나는 침실을 나와 문을 꼭 닫았다. 그러고는 거실로 가서 내가 어질러놓은 책을 다시 꽂기 시작했다. 오딜이 원래 꽂아놓았던 순서대로 되기를 바라며. 책 정리가 끝나고 바른 자세로 앉아 얌전히 그리고 간절히 오딜을 기다렸다. 나는 손 하나 까딱할 엄두도 내지 못한 채 한 시간을, 다시 한 시간을 하염없이 기다렸다. 하지만 오딜은 돌아오지 않았다.

⟨

오딜의 마지막 말은 모든 게 끝이라는 걸 의미하는 것 같았다. 나는 내가 저지른 일과 오딜이 떠나던 순간의 상황을 고스란히 엘리너에게 털어놓았다. 나는 엘리너가 야단이라도 치기를 바랐지만 그녀는 대신 이렇게 말했다. "물론 부인이 화가 많이 났을 거야. 아빠랑 내가 왜 다른 사람의 사생활에 함부로 손대면 안 된다고 했는지 이제 알겠지?"

내가 한 일은 단순히 사생활에 손댄 것 이상이었다. 하지만 나는 부끄러운 마음이 너무나 컸기에 내가 저지른 진짜 잘못을 엘리너에게 고백하지 못했다.

이튿날 나는 오딜의 집을 찾아가 문을 두드렸지만 그녀는 아무런 대답도 하지 않았다. 저녁이 되자 나는 사과 편지를 써서 우편함에 넣어뒀다. 아침에 학교를 가려고 집을 나서는데 뜯지도 않은 편지가 우리 집 앞에 놓여 있었다. 일요일 미사에서 다른 사람들이 우리가 먼저 소련을 칠 수 있게 해달라고 기도할 때, 나는 무릎을 꿇고 오딜이 나를 용서해주기만을 빌었다. 미사가 끝난 후 오딜은 성당 입구에서 말로니 신부와 대화를 나눴다. 시카고 이야기에 오딜의 표정이 밝아졌다. 하지만 내가 그쪽으로 다가가려고 하자 오딜은 이만 가보겠다며 성당 건너편 회관 대신 집으로 가버렸다. 그다음 주 미사 때 나는 오딜 옆에 앉았다. 미사를 시작하며 다 같이 서로를 돌아보고 인사를 나누는 순서가 되면 최소한 나를 봐주기는 하겠지 하는 유치한 생각으로. 하지만 오딜은 그날 이후로 미사에 아예 참석하지 않았다.

마을 회관에서 여자들이 모여 음료수와 도넛을 나눠줬다. 오딜이 일요일 미사에 참석하지 않은 지도 어느덧 한 달이 다 되어가고 있었다.

"구스타프슨 부인 본 사람 있어요?" 아이버스 부인이 머뭇거리며 말을 꺼냈다.

"내가 집에 한번 가봤는데," 머독 부인이 대꾸했다. "분명 집에 있는 것 같은데 나와 보질 않더라고."

"옛날에도 그런 적 있었잖아."

"좀 더 살갑게 대해줄걸."

"그러니까."

"큰일이 난 게 분명해. 아들이 세상을 떠났을 때도 미사는 꼬박꼬박 나오던 사람인데."


엘리너는 나에 대한 오딜의 침묵 요법이 이만하면 충분하고도 넘친다고 생각했는지 오딜의 집을 찾아갔다. "릴리도 자기 잘못을 잘 알아요." 엘리너는 차마 집 안으로는 들어가지 못하고 문 앞에서 나를 대신해 애원했다. "아직 어려서 실수할 수 있잖아요. 릴리가 부인에 대한 애정이 얼마나 깊은데요. 너무 보고 싶어 하기도 하고요."

오딜은 엘리너가 말을 다 마칠 때까지 기다렸다 조용히 문을 닫았다.

이제 믿을 거라곤 하나님밖에 없다고 생각한 나는 조와 함께 성당으로 갔다. 그러고는 성당 안에 있는 초에 모조리 불을 붙였다. "불장난하면 오줌 싸는데." 조가 중얼거렸다.

나는 하나님에게 이틀의 말미를 줬다. 그 안에 아무런 기도의 응답이 없자 나는 좀 더 직접적으로 나서기로 결심했다. 말로니 신부가 사제관에 있는 주방으로 나를 불러들였다. 신부 복장을 벗은 말로니 신부는 평범한 동네 할아버지 같았다. 말로니 신부가 오레오 쿠키가 담긴 접시를 내 쪽으로 슬쩍 밀었다. 하지만 나는 난생처음으로 눈앞의 쿠키에 손을 대지 않았다. 모든 진실을 말할 순 없지만 반만이라도 털어놓는 게 낫지 않겠는가 하는 생각에, 나는 내가 저지른 진짜 잘못에 대해서 언급하지 않도록 조심하며 적당히 이야기를 꾸며냈다.

"그게 전부니?" 말로니 신부가 미심쩍다는 듯 물었다.

오랫동안 나는 가슴 한 켠에 비밀 같은 걸 하나 간직하고 싶다는 생각을 해왔었다. 오직 나만 알고 있는 그런 비밀 말이다. 드디어 그런 비밀이 생겼지만 전혀 즐겁지 않았다. 그저 괴롭고 힘들 뿐이었다.

"제가 자기 물건을 뒤지는 걸 봤으니까요. 그것만 해도 정말 큰일이잖아요."

"그런데 그게 미사에 참석하지 않을 정도로 큰일일까?"

"오딜 아줌마는 왜 제 사과를 받아주지 않는 걸까요?"

"때로는 말이야. 아주 힘든 시간을 겪었거나 뼈아픈 배신을 당한 사람들은 자신에게 상처를 준 사람들과의 인연을 완전히 끊어버리는 게 아픔을 견디는 유일한 방법이기도 하거든."

오딜은 프랑스로 돌아가지 않았고 가족이나 친척에 대해서도 입에 올린 적이 없었다. 오딜은 그렇게 프랑스와의 인연을 완전히 끊어버렸다. 그러니 나 따위를 잊어버리는 건 일도 아닐 것이었다.

토요일 오후 말로니 신부의 차가 오딜의 집 앞에 멈춰 섰다. 나는 다른 사람에게 들키지 않게 방에 숨어서 창밖의 동태를 살폈다. 말로니 신부와 오딜은 음식 기부에 대해 이야기꽃을 피우고 있었다. 하지만 말로니 신부가 내 이름을 언급하는 순간 오딜은 집 안으로 들어가버렸다.

오딜 없이도 삶은 계속되었다. 나는 오딜과의 프랑스어 수업 없이 고등학교에서의 새 학년을 맞이했다. 나는 엄마가 세상을 떠났을 때도 상실감으로 인해 이렇게까지 고통을 겪지는 않았었다. 엄마의 경우는 별다른 선택의 여지가 없었던 반면 오딜은 그녀 자신의 선택으로 나를 버렸기 때문일까. 나는 학교를 마치고 집에 돌아올 때마다 오딜의 집을 지나쳤지만 창문에는 늘 커튼이 드리워져 있었다. 아무리 문을 두드려도 문은 열리지 않았다.

메리 루이즈와 키스는 점심시간마다 밖에서 연애 행각을 벌이는데 여념이 없었기 때문에 나는 본의 아니게 구내식당에 홀로 남겨

지기 일쑤였다. 티파니 아이버스가 내 앞을 지나가며 빈정거렸다.

"너네 새엄마도 네가 고등학교를 졸업하고 독립하길 목 빠지도록 기다리겠다."

티파니는 아버지가 경비원이라는 이유로 존 브래디를 괴롭혔고, 매리 매슈스에게는 여드름이 많이 났다고 해서 '곰보빵'이라는 별명을 붙여 퍼트렸다. 우리 학교에서 새엄마랑 사는 아이는 나뿐이었다. 이혼은 큰 도시에서나 볼 수 있는 일이었으며 더군다나 어릴 때 엄마를 잃는 건 이 마을에서 아주 드문 일이었다. 나는 어느 누구도 나 같은 일을 겪지 않았으면 좋겠다고 생각했다.

"새엄마를 프랑스어로 뭐라 그러는지 알아?" 내가 물었다.

티파니가 멋지게 다듬은 앞머리에 반쯤 가려진 덜떨어진 눈으로 나를 쳐다봤다. 나는 왜 그렇게 오랫동안 내 외모나 나를 둘러싼 환경을 티파니와 비교하며 살았을까? 나는 엄마가 나에게 떠줬던 니트 조끼를 떠올렸다. 왜 나는 엄마의 기분보다 티파니 아이버스의 평가를 더 신경 썼던 걸까? "'벨르 메르', 아름다운 어머니란 뜻이야." 내가 말했다.

"그게 프랑스어라고? 내가 듣기에는 무슨 언어 장애가 있는 사람이 말하는 거 같은데?"

몇 년 전만 해도 이런 말을 들으면 소리부터 질렀겠지만 이제는 험한 말을 하는 사람들은 그냥 인연을 끊어버리면 그만이라고 넘길 수 있게 되었다. 나는 구내식당에서 나왔다. 티파니의 속 좁은 마음씨와 못된 말로부터 멀어지고 싶었다. 나는 내가 더 강해졌음을 느꼈다.

오딜은 나를 만나주지 않는 동안에도 나에게 가르침을 주고 있었다.

토요일 아침 7시 33분 요란한 텔레비전 소리가 나를 깨웠다. "아직 자는 사람이 있잖아!" 나는 거실을 향해 소리쳤다.

"알았어." 조가 거실에서 대답했다. 그러고는 텔레비전 소리를 줄였다.

조와 벤지, 그리고 벤지와 조. 나는 내 동생들을 사랑했지만 동생들 때문에 미쳐버릴 것 같은 때도 있었다. 자리에 좀 앉아 쉬려고 하면 벤지가 내 허리를 붙잡고 무릎에 기어올랐다. 우리 가족을 위한 주제가가 있다면 아마 이런 식이 아니었을까. "조, 콧구멍에 손가락 집어넣지 마. 조, 콧구멍에 손 넣지 말라고. 조, 당장 손가락 못 빼!" 오, 하나님. 나는 오딜이 너무 보고 싶었다. 나의 어리석고 이기적인 행동으로 인해 어떤 걸 잃고 또 어떤 지경에 처했는지 한순간도 잊은 적이 없었다.

엘리너가 방문을 열었다. "운전 연습하러 나갈까?" 그녀가 말했다. "운전 허가증[12] 땄으니 열심히 연습해서 정식 면허증도 빨리 따야지."

"동생들은 어쩌고요?" 우리는 아빠와 동생들만 집에 두고 외출한 적이 없었다. 오히려 요즘 들어서는 온 식구가 집 안에만 틀어박혀 있었다.

"아버지가 됐으면 자기 아들 볼 줄도 알아야지. 오늘은 여자들끼리만 나가보자. 굿 호프까지 가는 거야."

나는 손에 감기는 운전대의 촉감이며 가속 페달을 밟을 때 들려오는 엔진 소리가 너무나 좋았다. 그리고 길게 펼쳐진 목초지와 순식

간에 지나가는 우리를 지켜보는 암소 떼도 좋았다. 라디오 방송국이 하나밖에 없는 마을을 떠나 도시에 가까워지면서 학교, 남자애들, 그리고 오딜에게 상처 준 기억으로부터 멀어질 수 있어 좋았다.

굿 호프는 인구가 3만 명이 넘는 비교적 큰 도시였다. 시 경계선을 넘기 직전에 운전대를 엘리너에게 넘겨줬다. 우리가 탄 차는 프로이드에만 없는 데어리 퀸, 베스트 웨스턴 같은 프랜차이즈 지점을 지나쳤다. 프로이드에는 빨간불을 지키는 사람이 없었지만 굿 호프는 달랐다. 인도 역시 프로이드보다 배로 넓었고 주차장도 유료였다. 우리는 몬태나주에서 가장 거대한 백화점인 더 봉 앞에 차를 세웠다. '봉'은 프랑스어로 '좋다'는 뜻이다. 금빛 벽돌을 쌓아 올린 5층짜리 건물이 햇빛을 받아 번쩍번쩍 빛났다. 더 봉 백화점은 입구도 으리으리했다. 황동과 유리로 된 거대한 출입문은 작은 얼룩하나 없었다. 1층에 들어서자 가장 먼저 우리를 반긴 건 강렬한 화장품 향기였다. 수많은 화장품 매장이 우리에게 손짓했다. 엘리너가 나를 크리니크 매장에 데려갔다. 크리니크의 판매 직원은 의사처럼 흰 가운을 입고 있었다. 아마도 고객에게 신뢰감을 어필하기 위한 장치가 아닐까. 엘리너는 손목에다 몇몇 립스틱의 발색을 테스트했다. 엘리너의 손목에 슥슥 발린 립스틱은 언뜻 실크 견본 같았다. 엘리너, 나, 그리고 크리니크 판매원까지 우리 셋은 주지사 사택에 달 휘장이라도 고르듯 신중하게 색을 확인했다.

심사숙고 끝에 옅은 복숭아 색을 사기로 했다. 엘리너가 지갑을 꺼냈다.

"내 거만 사요?" 내가 물었다.

"난 됐어."

"그러지 말고 하나 골라요."

"괜찮은데." 엘리너는 당황한 것 같았다. 나는 그런 엘리너가 잘 이해되지 않았다. 그녀는 우리 집의 어엿한 가정주부로서 아빠가 벌어오는 돈의 공동 주인이나 마찬가지 아닌가.

"여기까지 차를 몰고 왔는데 아무것도 안 사요?" 내가 좀 더 강하게 말했다.

엘리너는 마지못해 연분홍 립스틱을 하나 골랐다. 새 립스틱을 바른 그녀의 얼굴이 환하게 빛났다.

화장품 쇼핑 후 엘리너와 나는 지하 1층과 1층 사이에 있는 메자닌 비스트로에 갔다. 우리는 밖이 보이는 통유리 옆에 자리를 잡았다. 덕분에 파리의 노천카페에 앉아 있는 듯한 기분이 들었다. 음식을 주문하고 밖으로 시선을 돌렸는데 우아한 외모의 어떤 매장 직원이 스타킹을 올리고 있었다. 시선 차단 코팅이 된 유리라 밖에서는 안이 보이지 않았기 때문에 보는 사람이 없다고 착각한 모양이었다.

엘리너가 주문한 클럽 샌드위치와 내가 주문한 프렌치 딥이 나오자 엘리너가 물었다. "오늘 재밌었어?"

"'메 위', 네!" 나는 샌드위치를 소스에 찍으며 외쳤다.

우리는 점심을 먹고 나서 화장실에 갔다. 손부터 씻은 다음 거울을 보며 새로 산 립스틱을 발라봤다. 엘리너를 만난 이래로 오늘처럼 엘리너가 가깝게 느껴졌던 적은 없었다. 프랑스어로 말하자면 엘리너를 향한 마음이 형식적인 사이에 쓰는 '부'에서 친구나 사랑하는 사람에게 쓰는 '튀'로 바뀌는 순간이었다.

우리는 차에 올라 굿 호프를 벗어났다. 굿 호프에서 멀어지며 라디오에서 흘러나오던 록 음악이 끊어지자 엘리너가 우리 마을의 라디오 주파수를 찾았다. 프로이드의 급수탑, 프랑스어식으로 하면 '저수조'가 저 멀리 '르 오리종', 지평선 위로 모습을 드러냈다.

우리 집 근처 거리에 들어서는데 소방차가 보였다. 꽤 멀리 떨어진 거리였지만 분명 우리 집 앞인 듯했다. "우리 동생!" 내가 비명을 질렀다. 엘리너가 속도를 높였다. 하필이면 우리끼리 외출한 이런 날······. 조가 서랍에서 성냥이라도 꺼낸 걸까? 나는 동생들이 무사하기만을 빌고 또 빌었다.

그런데 소방차가 서 있는 곳은 오딜의 집 앞이었다. 창문으로 연기가 구름처럼 피어올랐다. 한 소방대원이 물이 다 빠진 소방 호스를 끌어냈다. 엘리너가 차를 세웠고 우리 둘 다 급히 차에서 내렸다. 이웃 사람들이 모여 있는 가운데 땅바닥에 주저앉은 오딜이 보였다. 아이버스 부인이 오딜에게 담요를 둘러줬지만 오딜은 미동도 하지 않았다.

"어떻게 된 거예요?" 엘리너가 소방대원에게 물었다.

"주방에서 화재가 났어요." 소방대원이 대답했다. "오븐에 뭘 넣어두고 깜빡하신 모양입니다."

"코헨 교수님이 즐겨 먹던 과자인데," 오딜이 말했다. "교수님 생각에 정신이 팔려서. 제 잘못이에요."

"그냥 우연한 사고일 뿐이에요." 엘리너가 오딜을 위로했다. 우리는 오딜의 양옆에 쪼그려 앉았다.

"제 잘못이에요." 오딜이 같은 말을 되풀이했다.

"일부러 그런 게 아니잖아요." 내가 말했다.

오딜이 고개를 들어 나를 봤다. 나는 기뻤다. 오딜은 낯선 사람을 보듯 눈을 동그랗게 뜨고 나를 봤지만 상관없었다. 오딜이 나를 봤다는 사실이 훨씬 더 중요했기에.

"미안해." 오딜이 말했다.

나는 숨이 멎을 것만 같았다. "아니에요. 나는 그저……." 하고 싶은 말이 너무나 많았다. 사랑해요. 그때는 정말 미안했어요. 내가 바라는 건 당신의 용서뿐이에요. 미안해요.

"우리 집에 가요." 엘리너가 말했다.

나는 오딜을 우리 집의 내 방으로 데리고 갔다. 오딜이 내 침대에 누웠다.

"밖에 나가 있을까요?" 내가 물었다.

"여기 앉아봐." 오딜이 자기 옆을 가리켰다. "릴리가 알아줬으면 하는 게 있어. 전쟁 중에는 많은 일이 있었고 모두가 그 일에 대해 쉬쉬하고 말하기를 꺼렸어. 심지어 지금까지도. 너무 수치스러운 일이었기 때문에 일종의 비밀 묘지 같은 곳에 묻어버린 거지. 그러고는 그 묘지의 존재 자체를 기억에서 영원히 지워버린 거야."

오딜이 내 손을 잡고 자신의 주변 사람들에 대해 이야기하기 시작했다. 다정했던 어머니와 세상 물정에 밝았던 외제니. 성질이 급했던 아버지와 장난기 많았던 쌍둥이 남동생 레미. 나는 오딜의 얼굴에서 쌍둥이 동생 레미의 얼굴을 떠올려봤다. 그리고 레미의 연인이자 용감한 사서였던 비찌, 잘생긴 남자 친구 폴. 오딜의 말만으로도 나 역시 멋진 폴에게 빠져드는 것 같았다. 메리 루이즈를 쏙 빼닮은 명랑한 마거릿, 리더 관장, 백작 부인, 그리고 파리 미국 도서관의 영혼이자 심장, 도서관 자체였던 보리스까지. 지금까지 전혀 몰랐던 사람들이지만 앞으로 살아가는 동안 절대 잊어버릴 수 없는 사람들. 그들은 지금까지 오딜의 기억 속에서 살아왔고 이제는 내 기억 속에서도 살아가게 될 것이었다.

오딜의 이야기가 끝나자 나는 영원히 내 일부로 남을 책 한 권을 읽은 기분이었다. 나치가 파리 미국 도서관을 찾아왔을 때 나는 서가 사이에서 몸을 떨고 있었다. 코헨 교수에게 책을 가져다줄 때 나는 나치에게 들킬까 봐 겁에 질린 채 자갈이 깔린 인도를 달음박질쳤다. 식량 배급이 줄어들면서 배 속이 요동치고 신경은 점점 더 날카로워졌다. 끔찍한 제보 편지를 처음 본 순간 뭘 어떻게 해야 할지 몰라 발만 동동 굴렀다.

"정말 용기 있는 행동이었어요." 내가 말했다. "도서관을 지키면서 모든 사람들이 계속 책을 읽을 수 있도록 하다니요."

오딜이 한숨을 내쉬었다. "아주 조금 도왔을 뿐이야."

"'르 미니멈'? 아주 조금이라뇨? 얼마나 큰일인데요. 책을 찾는 사람들에게 희망을 주셨잖아요. 전쟁 같은 최악의 상황 속에서 사람들이 여전히 선할 수 있다는 사실을 몸소 보여주면서 책도 구하고 사람도 구하셨잖아요. 목숨 걸고 악마 같은 나치에 맞섰는데 그게 어떻게 대단한 일이 아니에요?"

"다시 그때로 돌아갈 수 있다면 더 많은 일을 했을 거야."

"편지를 빼돌려서 사람을 살린 것보다 더 대단한 일은 없어요."

"만일 내가 제보 편지를 보자마자 없애버렸다면 더 많은 사람이 목숨을 건질 수 있었을 테지. 무슨 일부터 해야 했는지 깨닫는 데 너무 오래 걸렸어. 나도 같이 붙잡힐까 봐 겁이 났던 거야."

나는 계속해서 그렇지 않다고 사실이 아니라고 말해주고 싶었지만 오딜은 떨리는 눈을 그대로 감아버렸다.

오딜이 잠든 동안 우리 가족은 저녁을 먹었다. 엘리너와 아빠는 오딜네 주방 수리가 끝날 때까지 오딜을 우리 집에 머물게 하자고 했다. 이런저런 이야기를 나누는 와중에도 익명의 제보 편지 생각이 머릿속을 떠나지 않았다. 나라면 죄 없는 사람들을 체포하지 않았을 거라고 믿고 싶었다. 그렇지만 겪어보지도 않고 남을 맹목적으로 비난하면 어떻게 되는지 세상 사람 모두가 모른다 해도 나만은 잘 알고 있어야 했다. 저녁을 먹는 아빠를 물끄러미 보는데 희끗희끗한 머리가 눈에 들어왔다. 나는 문득 아빠를 잠들지 못하게 하는 걱정거리가 무엇인지, 가족을 지키기 위해서라면 무슨 일이든 할 수 있는지 궁금해졌다. 오딜의 이야기에는 뭔가가 빠져 있었다. 나는 오딜에게 들은 이야기를 되짚어봤다.

매년 여름이면 나는 조 할머니와 함께 현관 선룸[13]에 앉아 레모네이드를 마시곤 했다. 할머니는 퍼즐 맞추기를 좋아했다. 우리는 테이블에 퍼즐 조각을 흩뿌려놓고 중세 독일의 성곽 위로 푸른 하늘을 맞춰가곤 했다. 사방이 밀밭인 마을에서만 살던 나는 퍼즐이 완성되면 나타나는 그림을 통해 바깥세상이란 걸 접해볼 수 있었다. 할머니는 일주일에 두 개 이상의 퍼즐을 맞췄는데 비용이 너무 많이 들자 엄마는 중고품을 사왔다. 중고품은 가격이 저렴하다는 장점이 있었지만 몇 시간을 애써서 그림을 완성할 즈음 빠진 조각이 있다는 걸 발견한다는 치명적인 단점이 있었다. 심지어 성당 벼룩시장에 나오기 전부터 퍼즐 조각은 이미 분실된 듯했다.

지금 나는 퍼즐 몇 개 때문에 미완성으로 남은 그림을 보며 답답해했던 것과 같은 심정이었다. 오딜의 이야기에는 전체적인 배경이든 세세한 부분이든 뭔가가 빠져 있는 게 틀림없었다. 오딜 말대로 오딜과 폴이 연인 사이였다고 치자. 그러면 오딜은 왜 폴 말고 다른 남자와 결혼했을까?

제

*16*

장

---

## 오딜
**Odile**

1944년 8월, 프랑스 파리

프랑스에 상륙한 연합군이 파리로 진격해오고 있었다. 연합군 진격 소식은 렌 거리를 타고 내려와 주변에 잠시 머물다가 페르라세즈의 골목을 따라 다시 조용히 퍼졌다. 그러고는 마침내 물랭 루주에 이르렀다. '연합군이 파리에 접근하고 있어.' 지하철역의 계단을 따라 올라온 소식이 도서관 정원을 지나 대출 창구에 도착했다. 노르망디 해안에 연합군이 상륙했다는 소식을 전해 들은 건 두 달 전 일이었다. 지금은 연합군이 어디쯤 와 있을까? 독일군의 선전 수단으로 전락한 언론은 아무런 도움이 되지 못했다. 믿을 만한 건 입

소문뿐이었다.

"연합군이 가까이 오고 있는 게 틀림없어요." 책을 정리하는데 보리스가 나에게 말했다.

"독일군이 숙소로 사용 중인 호텔 앞에서 차에 짐을 싣는 걸 보긴 했어요."

"머지않아 그 호텔도 다시 손님을 받을 수 있겠군요!" 보리스가 말했다.

수용소에서 갖은 고초를 겪다 3주 전에 풀려난 프라이스-존스 씨가 지팡이에 의지해 도서관으로 들어왔다. 드 네르시아 씨는 혹여 친구가 넘어질까 걱정하며 프라이스-존스 씨를 부축했다.

"파리로 돌아와선 안 됐어." 프라이스-존스 씨가 중얼거렸다. "수용소에는 아직 많은 사람들이 남아 있는데. 그런데도 내 나이를 들먹거리며 나를 빼냈어야 했나?"

"이 친구야, 그럴 리가 있나. 나는 그저 독일군에게 내 다정한 친구가 정신이 오락가락한다고 말해줬을 뿐이야."

나는 웃음이 나오려고 해서 813, 《나사의 회전》으로 얼굴을 가렸다. 전쟁 중에도 변하지 않는 모습이 있는 법이었다.

"그나저나 연합군은 어디쯤 왔대?" 드 네르시아 씨가 물었다. "아마 진격 중일 겁니다." 보리스가 대답했다.

나는 마거릿에게 최대한 빨리 이 소식을 들려주고 싶었다. 마거릿은 유행성 볼거리에 걸린 딸을 간호하느라 일주일 가까이 도서관에 나오지 못했다. 점심 무렵 마거릿이 출근했을 때 나는 그녀를 알아보지 못할 뻔했다. 마거릿은 새로 장만한 듯한 하얀 모자를 쓰고 거기에 맞춰 하얀 실크 원피스를 입고 있었다. 새하얀 원피스는 세

레식 복장을 연상케 했다. '이런 시국에는 내가 정상이지.' 나는 낡은 벨트를 만지작거리며 속으로 중얼거렸다.

"벨트 가죽이 많이 닳았네요." 마거릿이 내 옆에 앉으며 말했다. "쓸 만한 걸 한번 찾아볼게요."

"아니요. 됐어요." 나도 모르게 날카로운 대답이 튀어나왔다. 마거릿이 입고 있는 화려한 옷이 무엇을 의미하는지 불 보듯 뻔했다. 폴은 독일군과 자는 여자들을 '독일군용 매트리스'라 불렀다. 물론 섣부른 판단일 수도 있었다. 마거릿은 원래부터 비싸고 아름다운 옷이나 장신구를 많이 가지고 있었다. 나도 여러 번 빌려 입지 않았는가. 지금 입고 있는 모자며 옷도 독일군 애인과 관계 없는 것일 수 있었다.

"뭐 새로운 소식이라도 있나요?" 마거릿이 물었다.

"연합군이 진격해오고 있대요!"

나는 다른 사람들처럼 마거릿 역시 흥분을 감추지 못할 거라 예상했지만 그녀는 그저 짧은 감탄사만 내뱉을 뿐이었다.

비찌가 다가와 인사했다. 그녀의 손가락에 우리 할머니의 오팔 반지가 끼워져 있었다. 엄마와 아빠가 우리 집 가보를 비찌에게 물려주는 문제에 대해 의논할 때 당연히 줘야 한다고 강하게 주장한 건 바로 나였다. 나는 그녀가 반지를 받아주기를 바랐다. 그리고 우리가 그녀를 가족처럼 생각한다는 것도 알아줬으면 했다. 나는 비찌에게 레미와 나만 아는 비밀 장소까지 공개했다. 우리는 구겨진 손수건이 너저분하게 널려 있는 먼지 구덩이에 나란히 누웠다. 내 손에는 레미의 장난감 병정이, 그리고 비찌의 손에는 레미가 가장 좋아했던 책 《생쥐와 인간》이 들려 있었다. 나는 사랑이란 둘 사이에 사람이든 뭐든 다른 게 끼어들면 끝장나는 거라 믿어왔지만 비찌를 보며 내 생각이 틀렸음을 깨달았다. 비찌는 진정한 사랑은 죽음도 갈라놓을 수 없다는 사실을 몸소 증명해 보였다. 어두컴컴한 우리만의 비밀 장소에서 비찌와 나는 함께 흐느꼈다. 이곳에서 우리가 흘린 눈물은 우리 둘을 친자매보다 더 끈끈한 사이로 엮어줬다. 나는 레미의 친구에게 받은 편지 한 통을 비찌에게 보여줬다.

친애하는 오딜 씨께,

우리는 레미를 '판사님'이라 부르곤 했습니다. 우리 사이에 어떤 문제가 생길 때마다 레미에게 도움을 요청하곤 했거든요. 제가 나뭇가지에 노끈으로 돌을 묶어 법봉을 만들어주기까지 했습니다. 고향을 멀리 떠나 이런 데 있으면 누구나 화가 나고 좌절하게 됩니다. 게다가 배는 고프고 할 일도 없고. 이럴 때 다른 사람을 자극하면 큰일이 나기 마련이죠. 제가 말했습니다. "판사님, 개정하셨나요? 루이가 쓸데없이 하나님 이름을 너무 많이 불러대는 바람에 장-샤를이 참지 못하고 루이에게 달려들었어요." 제 말이 농담처럼 들리겠지만 레미 판사님은 이런 일을 하나하나 진지하게 들어주고 극한에 내몰린 사람들을 잘 달래줬습니다. 우리도 레미가 보고 싶습니다.

마르셀 다네즈 올림

편지를 다 읽은 비찌의 얼굴이 밝았다. 나는 비찌에게 편지를 간직해달라고 말했다. 마르셀이 알려준 레미와의 추억은 나에게도 중요했지만 비찌에게는 더 큰 의미가 있을 것 같았다. 비찌는 편지를 가슴속에 품고 어린이 열람실로 돌아갔다.

비찌의 뒷모습을 보며 마거릿이 속삭였다. "비찌 머리 모양이 꼭 가시관 같네요! 가엾은 비찌도 언젠가 슬픔에 젖은 미망인 역할에 싫증을 내고 새 애인을 찾겠죠."

마거릿의 말이 나를 후려쳤다. 먼 훗날 레미에 대한 비찌의 슬픔이 사라지고 레미를 잊어버리게 될 거라고 생각하니 견딜 수 없었다. 가슴이 너무 아파 숨조차 쉴 수 없었다. 나는 자리를 박차고 일어나 미친 듯이 달리기 시작했다. 계속 달려야 했다. 안 그랬다간 언젠간 변할 비찌의 마음에 나까지 물들어버릴 것 같았다.

어쩌면 마거릿의 빈정거림은 비찌가 아니라 자신의 부끄러운 행동을 향한 걸 수도 있었다.

보리스가 뛰쳐나오는 나를 보더니 말했다. "자료 열람실에 마거릿 혼자 두고 나와도 괜찮겠어요?"

"걱정하지 마세요. 마거릿은 본인을 만능 사서라 생각하니까!"

"마거릿이 당신과 우리 도서관의 좋은 친구이긴 하지요."

"보리스는 왜 맨날 마거릿 편을 들어요?"

보리스가 움찔했다. "아, 아닙니다. 그럼 가보세요."

나는 나를 이해해줄 만한 사람과 대화하고 싶었다. 경찰서를 찾아간 나에게 폴이 의자를 내밀었다.

"마거릿이 말하는 걸 있는 그대로 받아들이지 말아요."

"지금은 전쟁 중이잖아요. 우리 모두 나중에 후회할지도 모를 말과 행동을 하고 있으니까요." 폴은 과거에 대해 언급하지 않았다. 내가 단 한 번 책 전달하는 걸 거절했던 일, 폴이 코헨 교수를 체포했던 일, 버려진 집에서 밀회를 나눴던 일 등. 그렇게 하는 것이 우리가 연인으로서 이 관계를 유지할 수 있는 유일한 방법이었다.

"나도 알아요."

"모든 게 정상으로 되돌아갈 날이 올 겁니다."

"그 말을 벌써 4년째 하고 있잖아요. 이런 게 정상이라면 그땐 어떡해요?"

"영원한 건 없어요." 폴이 내 등을 부드럽게 쓰다듬으며 말했다.

"지난주에 마거릿한테 엄마가 정육점에 갔던 일을 얘기해줬거든요. 새벽에 나갔는데도 이미 열 명이 넘는 주부들이 줄을 서 있었더라면서. 그런데 마거릿이 내 말을 듣더니 왜 암시장에 안 가느냐는 거예요. 도대체 무슨 돈으로 암시장에 가냐고 되묻고 싶은 걸 꾹 참았어요. 어쨌거나 마거릿은 먹을거리를 전부……."

나는 거기서 말을 멈췄다. '안 돼. 절대 안 돼. 나는 늘 이런 식이야. 이번만큼은 절대 안 돼. 입 좀 다물어, 오딜!'

"전부, 뭐요?" 폴이 물었다.

나는 숨을 몰아쉬었다. "아무것도 아니에요."

"마거릿은 좋은 사람 같아요." 폴이 말했다. "좋은 영국인."

"좋은 사람이요? 비찌가 오매불망 레미만 그리워하는 일도 머지 않아 끝날 거라고 빈정거렸는데도요?"

"가끔 생각 없이 말하는 사람들이 있잖아요. 마거릿도 나쁜 의도에서 그렇게 말한 게 아닐 겁니다."

마거릿이 만나는 독일군 애인의 존재에 대해 알게 되면 폴도 마거릿을 마냥 감싸고 돌진 않을 것이었다. 마거릿은 뭐든 쉽게 얻었다. 가느다란 손가락 하나만 까딱하면 원하는 걸 가질 수 있었다.

고급스러운 옷이며 보석에, 화려한 파티를 열거나 여유롭게 해변으로 여행 가는 것까지.

"언젠가 비찌가 새 애인을 사귀게 될 거라고도 했단 말이에요."

"물론 비찌의 마음속에는 늘 레미가 있겠지만 아마 언젠가는……."

"아마 언젠가는?" 내가 날카롭게 소리쳤다. "비찌는 절대 레미를 잊지 않을 거예요. 절대로! 모든 여자들이 마거릿처럼 이 남자 저 남자 옮겨 다니는 건 아니에요."

내 등을 쓰다듬던 폴의 손이 어깨 위에서 멈췄다. "진심으로 하는 말 아닌 거 알아요."

폴은 도대체 왜 비찌는 그저 그런 보통 사람으로 보면서 마거릿만은 다를 거라고 생각하는 걸까?

"지금 한 말 진심 아니잖아요." 폴이 다시 말했다.

나는 폴의 얼굴을 똑바로 쳐다봤다. 그러고는 잔인한 쾌감을 느끼며 이렇게 말하고 말았다. "마거릿한테 독일군 애인이 있어요."

내가 뱉은 말이 사라지지 않고 우리 둘 사이의 공기와 우리가 숨 쉬는 공간을 떠돌았다.

폴의 입술이 혐오감으로 뒤틀렸다. "더러운 년!"

폴은 조건 반사하듯 욕설을 내뱉었다. 내 성질이 기어이 일을 벌이고 말았다. 좀 더 신중했어야 했는데. 섣불리 판단하지 말았어야 했는데.

"내가 말실수를 했어요. 폴, 당신 말이 맞아요. 언제나 그랬지만 마거릿은 좋은 사람이고 우리 가족한테도 잘해줘요. 마거릿 덕분에 레미에게 먹을 걸 보낼 수 있었고요. 도서관 사람들도 마거릿이 없었다면 더 고생했을 거예요. 지금 이 순간도 나 대신 마거릿이 내 일을 보고 있는걸요."

"마거릿 같은 창녀는 대가를 치르게 될 겁니다."

"제발 그렇게 말하지 말아요. 비열한 행동을 한 건 마거릿의 남편이고 마거릿은 그보다 나은 대접을 받을 자격이 있어요. 당신 말이 맞아요. 사람들은 가끔 생각 없이 말을 내뱉으니까. 방금 전에 내가 그랬던 것처럼요. 그러니 제발 이 일은 잊어버리겠다고 약속해줘요."

폴은 대답하지 않았다.

"아무에게도 말 안 할 거죠? 그렇죠?"

"누구한테 이런 얘기를 하겠어요." 폴은 다시 내 어깨를 쓰다듬기 시작했다. 하지만 이번에는 그의 손에 힘이 잔뜩 들어가 있었다.

---
✳
---

# 오딜
**Odile**

이제 파리에는 가스도 전기도 제대로 공급되지 않았다. 이 와중에 사람들 사이에 심상치 않은 분위기가 감돌았다. 벽보에는 '숨어 있는 적을 남김없이 찾아 공격하라'고 파리 사람들을 독려하는 선전 문구가 가득했다. 경찰은 물론 철도원, 간호사, 우체부, 공장 직원까지 모두 다 독일군을 상대로 파업을 선언했다. 폴은 독일군을 공격하거나 함정에 빠트리는 데 도움되는 일이라면 뭐든 했다. 땅도 파고 바리케이드도 쳤다.

나에게 교전이란 책에서만 볼 수 있는 먼 일이었는데 이제는 가까운 거리에서도 총성을 들을 수 있었다. 사람들은 독일군의 차나 탱크만 보면 마구잡이로 불을 질렀다. 소문 또한 총알처럼 꼬리에 꼬리를 물고 날아들었다. 파리를 해방시키기 위해 미군이 오고 있다! 아니다. 선두에 있는 건 자유 프랑스의 드 골[14] 장군이다! 그게 무슨 소리냐. 파리 사람들만으로도 충분히 반격을 꾀할 수 있다! 독일군이 퇴각 중이다! 아니다. 독일군은 모든 걸 포기하고 항복하고 있다!

도서관을 오갈 때면 건물에 바짝 붙어 움직여야 했다. 어디선가 날아올지 모를 총알과 폭탄이 두려웠다. 그리고 아무것도 바뀌지 않고 영원히 이대로 살게 되지 않을까 두려웠다.

8월 24일 저녁 거의 남아 있지 않은 초가 다 닳기 전에《어둠 속의 항해》를 마저 읽으려는데 갑자기 파리에 있는 모든 성당의 종이 울리기 시작했다. 나는 몸을 일으켜 거실로 갔다. 아빠, 엄마도 거실에 있었다. 잠옷 차림의 엄마는 하나님의 기적에 놀라기라도 한 것처럼 허공을 응시하고 있었고, 아빠는 어린 시절 레미와 내가 달려가 안길 때처럼 두 팔을 앞으로 내밀고 있었다. 우리 세 식구는 같은 생각을 하고 있었다. 레미도 함께면 얼마나 좋을까. 독일군의 점령 시대가 저물고 있었다. 우리는 말없이 서로를 끌어안았다.

파리가 해방되었다. 프라이스-존스 씨가 다리를 절며 도서관으로 달려와 소리쳤다. "독일군이 퇴각했다!" 뒤따라온 드 네르시아 씨도 외쳤다. "이제 자유다!" 두 사람은 기쁨에 겨워 내 뺨에 입을 맞추고는 서로 얼싸안으며 방방 뛰다가 주변을 의식한 듯 재빨리 떨어졌다. 하지만 조심스러운 태도를 보인 건 둘뿐이었다. 나는 만면에 미소를 띠고 비찌, 보리스, 백작 부인을 차례로 끌어안았다. 백작 부인의 하인들이 집에 있던 샴페인을 몽땅 들고 왔다. 나는 평생 마신 것보다 더 많은 양의 샴페인을 들이켰다.

"전쟁은 아직 끝나지 않았어." 프라이스-존스 씨가 경고했다.

"그렇지만 이제부터 그 끝이 시작되는 거예요." 백작 부인이 대꾸했다.

"어쨌거나 전쟁이 끝날 조짐이 보이고 있으니 축배를 듭시다." 드네르시아 씨가 말했다.

"당신은 무슨 평계를 대서라도 술을 마실 거잖아, 이 주정뱅이 친구야!"

제멋대로 자라난 잔디밭에서 도서관을 찾아온 사람들과 직원들이 한데 어울려 웃고 입 맞추고 또 눈물을 흘렸다. 도서관 회원 여섯 명이서 밴드를 급조해 미국 국가 '성조기여 영원하라'와 프랑스 국가 '라 마르세예즈'를 연주했다. 폴과 나는 밤새도록 춤을 췄다. 마치 몇 개월 동안 숨을 쉬지 못하고 있다가 한꺼번에 숨을 몰아쉬게 된 것 같았다. 그동안은 다가올 미래를 두려워하며 현재의 시간을 겨우겨우 버텨왔다. 하지만 이제 생존 싸움은 끝났다. 폴과 나는 미래를 바라보며 계획을 세울 수 있게 되었다. 나도 가정을 꾸리고 아이를 가지는 꿈을 꿀 수 있게 되었다.

파리의 온 시내가 축제 분위기로 들썩였지만 오직 한 사람 마거릿만은 우울함에 빠져 있었다. 마거릿의 애인은 체포되었고 어디로 끌려갔는지조차 알 수 없었다. 설상가상으로 4년 동안 코빼기도 비치지 않던 마거릿의 남편이 돌아왔다. 마거릿의 앞에 로렌스와 살아내야 하는 삶이 황량한 시골길처럼 다시 펼쳐진 것이었다. 나는 마거릿을 달래주기 위해 튈르리 공원에 산책을 나가자고 했다. 마거릿은 나무 사이로 어른거리는 햇살 아래에서 애꿎은 진주 목걸이만 만지작거렸다. 나는 뭐라고 위로의 말이라도 한마디해주고 싶었지만 무슨 말부터 꺼내야 할지 몰라 망설였다.

울타리 건너편에서 소란스러운 소리가 들려왔다. 누군가 북을 치며 소리를 지르고 있었다. 파리 해방을 축하하는 행진이라도 벌어지는 모양이었다. 아니면 종전을 축하하는 걸 수도! 나는 마거릿의 기분도 좀 나아지기를 바라며 마거릿을 끌고 공원 입구로 향했다.

한 남자가 커다란 북을 울리며 리볼리 거리를 지나가고 있었고, 길 양옆으로 남녀노소 할 거 없이 수백 명이 넘는 사람들이 모여 박수를 치며 그 모습을 구경하고 있었다. 누더기를 걸친 어떤 노인이 털 뽑힌 암탉 같아 보이는 걸 치켜들고 흔들어댔다. 북소리 사이로 누군가 울부짖는 소리가 들리는 것 같았다.

"말도 안 돼." 마거릿이 노인을 가리켰다.

노인이 가까이 다가왔을 때 그의 손에 들린 것이 닭이 아니라 벌거벗은 갓난아기라는 걸 깨달았다. 나는 자지러지게 우는 아이를 보고 충격으로 정신이 아득해졌다.

"독일놈들이 기념품을 남기고 갔구면." 노인이 악을 쓰며 아이 다리를 잡고 흔들었다.

"더러운 사생아!" 사람들이 한 목소리로 외쳤다. "창녀 새끼!"

노인 뒤로 다른 남자 두 명이 한 여자를 끌고 나왔다. 여자는 머리카락이 한 올도 남아 있지 않았고 나체 상태였다. 거리를 맨발로 질질 끌려다닌 건지 발은 온통 피투성이였다. 여자의 온몸이 공포로

새하얗게 질려 있던 탓에 하얀 사타구니 사이에 무성하게 난 검은
색 음모가 도드라져 보였다. 여자는 아기에게 가려고 했지만 남자
들이 여자를 잡아끌었다.

"화냥년아!" 한 남자가 소리쳤다. "네년의 애인놈은 어디 있냐?"

나는 길 한복판에서 이렇게까지 발가벗겨진 여자를 본 적이 없었
다. 그리고 내 앞에 펼쳐진 충격적인 광경에 흡사 내 자신이 알몸으
로 유린당하는 것 같은 느낌이 들었다. 그녀를 도와주기 위해 앞으
로 나서려는데 마거릿이 내 팔을 잡았다. "우리가 할 수 있는 건 없
어요." 그녀가 말했다.

마거릿의 말이 옳았다. 이 사람들은 축하 행진을 보러 온 선량한
시민이 아니라 광기 어린 폭도였다. 그 어떤 것도 저들을 막을 수 없
었다. 인간은 그저 야만스러운 짐승에 불과했다. 전쟁을 겪는 동안
인간의 씁쓸한 본성을 직접 경험하지 않았는가. "더러운 사생아!"
"창녀 새끼!" 사람들의 함성은 멈출 줄을 몰랐다. 내 뺨 위로 눈물
이 흘러내렸다. 마거릿과 나는 뼈만 남은 팔꿈치와 삿대질하는 손
가락 사이를 뚫고 지나가기 위해 안간힘을 썼다.

"독일군도 저런 짓은 안 했는데." 어느 중년 여자가 혀를 찼다.

"저 여자를 붙잡고 있는 오른쪽 남자가 누군지 알겠어?" 누군가
가 말했다. "지난주까지만 해도 독일군에게 맥주와 소시지를 신나
게 팔아 치우던 사람이잖아."

"그 정도야 뭐 누가 신경이나 쓰겠어!" 옆에 있던 사람이 말했다.
"몸을 멋대로 굴린 저 창녀가 죄인이지."

"사람을 사랑한 게 죄는 아니잖아요." 마거릿이 속삭이듯 말했다.

"저 여자는 사랑을 한 게 아니오." 남자가 대꾸했다. "그냥 창녀

짓을 한 거지.”

마거릿은 떨고 있었다. 사람들의 비난에 충격을 받은 걸까? 아니면 그 젊은 여자와 아기에게서 자신의 모습을 본 걸까? 나는 마거릿을 꼭 끌어안고 그녀의 집으로 향했다.

하지만 그걸로 끝이 아니었다. 네 블록쯤 걸어갔을까 광장 한가운데에 임시로 만든 칸막이 같은 게 쳐져 있었고 그 안에 프랑스 국기 모양 띠를 두른 시청 공무원인 듯한 사람이 서 있었다. 앞에는 한 여자가 목덜미를 붙잡힌 채 의자에 앉아 있었다. 아마도 자신이 가진 제일 좋은 외출복을 차려입은 듯한 그 여자는 이발사가 삭발을 감행하는 내내 꼿꼿하게 앉아 앞만 보고 있었다. 싹둑, 싹둑, 싹둑. 마치 세상에서 제일 자연스러운 일처럼, 그리고 이미 수십 명이 그런 일을 당한 것처럼 여자의 머리가 거침없이 잘려나갔다. 가위가 지나가자 금발의 머리카락이 여자의 어깨 위로 뚝뚝 떨어졌다. 거사를 끝낸 이발사가 여자를 쓰레기 버리듯 땅바닥에 내동댕이쳤다. 광장 한 켠에 제복 입은 남자들이 여자 다섯을 둘러싸고 있었다. 프랑스인이 분명한 그 여자들은 장차 자신들에게 어떤 일이 벌어질지 아는 듯한 얼굴로 몰려든 사람들이 퍼붓는 야유를 듣고 있었다. 여자들은 정당한 재판 없이 차마 눈 뜨고 볼 수 없는 형벌을 받았지만 눈물 한 방울 흘리지 않고 당당하게 품위를 지켰다. 왠지 모르지만 그런 그들을 지켜보는 내 눈에 쉴 새 없이 눈물이 차올랐다.

---

# 폴과 마거릿
## Paul & Margaret

폴과 그의 동료 로난, 필립은 순찰 근무를 돌다가 마거릿과 우연히 마주쳤다. 시장에 들렀다 집에 가는 마거릿의 손에는 시든 당근한 다발이 든 장바구니가 들려 있었다. "어머, 이렇게 길에서 다 만나다니 너무 반갑네요." 마거릿이 폴에게 말했다. 세 남자는 서로눈길을 주고받았다. '저 여자야. 독일군이랑 놀아난 여자. 상대 독일놈은 어디 있지?' 마거릿의 목에 걸린 진주 목걸이를 본 폴은 그동안 자신이 오딜에게 해주고 싶어도 그러지 못했던 것들을 떠올렸다. 동시에 로난과 필립은 마거릿의 고급스러운 흰 실크 원피스와 모자를 보며 지난 몇 년간 아내에게 새 옷 한 벌 사주지 못했다는 사실을 떠올렸다. 폴은 충동적으로 마거릿의 팔을 잡았다. 필립은 그녀의 다른 쪽 팔을 잡았다.

"아이고, 폴! 어디 가려고요? 그만해요! 당근 떨어뜨렸잖아요!"

마거릿은 웃음을 터트렸다. 그녀는 그저 파리 해방으로 들뜬 사람들과 어울리기 위해 자신을 데려가는 거라 생각했다. 해방 소식 이후로 생면부지의 사람들끼리 길에서 입을 맞추고 춤을 추는 일이 자주 있었기 때문이다. 하지만 그녀의 웃음소리가 폴의 심기를 더욱 불편하게 했다. 폴의 마음속에서 여태껏 느껴보지 못했던 거센 분노가 치밀어 올랐다. 어떤 상황인지 전혀 짐작하지 못하는 듯한 마거릿의 모습이 남자들을 몹시 화나게 했다. '네가 감히 우리를 보고 웃어? 빌어먹을! 우리가 그렇게 우습게 보여?' 군에 입대해 전쟁을 겪지 않았다고 해서 그들이 겁쟁이란 뜻은 아니었다. 그들은 전쟁 내내 파리를 지켰고 파리 구석구석의 온갖 위험한 곳을 누벼왔다.

필립과 폴은 마거릿을 인적이 드문 막다른 골목으로 끌고 갔다. 로난이 그녀의 손에서 바구니를 뺏어 들었다. 마거릿은 로난이 떨어진 당근을 대신 주워주려는 줄로 착각하고 로난을 보며 환하게 웃었다. 마거릿이 고맙다는 인사를 하는 순간 로난이 버려진 경비초소의 더러운 창문 안으로 장바구니를 던져버렸다.

폴이 마거릿을 땅바닥에 내동댕이쳤다. 마거릿이 몇 번이고 자리에서 몸을 일으키려 했지만 그때마다 그들은 번갈아가며 그녀를 밀쳤다. 마거릿은 지나가는 행인이라도 있기를 바라며 주위를 두리번거렸다. "도와주세요!" 마침 근처를 지나가던 파리지앵을 향해 마거릿이 외쳤다. 하지만 그 사람은 폴 일행을 못 본 척하며 서둘러 가버렸다. "이 영국년아, 전쟁 중에 내빼서 우리 해군을 공격하더니 전쟁이 끝나니까 뻔뻔하게 다시 기어들어와!" 폴이 욕설을 퍼부었다.

"전 계속 파리에 있었다고요!" 마거릿이 울부짖었다. "당신이랑, 오딜이랑 있었잖아요."

"어떤 독일놈하고도 있었겠지. 오딜이 다 말해줬어."

"나치놈들이랑 놀아난 년들은 죄다 처벌받는 중이야." 필립이 말했다. "'여자 전쟁 부역자들' 말이야. 광장에서 삭발당하는 걸 두 눈으로 똑똑히 봤지."

"이 여자도 그런 꼴을 당해봐야 돼." 폴이 말했다.

마거릿이 손에 힘을 주고 간신히 무릎을 꿇었다.

세 남자는 무릎 꿇은 마거릿의 모습이 만족스러운 듯 웃었다.

"제발."

그들은 자기 손으로 이런 일을 벌이리라 꿈에도 생각지 못했다. 이전까지 여자를 괴롭혀본 적이 없었을뿐더러 그러고 싶지도 않았다. 하지만 마거릿은 예외였다. 그들의 면전에서 흙바닥을 뒹굴고 있는 이 더러운 외국 여자는 자신들이 굶주릴 때 고기를 포식했고 아내들이 헐벗고 있을 때 새 옷으로 치장했다.

그들에게 마거릿은 연약한 여자가 아니었다. 그동안 독일군에게 시달리고 모욕을 겪어왔으니 이제는 앙갚음을 해줄 차례였다.

폴이 마거릿의 진주 목걸이를 잡아챘다. "이건 누가 줬지?"

"우리 엄마요."

"거짓말!" 폴이 목걸이를 잡아당기자 목걸이가 마거릿의 목을 파고들었다.

"엄마가 물려주신 거예요."

"분명히 네년 애인이 준 걸 거야." 폴이 목걸이를 더 세게 잡아당기자 줄이 끊어지면서 진주알이 애처롭게 사방에 흩뿌려졌다.

"우리 엄마가 물려준……." 마거릿이 손을 휘저으며 울부짖었다.

필립은 진주알을 쓸어 담아 주머니에 쑤셔 넣었다.

"닥쳐. 안 그럼 후회하게 될 거야." 로난이 폴에게 칼을 내밀었다. "우리는 정의로운 일을 하고 있는 거야."

마거릿은 폴에게 소리치고 싶었다. "우리 같이 저녁도 먹었잖아요. 우리 집에도 왔었잖아요. 오딜이 당신을 못 미더워할 때도 내가 그렇게 당신 편을 들어줬는데." 그렇지만 그 말은 그녀의 용기와 함께 사그라들고 말았다.

폴이 칼을 받아 들었다.

제
*19*
장

---　✳　---

# 오 딜
## Odile

금단의 방에서 좀약 냄새가 진동했다. 전쟁 동안 파리 시내에서
전혀 변하지 않은 곳이 있다면 그건 아마도 이 방이리라. 엄마가 마
지막으로 이 방에 들여보내줬을 때 나는 열다섯 살이었다. 머릿속
에 미래에 대한 환상을 그리며 나는 우리 집 여자들이 나를 위해 만
들어놓은 온갖 귀한 혼숫감을 보면서 황홀한 기분에 젖어 들었다.
나무 상자 안에 할머니가 직접 짠 포대기가 들어 있었다. 머지않아
폴과 나에게도 작은 생명이 태어나겠지. 나는 엄마가 손수 바느질
해 만들어준 아주 보드라운 순백의 잠옷을 펼쳐봤다. "신혼여행 때

입어." 엄마가 남부끄럽다는 듯 작게 속삭였다. 폴이 코헨 교수 일에 대해 털어놓은 이후로 폴과 나는 둘만의 시간을 보낸 적이 없었고 당연히 새로운 밀회 장소를 찾지도 않았다. 요즘 우리 두 사람은 우리 집에서 엄마가 하는 이런저런 잡담을 들으며 앉아 있을 때가 많았다. 우리에게 결혼이 필요한 시점이 왔다고 생각했다. 결혼은 새 출발하기 딱 좋은 기회가 아닌가. 신부 입장을 하는 내 모습을 그려봤다. 나만의 백일몽에 빠져 있는 사이에 누군가 우리 집 문을 두드리는 소리가 났다. 문 앞에 땀으로 범벅이 된 폴이 서 있었다.

"무슨 일이에요?" 나는 소리 내 웃으며 물었다. "어린애처럼 문이 부서져라 두드리고. 뭐가 그리 급했어요?"

폴이 내 손을 잡았다. "우리 결혼합시다."

폴은 내 마음을 훤히 들여다보는 것 같았다.

"지금 당장 둘만," 그가 말했다. "바로 구청으로 가요."

"결혼 공고문도 안 붙이고요? 성당에서 제대로 된 식을 안 올리면 엄마가 받을 충격이 이만저만이 아닐걸요. 그리고 신부 들러리로 마거릿을 꼭 부르고 싶단 말이에요."

"결혼은 우리 두 사람 문제지 다른 사람이 무슨 상관이에요? 당신 부모님도 이해해주실 겁니다. 결혼 공고문 같은 건 잊어버려요. 결혼 허가증은 이미 받아뒀어요. 이날이 오기를 기다리며 이미 오래전부터 주머니 속에 간직해두고 있었어요."

"결혼 허가증이요?"

"그러니 제발 승낙만 해줘요."

폴은 언제나 내가 바라는 게 뭔지 잘 알고 있었다. "그럼 키스해줘요." 내가 말했다.

내 품에 안긴 폴은 떨고 있었다. "사랑해요. 당신을 너무 사랑해요. 우리 멀리 떠나요. 그리고 다시는 돌아오지 말아요."

폴과 내가 둘이서만 멀리 떠나버린다면 엄마와 아빠는 실망할까, 아니면 내심 안도할까? 지금 우리에게는 결혼 피로연 비용은커녕 예복을 준비할 돈도 없었다. 그렇지만 한 가지 사실만은 분명했다. 그토록 오랜 시간 동안 전쟁이라는 불안정한 상황을 겪은 지금 폴과 함께 있고 싶은 내 마음만은 확실했다.

"그래요. 결혼해요!"

"부모님께 쪽지를 써둬요. 신혼여행은 우리 숙모님 농장으로 갑시다. 나는 하루라도 빨리 여기를 벗어나야 해요! 우리 함께 이곳을 벗어나자고요."

"당신 괜찮은 거예요? 오늘 좀 이상해요. 아무리 그래도 좀 기다려야 하는 거 아니에요?"

"이날까지 기다린 걸로도 모자란가요? 나는 당신과 결혼하고 싶어요. 신혼여행도 가고 싶고."

'신혼여행'이라. 나는 꿈꾸듯 멍한 상태로 낡은 옷 몇 벌과 혼숫감 사이에 있던 새 잠옷을 챙겨 짐을 쌌다. 새 잠옷을 가져갔다고 엄마가 뭐라고 하진 않겠지. 기차 여행을 위해 에밀리 디킨슨의 책도 챙겨야 했다. 폴은 역장에게 전화를 걸어 숙모님에게 자기 대신 연락좀 해달라고 부탁했다. 폴이 여행 가방을 들었다. 집을 나서는 찰나 내가 말했다. "잠깐만요! 도서관을 이렇게 떠날 순 없어요."

"신혼여행 때문에 한 일주일만 쉰다고 해요. 진정한 사랑을 앞에 두고 절대 안 된다고 하실 분들도 아니잖아요."

나는 이웃집 소녀에게 부탁하는 쪽지를 남기면서도 지금의 도피

행각이 로맨틱한 사랑의 결과물인지, 성급한 결정인지 판단이 서지 않았다.

구청 접수대의 담당 비서가 서류에서 눈을 떼지 않고 말했다. "다음 주에 다시 오세요. 구청장님이 너무 바쁘셔서요."

나는 여전히 이런 식의 결혼에 대해 확신하지 못했지만 공무원의 태도에는 반발심이 일었다. "부탁드려요." 내가 말했다. "우린 서로 사랑하고 있어요."

"파리가 지금은 해방됐는지 몰라도," 폴도 옆에서 거들었다. 그의 목소리가 신경질적으로 높아졌다. "전쟁은 아직 완전히 끝나지 않았어요. 앞으로 어떤 일이 벌어질지 아무도 모른단 말입니다. 우리는 결혼을 하고 싶으니 꼭 도와주셔야겠습니다."

우리의 긴장된 분위기가 전해졌는지 비서는 구청장이 임시로 즉석에서 결혼식을 진행해줄 수 있는지 알아보러 나갔다. 나는 초조하게 서성거리는 폴을 옆에 두고 낡은 나무 의자에 털썩 주저앉았다. 진작에 결혼식을 올렸어야 했지만 레미가 올 때까지 기다리고 싶었다. 나는 내 옆의 빈자리를 쓰다듬었다.

"레미도 있었으면 좋았을 텐데요." 폴이 말했다.

우리는 비서를 따라 식장으로 향했다. 연파랑 천장에 구름이 몇 개 그려져 있었다. 프랑스 국기를 상징하는 파란색, 하얀색, 빨간색이 섞인 띠를 두른 구청장이 식을 시작했다. 폴이 손등으로 이마에 맺힌 땀을 닦아냈다. 폴이 나를 아내로 맞아들이겠다고 대답할 순서가 왔지만 너무 긴장한 탓에 입을 떼지 못하자 구청장이 폴을 재촉했다.

폴은 기차에 올라타자마자 신문부터 펼쳤지만 읽는 둥 마는 둥

하고는 급히 신문을 접어 무릎에 올려놓았다. 그러고는 안절부절
못하며 다리를 꼬았다 풀었다 했다. 그때마다 그의 무릎이 내 무릎
에 와 부딪혔다.

"왜 그래요?" 내가 무릎을 문지르며 물었다. "아무것도 아니에요."

"후회 안 해요?"

"무슨 후회요?" 폴이 조심스러운 눈빛으로 나를 바라봤다.

"이렇게 결혼한 거요."

폴은 땀에 젖은 축축한 손을 뻗어 내 손을 꼭 잡았다. "당신을 처
음 본 순간부터 사랑에 빠졌어요."

"엄마가 차려준 요리와 사랑에 빠졌던 건 아니고요?"

"그러고 보니 어머님 요리가 너무 먹고 싶네요."

새삼스레 우리가 지금껏 많은 것을 당연히 여기며 살아왔다는 생
각이 들었다.

폴의 숙모 피에레트가 등이 굽은 늙은 말이 끄는 마차를 몰고 역
까지 마중을 나왔다. "얘기 많이 들었어요! 만나서 반가워요." 피에
레트 숙모의 불그스름한 피부는 가죽처럼 거칠었지만 웬만한 파리
사람보다 훨씬 더 건강해 보였다.

벽난로 안에서 꿩고기 꼬치가 구워지고 있었다. 이따금 꿩고기에
서 나온 기름이 불 위로 떨어지며 불꽃과 연기가 피어올랐다. 지난
몇 년간 이런 기름진 냄새를 맡아보지 못했기에 금세 입안에 침이
고였다. 식탁 위의 매시드 포테이토는 만든 지 얼마 되지 않았는지
김이 모락모락 나고 있었다. 나는 빨리 자리를 잡고 앉아 음식을 먹
어 치우고 싶은 마음이 간절했다.

"결혼 피로연이라고 하긴 뭐하지만," 피에레트 숙모가 말했다. "어

쨌든 너무 갑작스럽게 찾아와서 말이야." 숙모가 폴을 꼬집었고 폴은 부끄러운 듯 씩 웃었다.

"이만하면 진수성찬이에요." 내가 말했다.

나는 되도록 천천히 먹으려고 했지만 음식 맛이 너무나 좋았다. 폴과 나는 차려진 음식을 게걸스럽게 해치웠다. 피에레트 숙모는 단둘이 난롯가에 앉아 후식을 먹을 수 있도록 자리를 비켜줬다. 폴이 숟가락으로 파이를 떠서 먹여줬다. 크림이 목구멍 안으로 미끄러져 내려갔다. 행복이 뚝뚝 흘러넘친다는 게 바로 이런 기분일까.

침실로 들어가서 창의 덧문을 닫는데 폴의 손이 치마 속을 더듬기 시작했다. "아직 안 돼요! 새 잠옷부터 입어야 한다고요."

"더 이상은 못 기다리겠어요." 폴이 나를 침대에 쓰러트렸다. 나는 그에게 부드럽게 입을 맞췄다. 그가 바지를 벗고 내 치마를 걷어 올렸다.

"천천히요." 폴이 속옷을 벗기기 시작하자 내가 중얼거렸다. "이제 평생 함께할 텐데……."

"사랑해요." 폴이 내 안에 파고들었다. "무슨 일이 있더라도 나를 떠나지 않겠다고 약속해줘요."

"당연하죠. 약속해요."


다음 날 아침 폴이 마차를 준비했다. 우리는 결혼 반지를 사기 위해 마차를 타고 마을로 나갔다. 보석상의 진열장에 수십 개의 결혼 반지가 희미하게 빛나고 있었다. 궁지에 몰린 사람들이 생계를 위해 푼돈에 팔아넘긴 것이 분명했다.

폴이 그중 하나를 손가락에 끼워줬다. 나는 폴에게 물었다. "누가 끼던 반지인지도 모르는데 운 나쁜 일이 생긴다거나 하진 않겠죠?"

"행복한 결혼 생활은 운이랑은 상관없어요. 두 사람 의지의 문제지." 보석상 주인이 대꾸했다.

가느다란 금반지는 내 손가락에 맞춘 듯 아주 잘 맞았다. 그 후 일주일 내내 내 얼굴에서 웃음이 떠날 날이 없었다.


파리행 기차가 지연되었다. 내가 도서관에 늦겠다고 조바심을 내자 폴은 기차에서 내리면 도서관까지 같이 가주겠다며 나를 달랬다.

"그렇다고 도서관까지 바래다줄 필요는 없는데요." 내가 말했다.

"내가 그렇게 하고 싶거든요, 마르텡 부인. 어쨌든 여행 가방 들어줄 사람이 필요하잖아요."

"당신은 경찰서에 안 가봐도 괜찮아요?"

"난 이번 주 내내 저녁 근무예요."

도서관 열람실에 들어서자 창가 책상에 케이크, 초콜릿, 샴페인, 찻주전자가 차려져 있었다.

"당신이 한 거예요?" 내가 물었다.

"저분들이 했지요." 폴이 우리의 행복을 빌어주기 위해 모여든 사람들을 가리켰다. 백작 부인이 자랑스러운 표정으로 서 있었고 보리스와 비찌는 환하게 웃고 있었다. 드 네르시아 씨와 프라이스-존스 씨는 여전히 옥신각신했다. "거봐, 내가 저 두 사람 결혼할 거라고 했지?" "무슨 소리야. 내가 먼저 말했는데." 그리고 놀랍게도 엄마, 아빠, 외제니까지 있었다.

"네가 왜 도서관에서 즐겁게 일을 해왔는지 알겠다." 아빠가 말했다. "좀 더 빨리 와봤으면 좋았을걸."

"아빠! 이렇게 와주셔서 너무 기뻐요."

"우리 딸, 축하한다." 엄마가 외제니와 함께 나를 꼭 안아주며 말했다.

나는 웨딩 케이크에 대해 쉼 없이 칭찬을 쏟아냈다. 각자 자기 몫의 배급 식량을 긁어모아 만들어준 케이크란 걸 잘 알기에 나에게는 무엇보다 의미가 큰 선물이었다. 나는 폴의 열정적인 프러포즈에 대해 들려줬고 이어서 폴이 결혼식 장면 하나하나를 세세하게 말해줬다.

"마거릿은 어디 있어요?" 내가 비찌에게 물었다.

"이번 주에 도서관에 안 나왔어요. 초대장을 보내긴 했는데 답이 안 왔어요."

나는 얼굴을 찌푸렸다. 몸이 안 좋은 건가? 크리스티나에게 무슨 일이 있나? 혹시나 하는 마음에 전화를 걸어보려 하는데 샴페인을 터트리는 소리가 들렸다. 내가 세상에서 제일 좋아하는 축하의 소리를 배경으로 백작 부인이 잔에 샴페인을 따랐다. 폴과 나는 가족과 친구들의 축하 인사를 받으며 정신없이 케이크를 먹었다. 폴은 내 뺨에 입을 맞추고는 조용히 경찰서로 사라졌다.

나는 술과 축하 분위기에 취해 살짝 비틀거리며 마거릿의 집으로 향했다. 화려한 모습의 알렉상드르 3세 다리를 따라 걷는데 저 멀리 에펠 탑이 눈에 들어왔다. "안녕, 아름다운 철의 여인님!" 나는 에펠 탑을 향해 크게 외쳤다.

이자가 문 앞에서 나를 맞았다. 집사가 아닌 하녀가 문을 열어주다니. 평소라면 있을 수 없는 일이었지만 집사도 어디 몸이 안 좋으려니 했다. "부인은 집에 안 계세요."

"언제 돌아오나요?"

이자가 문을 닫으려 했다. "지금 상태로는 어디도 가실 수 없어요."

나는 닫히는 문을 붙잡았다. "지금 상태라니요? 마거릿이…… 아이라도 가졌나요?"

"차라리 그랬으면 좋겠어요." 이자의 눈에 눈물이 고였다.

"어디 아픈 거예요? 남편은 여기 있나요?"

"일이 있으셔서 영국으로 돌아가셨어요."

"무슨 말인지 잘 모르겠어요." 샴페인 기운 탓인지 이자가 하는 말을 제대로 알아들을 수가 없었다. "잠깐만요. 아까 마거릿이 어디 갈 상태가 아니라고 했잖아요. 그럼 지금 집에 있는 거 아니에요?"

"부인께서는 아무도 보고 싶어 하지 않으세요."

"하지만 난 제일 친한 친구인데."

이자가 말을 얼버무렸다. "아마 주무시고 계실 거예요."

"마거릿이 집에 있는 거라면 잠깐만 보고 바로 나올게요."

나는 몸의 균형을 잡기 위해 벽을 손으로 짚어가면서 천천히 복도를 따라 걸었다. 무슨 일이 있었는지는 모르겠지만 마거릿은 당연히 나를 보고 싶어 할 거라고 생각했다. 도서관에서 있었던 축하 파티에 마거릿이 빠진 건 정말 안타까운 일이었다. 그토록 어려웠던 시절의 끝이 보이고 있는데 마거릿만 이 순간을 제대로 누리지 못하고 있었다.

나는 어둠침침한 문가에서 마거릿이 잠든 모습을 물끄러미 바라봤다. 편히 쉬도록 그냥 둬야 한다고 생각했지만 격해진 감정을 억누르지 못하고 발소리를 죽여 그녀에게 가까이 다가갔다. 그녀의 머리카락이 몇 밀리미터도 채 되지 않은 상태로 짧게 깎여 있었다.

그나마 귀 부근의 머리만 어느 정도 길이로 아무렇게나 뭉쳐져 남아 있었다. 목에는 멍 자국 비슷한 것도 보였다. 나는 눈을 깜빡였다. 아무래도 샴페인을 너무 많이 마신 것 같았다. 하지만 아무리 눈을 비비고 깜빡여도 머리 모양과 멍 자국은 그대로였다. 시트 위에 드러난 손목에 하얀 붕대가 감겨져 있었다. 마거릿은 무슨 사고라도 당한 것 같았다. 아니, 그게 아니었다. 마거릿은 우리가 거리에서 봤던 그 젊은 아기 엄마처럼 삭발을 당하고 얻어맞은 것 같은 모습이었다. 나는 정신이 번쩍 들었다.

마거릿이 눈도 뜨지 않은 채 물었다. "거기 누구야? 이자니?"

"나예요." 마거릿이 몸을 일으켰다.

"무슨 일이에요?" 내가 물었다.

"모르는 척하지 말아요." 마거릿이 잔뜩 쉰 목소리를 쥐어짜며 말했다.

나는 마거릿의 목에 진주 목걸이 대신 남아 있는 검푸른 멍 자국을 응시했다.

"언제?"

"일주일 전."

나는 폴이 뭔가 불안해하며 당장 멀리 떠나자고 했던 때를 떠올렸다. 뭔가 잘못된 게 틀림없었는데. 왜 그때 그 자리에서 눈치채지 못했을까.

"폴한테 나와 펠릭스에 대해 떠벌렸죠?" 마거릿이 물었다.

"난……." 나는 일이 이렇게 될 줄 몰랐다.

"이렇게 된 건 전부 다 당신 탓이야!" 마거릿이 소리를 지르며 짧은 머리카락을 움켜쥐었다.

나는 떨리는 몸을 주체하지 못하고 비틀거리다 겨우 침대 머리맡을 짚었다. "아니에요."

"아니면 왜 그 남자가 이런 짓을 했겠어?"

"나도 모르는 일이에요."

"거짓말!" 마거릿이 소리쳤다. "난 외교관의 세계만큼 끔찍한 곳은 없다고 생각했었어. 그런데 아니더라고. 말해봐, '친구'! 정확히 뭐라고 고자질했는지."

"정말 아무것도……."

"그래? 펠릭스가 이것저것 뭘 준 건 사실이야. 하지만 나만 그걸 누린 건 아니잖아? 내가 왜 당신한테 그 귀한 것을 나눠줬겠어? 당신이 내 입장이라면 똑같이 했을 거라고 생각했기 때문이야. 당신은 내가 주는 물건이 누구한테 받은 건지 똑똑히 알고 있었어."

"그래요. 그렇지만 나는 한 번도 독일군과……."

"독일군이랑 뭐? 당신은 그럴 필요가 없었잖아. 내가 당신 대신 그렇게 했으니까. 당신을 위해서, 그리고 레미를 위해서."

"내가 그렇게 해달라고 한 건 아니잖아요."

"그런 말이나 부탁 자체를 할 필요조차 없었던 거지."

"그건 내 잘못이 아니에요."

"그럼 누구 잘못인데?" 마거릿이 되물었다.

마거릿의 무자비한 눈길이 나를 불안하게 만들었다. 나는 창문으로, 화장대로, 그리고 크리스티나의 초상화로 시선을 돌렸다.

"누군가와 가까워지고 싶은 게 그렇게 잘못이야?" 마거릿의 말이 계속되었다. "아님 누군가가 가까이하고 싶어 하는 사람이 되는 건? 외국에 나와 있으니 마음 가는 대로 해보라고 날 부추긴 건 바로 당신이었어."

"그건 자전거를 한번 타보라는 말이었지 나치와 어울리라는 건 아니었잖아요!"

마거릿은 감정을 다스릴 수 없을 때마다 버릇처럼 진주 목걸이를 찾아 손을 뻗었지만 그녀의 손에는 아무것도 잡히지 않았다.

나는 마거릿을 해칠 의도가 전혀 없었다는 사실을 알려야 했다. "내가 한 게 아니에요."

"총을 겨눈 건 폴일지 모르지만 방아쇠를 당긴 건 당신이야."

"그럼 당신은요? 당신이 그랬잖아요. 언젠가 레미에 대한 비찌 마음도 변할 거라고……."

"그래. 그런 말을 하긴 했지. 그건 내가 잘못했어." 마거릿이 말했다. "하지만 적어도 난 내가 뭘 잘못했는진 알아."

"나는 오직 한 사람에게만 당신과 펠릭스에 대해 말했을 뿐이에요."

"어떻게 당신이 나를 배신할 수가 있어?"

"그냥 당신이 부러워서……."

"질투가 났다 이건가? 그렇게 좋은 직장에, 사랑하는 가족에, 그토록 헌신적인 애인을 두고?"

나는 내가 가진 것에 대해서 단 한 번도 깊이 생각해본 적이 없었나. 나는 나에게 부족한 것에만 집착했었다. "그래도 그 정도면 다행 아니에요? 머리도 곧 자랄 거고……."

"지금 폴이 겨우 내 머리카락만 건드렸다고 생각하는 거야? 오딜, 당신 때문에 난 모든 걸 잃었어." 마거릿이 부러진 손목을 들어 올렸다. "그자들이 나한테 무슨 짓을 했는지 이제 알겠어? 옷도 내 손으로 못 입고 딸아이에게 편지도 쓸 수 없어. 내가 그렇게 질투가 나고 미웠으면 차라리 사람을 고용해서 날 죽여버렸어야지. 뭐 어쨌거나 우리 가족에게 난 죽은 사람이나 다름없으니까. 남편과 딸이 영국으로 돌아갈 때 이 집에서 일하던 사람들도 우르르 따라가더군. 오직 이자만 곁에 남아줬어. 나 같은 창녀 옆에."

"나는 일이 이렇게 되리라고는 절대로……."

마거릿이 덮고 있던 이불을 젖히고 잠옷을 들어올렸다. 그러자 온통 피멍이 든 그녀의 두 다리가 드러났다. 나는 눈을 질끈 감았다. 내가 내뱉었던 말을, 그리고 내가 저질렀던 일을 되돌리고 싶을 뿐이었다.

"겁쟁이! 내가 이런 모습까지 보여주는데 넌 그걸 마주할 용기도 없다는 거야?"

마거릿의 얼굴이 분노로 시뻘겋게 달아올랐다. 그녀의 의지는 상처 입었을지언정 아직 깨지거나 부러지지는 않은 것 같았다.

"로렌스가 내 사진을 찍어갔어. 나보고 얌전히 있지 않으면 그 사진을 법원에 제출할 거라더군. 자격 없는 엄마라는 증거로 말이야. 지금 파리에서 머리가 이 모양인 건 몸을 막 굴린 창녀뿐이잖아? 이 꼴로 내 사랑하는 딸을 다시 볼 수나 있겠어?"

"그건 내가 로렌스에게 전화라도 해서 설명을……."

"하, 로렌스에게 전화라도 해서 설명을?" 마거릿이 코웃음을 쳤다. "그만 가줘."

"내가 여기 남아서 도울게요. 음식도 만들고 편지도 대신 써주고……."

"당신의 도움 따위 필요 없어. 그러니 제발 나가줘."

나는 문 쪽으로 발걸음을 옮겼다.

"잠깐 기다려!" 마거릿이 소리쳤다.

나는 몸을 돌렸다. 어떻게든 바로잡을 기회가 있다면 뭐든 하고 싶었다. 그러면 분명 마거릿도 나를 용서해주리라. 우리가 얼마나 가까웠는데.

"옷장 열어보면 선반에 파란 상자가 하나 있을 거야. 그걸 여기로 가져와봐."

나는 상자를 마거릿에게 주려고 했다. 그런데 그녀가 말했다. "그건 당신 거야. 펠릭스에게 부탁했었지. 그걸 할 때마다 당신이 무슨 짓을 저질렀는지 똑똑히 기억해. 그리고 진정한 친구란 무엇인지도 좀 깨닫길 바라."

상자 안에는 빨간 벨트가 들어 있었다. 채찍처럼 길고 가느다란 가죽 벨트는 어찌나 부드럽던지 마치 버터 같았다.

"내가 어떡하면 좋겠어요? 제발 부탁이니 딱 한 번만 나에게 기회를 줘요."

마거릿이 고개를 돌렸다. "가요. 당신 얼굴 다시는 보고 싶지 않아."

제
*20*
장

릴리
Lily

1988년 6월, 미국 몬태나주 프로이드

"그 여자가 다 치워버렸어요!" 내가 오딜의 주방에 들이닥치며 말했다. "주디 블룸보고 애들 교육에 안 좋은 글을 쓰는 작가래요. 자기가 무슨 검열관이라도 되나!"

"그럼 대화로 풀어보면 되지 그렇게 성질부터 낸 거야?" 오딜이 설거지를 끝내며 말했다. "엘리너한테 어떤 부분이 걱정되는지 물어보면 되잖아."

"네?"

"어찌 보면 독서는 위험한 행동이야."

"위험하다고요?"

"엘리너는 그 책이 너에게 위험한 생각을 심어주진 않을까 걱정하는 거야. 남자애들과 성관계를 가진다거나 뭐 그런."

"아니,《아웃 오브 아프리카》를 읽었다고 바로 아프리카로 날아가서 커피 농사를 짓나요?"

오딜이 슬며시 웃었다. 오딜은 내가 실없는 소리를 한다고 생각하는 모양이었다. "그거랑은 좀 다르지. 남녀 관계는 삶의 자연스러운 일부분이거든. 게다가 아주 대단히 중요한 문제고. 그래서 엘리너가 걱정하는 거야."

"전 지금까지 남자 친구 한번 사귀어본 적 없는데요." 내가 말했다. "이런 식으로라면 앞으로도 가망이 없어 보이네요. 새엄마는 제 인생을 망치려고 작정한 게 틀림없어요."

"그런 뜻 아닌 거 알면서."

"새엄마는 온통 아빠랑 동생들 생각뿐이죠."

"그런 하나 마나 한 얘기는 이제 좀 지겹지 않아? 엘리너는 최선을 다하고 있어. 엘리너 입장도 좀 생각해봐. 프랑스에서는 그 사람 가죽을 써보라고 하는데."

"우웩!"

"미국에서는 그 사람 신발을 신어보라는 표현을 쓰지? 엘리너가 어떤 기분일지 한번 진지하게 생각해본 적 있어? 지난 몇 년 동안 엘리너랑 아빠는 가구 하나 새로 사지 않았잖아. 엘리너는 네 엄마가 쓰던 냄비나 접시를 그대로 쓰는데 그 기분이 어떨지 상상이 가? 그런데도 넌 너만 소외당하고 있다고 생각하는 거야?"

오딜의 지적에도 일리가 있었다.

"사랑은 누구는 주고 누구는 안 주는 배급품이 아니야. 엘리너는 너랑 동생들 모두를 충분히 품을 수 있는 사람이야. 가서 대화를 한번 해봐."

"하지만……."

"긴 말 말고 시도라도 해봐야지?"

집으로 터벅터벅 걸어가는데 뒷마당에서 놀고 있는 동생들이 보였다. 조가 포대기를 망토처럼 두르고 물이 뚝뚝 떨어지는 물총을 벤지에게 휘두르고 있었다. 동생들이 달려와 다리에 매달렸다.

"내 거야." 벤지가 말했다.

"아니야." 조가 지지 않고 말했다. "누나는 내 거야."

"너희 둘 다 내 거야." 나는 동생들을 끌어안았다.

나는 집에 들어가 엄마의 손때가 묻은 식탁과 엄마가 바느질해 만든 커튼, 그리고 엄마가 사서 걸어놓은 새 그림을 어루만졌다. 이 집에 엘리너의 물건은 하나도 없었다. 말하자면 엘리너는 무료 봉사를 하는 엄마의 유품 관리인인 셈이었다.

엘리너가 안방에서 엄마의 흔들의자에 앉아 아빠의 양말을 꿰매고 있었다. "심술 다 부렸어?" 엘리너가 물었다.

"아깐 그러고 나가서 죄송해요." 엘리너에게 이렇게 말하는 순간 좋지 않았던 감정이 사르르 녹아내렸다. "제가 철이 없어서."

"릴리, 난 그저 너를 위해 최선을 다하고 싶을 뿐이야."

"나도 알아요." 내가 다가가자 엘리너가 나를 따뜻하게 안아줬다.


내가 운전면허 시험에 합격한 것을 축하하기 위해 오딜이 엘리너와 나를 불러 아이스크림을 사줬다. 그리고 탁자에 선물을 하나 올려놓았다. "시카고에서 주문한 거야." 나는 벨벳 리본을 조심스럽게 풀고 상자를 열었다. 상자에는 비둘기를 연상시키는 폭신폭신한 회색 베레모가 들어 있었다.

"자도르! 너무 마음에 들어요!" 나는 탁자 너머로 몸을 기울여 오딜의 두 뺨에 입을 맞췄다. "맨날 쓰고 다닐래요."

내가 베레모를 쓰자 오딜이 모양을 잡아줬다.

"베레모 쓰니까 꼭 파리지앵 같네." 엘리너가 말했다. 이보다 더 기분 좋은 칭찬은 없었다.

집에 돌아온 나는 베레모를 쓴 채로 오딜이 빌려준 조세핀 베이커의 음반을 꺼냈다. 그리고 표지에 있는 그녀의 사진을 쓰다듬었다. 조세핀 베이커의 환한 웃음과 촉촉한 피부, 자신감 있는 표정이 부러웠다. 나는 자리에서 일어나 셔츠와 바지를 벗어 던지고는 흰 브래지어와 팬티만 걸친 볼품없는 몸을 훑어봤다. 텔레비전에 나오는 섹시한 여자들은 자기 몸매를 보면 어떤 생각이 들까. 나는 가슴이 어마어마하게 커지는 상상을 해봤다. 하지만 여전히 뭔가가 부족했다. 나에게는 완전히 새로운 인생이 필요했다.

나는 고등학교 2학년 여름 방학 때부터 메리 루이즈와 오헤어 모텔에서 일을 시작했다. 우리는 객실을 정리하고 화장실과 욕실을 청소했다. 나른 일자리보다 시급도 괜찮았고 또 쉬는 시간에 콜라도 한 병씩 얻어 마실 수 있었다.

8월 첫 주가 되자 오헤어 모텔은 수확철을 맞아 모여든 일용직 인부로 가득 찼다. 이들은 해가 뜰 때부터 해가 질 때까지 일했다. 젊고 잘생긴 남자를 기대했던 우리의 바람과는 달리 대부분 나이

들고 후줄근한 차림이었다. 텍사스에서 오클라호마, 사우스다코타를 거쳐 우리가 살고 있는 몬태나까지 온 이들은 미국 전역을 돌아다니며 곡물 수확을 도왔다. 우리와는 다르게 어디에도 얽매여 있지 않은 자유로운 사람들이었던 것이다. 우리는 그들의 삶이 부러웠다.

인부들이 칭찬을 하면 우리는 몹시 당혹스러워했다. 그들은 우리를 성숙한 여자로 보는 듯했다. 지난 밤 초승달이 밝게 빛날 때 메리 루이즈는 조니라는 이름의 인부와 술을 잔뜩 마시고 그의 트럭에서 밤을 보냈다. 조니는 뭘 어떻게 해야 하는지 키스보다 훨씬 더 잘 안다고 메리 루이즈가 말했다.

인부들이 떠나는 날이 왔다. 그들은 가져온 장비를 챙기고 앞으로 닥쳐올 새로운 일을 계획했다. 내가 진공청소기를 끌고 복도를 지나가는데 한 인부와 정면으로 충돌하고 말았다. 남자는 한 손으로 청소기를 붙잡고 다른 한 손으로는 나를 부축했다. 남자의 닳아빠진 면 셔츠에서 밀알 냄새가 났다. 나는 베레모를 똑바로 고쳐 쓰고 그의 얼굴을 힐끔 쳐다봤다. 세상에, 얼굴이 너무 잘생겨서 나도 모르게 화들짝 놀랐다. 스물한두 살쯤 되었을까. 야외 노동을 해서인지 피부가 검게 그을려 있었다. 미국 전역을 돌며 한없이 길게 뻗은 도로와 수없이 많은 밝은 희망, 가능성 같은 것들을 바라봤을 그윽한 두 눈동자. 그는 진정한 상남자였다.

"웬 예쁜 아가씨가 이런 구닥다리 청소기를 끌고 다니는 거야? 여기서 일해?"

"네."

"이거 어디로 가져가면 돼?"

"4호실이요."

"그렇게 작게 말하지 않아도 돼. 여긴 교회가 아니니까."

내가 4호실 문을 열자 남자가 청소기를 텔레비전 앞에 놓았다. 객실 바닥에 침대 시트가 한 무더기 쌓여 있었다. 메리 루이즈가 이 자리에 있었다면 휘파람을 불며 말했으리라. "간밤에 아주 화끈하게 놀았나 봐!" 하지만 나는 메리 루이즈가 아니었다.

"모자 멋진데." 남자가 다가왔다. 남자가 가까이 오는 바람에 우리는 마주 보며 거의 붙어 있는 모양새가 되었다. 내 심장 박동 소리가 그에게도 전해지는 것 같았다. "꼭 사슴 같네. 예쁘다."

그의 입술이 내 입술에 닿자 나도 모르게 눈을 감았다. 내 인생에 이런 황홀한 기분은 처음이었다.

"마이크, 가자." 멀리 모텔 입구에서 남자를 부르는 소리가 들려왔다.

우리는 뒤로 물러났고 나는 숨을 몰아쉬었다. 마이크의 굳은살 박힌 손이 내 뺨을 어루만졌다. "괜찮아?" 그가 물었다.

나는 고개를 끄덕였다. 이 마을을 벗어나는 순간 그는 나를 잊어버리겠지. 그렇지만 나는 오늘의 입맞춤을 평생 잊지 못할 것이다. 나는 오전 내내 손가락으로 입술을 더듬고 있었다.

일이 끝나고 메리 루이즈와 나는 잠시 우리 집에 들러 엄마가 좋아하는 벌새의 모이통을 채워줬다. 그러고는 다시 집을 나와 걸 스카우트 단원이 모여 있는 공원을 지나쳐 계속 걸었다. 마을 경계선을 벗어난 우리는 건초처럼 뻣뻣한 풀밭에 드러누웠다. 몇 걸음 떨어진 데서 땅다람쥐 한 마리가 땅굴 밖으로 고개를 내미는 게 보였다. 날은 덥고 건조했다. 사실 이 근처는 늘 덥고 건조했다. 멀리 있는 밭에서 콤바인이 털털거리는 소리가 들렸다. 나는 머리 뒤로 깍지를 꼈다. 메리 루이즈가 풀잎 하나를 뜯어 질경질경 씹기 시작했다. 구름은 같은 자리에 머무는 법 없이 무심하게 흘러갔다. 우리를 뺀 온 세상이 MTV[15]에 정신이 나가 있는 동안 우리는 '초원의 집[16]'에 머물러 있었다.

일주일 뒤면 개학이었다. 나는 혹시 우리가 지금 여기서 조용히 평화롭게 죽는다면 어떻게 될까 하는 생각을 했다.

"우리 꼭 이 동네 탈출하자." 메리 루이즈가 말했다.

ʕ

고등학교 마지막 학년의 개학날 나는 베레모에 어울리는 치마를 입었다. 다른 학생들이 그런 나를 멍하게 쳐다봤다. 프로이드에서 청바지를 입지 않는 사람은 돌연변이 취급을 받았으니까. 메리 루이즈와 나는 같이 듣는 수업이 하나도 없어서 서로 떨어져 있었다. 나는 메리 루이즈에게 수시로 신호를 보냈지만 메리 루이즈는 키스에게 정신이 팔려 나를 알아보지 못했다. 나는 메리 루이즈 쪽으로 가려고 했지만 우왕좌왕하는 신입생 사이를 뚫고 가는 일은 쉽지 않았다. 로비와는 시간표가 같았지만 그는 성당에서처럼, 그리고 늘 그랬던 것처럼 한 줄 떨어져서 앉아 있을 뿐이었다. 나도 로비가 나를 좋아한다는 사실을 알고는 있었으나 왠지 진심으로 느껴지지 않았다.

나는 방과 후에 오딜의 집에서 카페오레를 마시며 그녀의 결혼식 사진을 자세히 살펴봤다. 살면서 지금까지 벽이 오딜을 바라보듯 나를 바라봐준 남자가 있었던가? 키스가 메리 루이즈를 대하듯 나를 대해준 남자는?

"요즘 메리 루이즈를 거의 못 봐요." 나는 메리 루이즈가 수학을 포기하듯 그렇게 나를 버린 데에 적잖이 상처를 받았다.

"우정에 대해 한마디하자면······ 늘 같은 자리에서 같은 마음으로 있을 순 없다는 거야." 오딜이 말했다. "엘리너와 동생들 때문에 정신없이 바빴던 때가 기억나니? 지금은 메리 루이즈가 바쁠 차례인 거지. 첫사랑이란 그런 거야. 24시간이 모자랄 정도니까."

"그렇게 말하니까 거머리마냥 둘이서 딱 달라붙어 있어야만 진정한 사랑인 것 같잖아요."

오딜이 웃으며 말했다. "그러게."

"아니에요. 그렇지 않아요!" 내가 열을 내며 말했다.

"곧 다시 돌아오겠지. 인내심을 갖고 기다려봐."

나는 키스가 메리 루이즈를 감싸 안았을 때 그녀의 얼굴이 달아올랐던 걸 떠올렸다. 내가 가까이 가자 키스가 메리 루이즈의 허리를 잡아당기며 말했었다. "우리끼리 가자." 그녀는 말없이 남자 친구를 따라갔다. 단둘이 있고 싶어서였겠지. 메리 루이즈는 뭐든지 나보다 빨랐다. 첫사랑도. 첫 남자 친구도. 첫 키스도. 그리고 다른 것도.

"질투는 자연스러운 감정이야." 오딜이 말했다.

"질투하는 거 아니에요!"

"지극히 정상이지." 오딜이 말을 이어갔다. "다만······."

"다만, 뭐요?"

"너에게도 좋은 날이 올 거라는 사실을 잊지 마." 오딜은 할 말이

더 남은 듯했지만 더 이상 아무 말하지 않았다.

뭐, 그렇다 치자.

집에 가니 엘리너가 내가 제일 좋아하는 스테이크, 프렌치프라이, 샐러드를 저녁으로 차려놓고 나를 기다리는 중이었다. 모두들 샐러드부터 먹었지만 나는 파리지앵처럼 마지막으로 샐러드를 먹고 그다음에 치즈를 먹었다.

"그 모자는 그렇게 계속 쓰고 있을 거야?" 아빠가 물었다.

"이건 그냥 모자가 아니라 베레모예요. 베레모를 써야 프렌치 시크가 완성된다고요."

"몇 개월째 그러고 있잖니. 프랑스에서는 머리에서 냄새가 나야 시크한 거야?"

나는 아빠 말을 못 들은 척했다. "르 스테크 에스트 델리슈!"

"뭐라는 거야?" 아빠가 엘리너에게 물었다.

엘리너가 웃었다. 적어도 엘리너만큼은 내가 프랑스어로 말하는 걸 좋아하는 듯했다.

"그건 그렇고 대학교 전공 문제에 대해서는 생각해봤어?" 아빠가 물었다.

"말씀드렸잖아요. 전 작가가 될 거예요."

"작가는 제대로 된 직업이 아니야." 아빠가 말했다.

"다니엘 스틸 같은 유명 작가한테 그런 말 한번 해봐요." 엘리너가 말했다. "작가도 은행가 못지않은 부자가 될 수 있어요."

"대학 가서 회계학이나 공부해라." 아빠가 말했다. "뭔가 대비책이 있어야지."

"대비책이요? 그럼 작가로 성공 못할 거란 말씀이세요? 아무튼 제

전공은 제가 정할 거예요."

그러자 아빠가 들고 있던 포크로 나를 가리키며 말했다. "네 대학
등록금은 누가 대주지?"

"아빠는 늘 모든 걸 돈이랑 연결시켜 말해."

"은행에서 하는 일 중 하나가," 아빠가 말했다. "사람들이 미래를
대비할 수 있도록 해주는 거야."

이렇게 맛있는 식사를 앞에 두고 왜 대학 문제로 아웅다웅해야 하
는지 이해가 되지 않았다.

"내가 보니까," 엘리너가 끼어들었다. "아빠는 일이 뜻대로 안 돼
서 고생하는 사람들을 많이 봤다는 말을 하고 싶은 거야. 집도 잃고
사업도 실패하는 사람들이 많잖아. 그러니까 딸인 네가 그런 고생
을 하는 걸 보고 싶지 않으시다는 거지."

저녁을 먹은 후 나는 다시 오딜의 집에 갔다. "아줌마는 제 나이
때쯤에 나중에 뭐가 되고 싶은지 확실하게 알고 있었어요?"

"나는 책을 너무 좋아해서 도서관 사서가 됐어. 너도 네가 정말 좋
아하는 게 뭔지 진지하게 생각해봐."

"아빠는 저보고 회계나 경영 같은 걸 배워야 한대요."

"아빠 말도 일리가 있어. 좋아하는 일만 하면서 살면 좋겠지만 사
람은 밥도 먹고 집세도 내야 하니까. 특히 여자라면 자기가 쓸 돈
은 자기가 버는 게 중요해. 나는 미국에 와서 성당 총무로 일했는데
그 일로 버는 돈이 큰 도움이 됐어. 물론 지금 넌 무엇이든 네 선택
대로 하고 싶겠지만."

"저는 그저 아빠가 저한테 너무 이래라저래라 하지만 않았으면
좋겠어요."

"날 아껴주시던 코헨 교수님은 '사람을 있는 그대로의 모습으로 받아들여라, 자신이 원하는 모습으로는 말고' 하고 말씀해주셨어."

"어떤 의미에서 그렇게 말씀하신 거예요?"

"그때도 우리 아버지 문제였어. 코헨 교수님은 아버지가 말은 그렇게 하셔도 마음속 깊은 곳에서는 나를 제일 우선으로 생각하고 있다고 하셨지. 하지만 당시의 나는 교수님의 말을 받아들이지 못했어. 너와 아빠는 서로 많이 다르지만 그렇다고 아빠가 널 사랑하지 않는다거나 걱정하지 않는다는 뜻이 아니야."

마을의 겨울 행사가 있던 날이었다. 나는 댄스 파트너 신청을 받지 못한다 해도 전혀 상관없다고 속으로 되뇌었다. 프로이드에는 머리가 텅텅 빈 남자아이들만 있었다. 나는 컬럼비아 대학교에 입학 원서를 냈기 때문에 이런 애송이 말고 뉴욕 같은 대도시에서 영혼의 단짝을 찾을 운명이었다. 뉴욕 남자 500만 명 중 나에게 어울리는 사람이 적어도 한 명은 있겠지. 시몬 드 보부아르도 스물한 살때 사르트르를 만났는데.

구내식당에 있는데 메리 루이즈가 슬며시 내 옆으로 다가왔다. 그러더니 저녁에 자기 집에 와서 입을 옷 좀 봐달라고 했다. 지난 몇 개월간 나를 없는 사람 취급하던 메리 루이즈가 뭔가 자랑할 게 생긴 모양이었다.

"오늘은 못 가." 나는 거짓말을 했다. "숙제가 너무 많아서."

"제발!"

물론 나도 메리 루이즈와 좋은 관계를 유지하고 싶었다. 하지만 그보다 메리 루이즈가 키스에게 뺑 차여서 내 비참한 기분을 그녀도 느껴봤으면 하는 마음이 더 컸다.

저녁을 먹은 후 나는 오딜의 집에 가서 오딜이 잘 앉는 의자에 몸을 던졌다.

"메리 루이즈가 또 나를 배신했어요."

"옷 좀 봐달라고 집에 오라고 하지 않던?"

나는 우리가 좋아하는 책을 따로 모아놓은 1955.34 서가에 꽂힌 책을 쳐다봤다. 《비밀의 숲 테라비시아》, 《뿌리》, 《나의 안토니아》 등이었다. "가고 싶지 않아요."

"내가 같이 가면?" 오딜이 물었다.

나는 못 이기는 척 말했다. "그렇게 해주시면……."

메리 루이즈의 집에 가는 내내 오딜은 나를 보고 있었다. 엄마가 같이 있었다면 왜 그렇게 매의 눈을 하고 나를 보는지 물어봤을 것이다. 오딜과 내가 집 안에 들어서자마자 메리 루이즈가 달려와 우리를 얼싸안았다. 메리 루이즈는 목과 어깨가 드러난 파스텔 색 드레스를 입고 있었다. 그녀는 어느 때보다 우아해 보였다.

메리 루이즈의 몸매는 하루아침에 달라져 있었다. 그녀의 가슴이 로키산맥마냥 봉긋 솟아올라 있었다. 내 가슴은 몬태나 평원처럼 여전히 평평했지만. 매끈한 메리 루이즈의 엉덩이 곡선을 보고 있자니 내 몸이 더욱 막대기 같아 보였다.

"어때요?" 메리 루이즈가 보디스를 잡아당기며 물었다.

"정말 예쁘다." 오딜이 말했다.

나는 내 납작한 가슴 위로 팔짱을 낀 채 가장 의미 있는 칭찬이 떠오를 때까지 1분가량 뜸을 들였다. "엔젤 언니보다 더 예쁘네."

"진짜?" 메리 루이즈가 옷걸이 옆의 거울을 흘끔거렸다. "정말로?"

나는 고개만 끄덕일 뿐 더 이상 아무 말도 할 수 없었다. 눈물이 차오르듯 질투가 치밀어 오른 탓도 있었지만, 지금껏 본 적 없는 친구의 아름다운 모습을 멍하니 쳐다보는 것 말고는 아무것도 할 수 없었기 때문이기도 했다.

그때 키스가 찾아왔다. 수 밥이 문가에서 머뭇거리는 키스를 메리 루이즈 쪽으로 떠밀었다. 메리 루이즈를 바라보는 키스의 눈길은 나를 절망하게 했다. 뭔가 시큼한 것이 목을 타고 올라와 삼켜내고 또 삼켜냈다. 더 이상 버틸 수 없어 밖으로 나가려는데 메리 루이즈가 내 옆으로 왔고 수 밥이 우리의 사진을 찍어줬다. '왜 너 혼자 이런 비참함을 견뎌야 하지?' 내 마음속의 또 다른 내가 물었다. '메리 루이즈가 진정한 친구라면 널 이런 자리에 불렀겠어? 메리 루이즈는 지금 널 놀리는 거야. 모르겠니? 메리 루이즈가 키스에 관해 했던 얘기를 이 자리에서 해버려. 메리 루이즈가 그랬잖아. 그녀가 몰래 만났던 조니라는 남자가 뭐든 키스보다 능숙했다고.'

메리 루이즈가 팔로 내 허리를 감싸자 내가 입을 열었다. "키스, 있잖아……."

오딜이 얼굴을 찌푸렸다.

"너도 알아야 할 거 같아서……." 나는 말을 이어갔다.

"그만." 오딜이 속삭였다. "한마디만 들어도 알겠어. 네가 지금 무슨 생각을 하는지."

제
*21*
장

---

# 오딜
## Odile

1944년 9월, 프랑스 파리

'어떻게 당신이 나를 배신할 수가 있어?' 마거릿의 말이 인도를
향해, 강을 향해, 집을 향해 정처 없이 걷고 있는 내 머릿속을 맴돌
았다. 알렉상드르 3세 다리의 웅장한 자태가 멀리 모습을 드러냈지
만 내 눈에는 머리카락이 잘려나간 마거릿의 얼굴만 떠오를 뿐이
었다. 나는 내 방에 숨어버리거나 엄마와 외제니에게 모든 걸 고백
하고 싶었다. 하지만 가장 친한 친구를 내 손으로 위험에 빠트린 사
실에 대해 듣게 된다면 두 사람 다 적잖이 충격을 받을 터였다. 더
군다나 거기에 폴이 연루되어 있다는 걸 알게 되는 날이면 큰 사단

이 날 터였다. 그 누구도 이 사태를 알아선 안 되었다. 나는 너무나 부끄러워 엄마를 마주할 엄두조차 나지 않았다. 집으로도 갈 수 없었고 마거릿을 진심으로 아꼈던 사람들이 있는 도서관으로도 갈 수 없었다. 마거릿은 나를 다시는 보고 싶지 않다는 뜻을 분명히 했다. 즉, 내가 있는 한 도서관으로 돌아오지 않겠다는 뜻이었고 그렇게 되면 마거릿은 자신의 친구들과 천직처럼 여기던 도서관 일마저 잃게 될 것이었다.

나는 불과 얼마 전까지만 해도 도서관을 드나드는 사람들을 향해 의심의 눈초리를 던지며 대체 누가 제보 편지를 보내는 건지 알고 싶었다. 그리고 이제는 알았다. 바로 나 같은 사람들이었다. '경찰 담당자 귀하, 영국 국적의 마거릿 세인트 제임스는 감히 독일군 병사와 사랑을 나누고 있습니다.' 심지어 나는 이런 나의 불만을 경찰 면전에 털어놓지 않았던가.

나는 마거릿에게 받은 벨트를 손에 쥐고 센강을 건너기 시작했다. 가죽 벨트 끝이 시계추처럼 흔들거렸다. 다리 난간에 기대어 강물을 바라봤다. 나는 짐승만도 못한 짓을 저질렀고 내가 한 짓은 폴이 한 것과 한 치도 다를 바 없었다. 나는 결혼 반지를 뽑아 강물 속으로 던져버렸다. 폴은 더 이상 내 남편이 아니었다. 우리는 이혼할 것이고 서로에게 볼일이 남아 있지 않을 것이다. 이혼이라. 이혼녀는 몸을 버린 여자보다도 못한 취급을 받았다. "이웃 사람들이 뭐라고 생각하겠니?" 엄마는 이렇게 말하겠지. 내가 왜 이혼하려 하는지에 대해서는 관심조차 없을 것이다. 그리고 카로 이모에게 했듯 나를 멀리할 것이다.

불과 한 시간 전만 해도 다가올 미래를 자축하고 있었지만 이제는 그저 암흑뿐이었다. 나는 뭘 어떻게 해야 할지 알 수 없어 절망했다. 나는 샹젤리제 거리를 따라 천천히 걸었다. 노천카페에서 식사를 하는 커플들을 지나, 극장 앞에 줄을 선 사람들을 돌아 계속 걸었다. 그러다 파리 미국 병원 앞에 도착해서야 내가 어디에 와 있는지 알게 되었다. 병원 진입로 앞에 서 있는 구급차를 지나가는데 한 간호사가 나를 불렀다. "다시 와줘서 고마워요. 안 그래도 손이 모자라던 참인데."

마거릿은 다시는 나를 보고 싶지 않다고 했지만 적어도 이곳은 내 도움을 필요로 하는 사람들이 있었다. 전쟁이 막 시작되었을 무렵에 했던 것처럼 병원 직원이나 자원봉사자가 쉬는 동안 대신 병원을 지키자. 그러면 가족이나 친구들을 보지 않아도 되겠지. 그리고 폴도 나를 찾지 못할 것이리라. 나는 안도의 한숨을 내쉬며 병원 입구에 있는 시멘트 계단에 털썩 주저앉았다.

마거릿의 말이 옳았다. 나는 마거릿이 레미 같은 프랑스 병사를 모욕했을 때, 레미를 향한 비찌의 마음이 변할 거라고 말했을 때 화가 났다는 사실을 결코 인정하지 않았다. 뿐만 아니라 마거릿의 화려한 생활에 질투심을 느꼈지만 이 역시 인정하려 들지 않았다. 나는 감정을 꾹꾹 억누르다가 샴페인 터트리듯 한꺼번에 불쾌한 감정을 폭발시켰다. 억눌린 감정이 터지는 순간 나는 마거릿을 응징하고 싶었고, 앞뒤 재지 않고 폭발한 내 감정이 무고한 마거릿과 그녀의 딸 크리스티나의 삶을 파멸로 몰아넣었다.

목발을 짚은 한 미국 병사가 다리를 절뚝거리며 다가왔다. "안녕하세요, 꼬마 아가씨."

내가 코를 훌쩍거리자 그가 손수건을 내밀었다.

"무슨 일 있어요?"

나는 입술을 깨물었다. 나도 모르게 입을 열게 될까 봐, 모든 사연을 털어놓게 될까 봐 두려웠다.

남자가 내 옆에 와 앉았다. "왜 그래요?"

"아주 끔찍한 짓을 저질렀어요."

"음, 나한테는 끔찍한 일일지라도 다른 사람들에게는 이해할 만한 일인 경우도 많답니다."

남자의 눈길이 너무나 강렬해서 나는 말을 돌릴 수밖에 없었다. "미국 어디서 오셨나요?"

"몬태나."

"거기는 어떤 곳이에요?"

"천국 같은 곳이죠."

켄터키주에서 왔다는 도서관 회원도 똑같은 이야기를 했었다. 영국에서 온 군인도, 또 캐나다에서 온 군인도 고향에 대해서는 비슷한 이야기를 했었다. "그 말 못 믿겠는데요."

"몬태나주는 세상에서 가장 아름다운 곳이에요. 이렇게 화려한 도시 파리에 앉아서 그런 말을 할 정도면 알 만하지 않아요? 고향에 있을 때만 해도 그 외진 마을을 벗어나고 싶어 안달이었지만 다시 돌아가게 된다면 절대로 떠나지 않을 겁니다. 마을 사람들도 좋고……. 솔직히 지루하긴 합니다만."

"지루한 곳이 오히려 변화를 주는 데 더 좋을지도 모르죠."

"그나저나 그쪽은 영어를 꽤 잘하는군요."

"어릴 때부터 파리 미국 도서관을 들락거리며 영어를 배웠거든요."

"파리 미국 병원은 알겠는데 파리 미국 도서관도 있었어요?"

"파리 미국 교회도 있고 또 미국 난방 기구 회사의 지사도 있는걸 요! 도서관 회원인 드 네르시아 씨는 미국이 조용하게 파리를 미국 의 식민지로 만들었다며 농담을 하기도 했어요."

그가 웃음을 터트렸다. "그럼 당신도 거기 회원?"

"난 사서예요. 뭐, 지금은 아니지만."

"파리 미국 도서관이라……. 한번 가보고 싶군요. 당신이 데려가 준다면." 나는 얼굴을 찡그렸다.

"하긴," 남자는 자기 다리를 툭툭 쳐 보였다. "이 꼴로는 가만히 쉬는 편이 더 낫겠어요. 하지만 당신하고는 좀 더 시간을 보내고 싶 은데요."

이튿날 오후 나는 병원 앞에서 그를 다시 만났다. 그가 담배를 빵 과 햄으로 바꿔왔다. 그는 몬태나주에 있는 평원의 풍경이 패치워 크 이불마냥 다채롭다고 말했다. 그리고 끝없이 펼쳐진 하늘에는 구름 한 점 보이지 않는다고도 했다. 또 자기 어머니가 끓인 비프 스튜 맛을 꼭 봐야 한다고도 했다. 그러다 이틀 뒤 나에게 청혼했다.

나는 아는 사람이 없는 아주 먼 곳으로 떠나고 싶었다. 지금의 내 가 아닌 다른 사람이 되어, 더 좋은 사람이 되어 새 출발하고 싶었 다. 엄마와 아빠가 너무 보고 싶겠지만 두 분을 위해서라면 내가 사 라지는 게 맞았다. 도서관 동료도, 도서관 단골 이용자도 그리운 건 매한가지이겠으나 내가 없어져야 마거릿이 도서관에 나올 수 있었 다. 나는 파리 미국 도서관을 사랑했지만 마거릿은 그보다 더 중요 한 사람이었고 나는 그 사실을 마거릿이 꼭 알았으면 했다.

"어떻게 생각해요, 꼬마 아가씨?" 벅이 내 마음을 다 이해한다는 듯한 눈빛으로 나를 봤다. 나는 벅에게만큼은 뭐든지 털어놓을 수 있을 것 같았다. 어쩌면 그는 이미 모든 걸 알고 있을지도 몰랐다.

"좋아요. 당신과 결혼하겠어요."

벅이 나를 꼭 끌어안았다. 부드러운 면 셔츠를 입은 그의 품이 따뜻했다. 그의 품 안에서는 불안해하지 않아도 되었다.

브르타뉴에서 돌아온 그날 그대로 내 여행 가방은 도서관에 있었다. 나는 관리인밖에 없는 새벽 시간에 마지막으로 챙긴 제보 편지 묶음과 여행 가방을 찾아왔다. 비찌의 책상에 아이들이 그린 그림이며 오래된 펜, 그리고 비찌가 좋아하는 찻잔이 놓여 있었다. 이가 나가서 아무도 쓰지 않는 찻잔이었다. 나는 쪽지 한 장을 남겼다. '사랑하는 비찌, 마거릿을 잘 돌봐주세요. 우리 엄마, 아빠에게는 내가 잘 있다고 전해주고요. 미안하다는 말도 좀 전해주세요. 코헨 교수님의 소설 원고를 부탁해요. 나는 당신을 내 쌍둥이 여동생처럼 생각해요. 오딜.' 나는 작별 인사를 하기 위해 도서관을 이리저리 둘러봤다. 처음 일을 시작했던 정기 간행물 열람실을 필두로 도서관 이용자 못지않게 많은 것을 배울 수 있었던 자료 열람실에도 들렀다. 3층에 있는 도서 보관실에서는 줄지어 꽂혀 있는 책의 책등을 어루만지며 영원히 잊지 않겠다고 다짐했다. 이런 나만의 의식을 끝으로 나는 파리 미국 도서관을 떠났다.

제

*22*

장

⸻⸻⸻ ☾ ⸻⸻⸻

# 릴리
## Lily

1989년 1월, 미국 몬태나주 프로이드

메리 루이즈네 집에서 나와 우리 집으로 돌아가는 길에 오딜이 키스에게 무슨 말을 하려고 했었는지 물었다.

"아무것도 아니에요."

"릴리." 오딜의 목소리가 살짝 높아졌다.

"메리 루이즈는 키스 몰래 마을에 온 인부와 바람을 피웠어요."

"메리가 그러거나 말거나 네가 상관할 바 아니잖아. 왜 말하려고 했니?"

"몰라요!"

"그래? 그럼 왜 그랬는지 생각해봐."

"전 메리 루이즈가 저한테 돌아왔으면 했어요."

"메리 루이즈에게 화가 난 거야?" 오딜이 물었다.

"어쩌면요."

"메리 루이즈가 뭘 잘못했다고 생각하는데?"

"그건 말하고 싶지 않아요."

"어이구, 고집하고는!"

고집 센 걸로는 나보다 한 수 위인 오딜이 이대로 물러서지 않고 계속 캐물을 것이 뻔했기에 내가 먼저 입을 열었다. "전 남자 친구가 없는데 메리 루이즈는 하나로도 모자라 양다리를 걸쳤잖아요. 게다가 몇 달 동안 나란 존재를 깡그리 잊어버렸고요."

"네 맘 충분히 이해해." 오딜이 말했다.

오딜의 말에 마음이 좀 누그러졌다. 배 속에서 치밀어 오르던 영문 모를 시큼한 뭔가도 어느새 사라져 있었다.

"메리 루이즈 때문에 상처받은 게 있으면 메리 루이즈한테 말을 해." 오딜의 이야기가 이어졌다. "혼자 참지 말고. 그리고 메리 루이즈의 불행은 나의 행복이라는 생각도 버려. 메리 루이즈는 네가 아는 것보다 마음이 넓은 애야. 릴리도 키스도 다 품을 수 있을 만큼."

오딜의 집 앞에 이르렀을 때 그녀가 말했다. "릴리에게도 곧 남자 친구가 생길 거야."

"네, 뭐."

"내 말 믿어." 별빛에 비친 오딜의 얼굴에서 진심을 읽을 수 있었다. "사랑이란 왔다가 가고 또다시 오는 거야. 하지만 진정한 친구를 만나는 행운을 잡았을 때는 그 친구를 귀하게 여기고 절대 놓치지 마."

　오딜의 말이 맞았다. 나는 메리 루이즈를 소중히 여겨야 했다. 만일 내가 무슨 짓을 하려 했는지 메리 루이즈에게 고백한다면 그녀는 나에게 절교를 선언할 게 분명했다.

　오딜과 나는 오딜네 집에 들어가 소파에 편안하게 자리를 잡았다.

　"잘 모르겠어요. 그냥 모든 것으로부터 도망치고 싶은 생각뿐이에요."

　"그럼 안 돼." 오딜이 말했다.

　"왜 안 돼요?"

　"왜 안 되는지 이유를 말해줄까? 나도 도망쳐본 적이 있으니까."

　"네?"

　"너처럼 부끄러워서 부모님 곁을 떠났어. 직업도 버리고 남편도 버리고."

　"구스타프슨 씨를 버렸다고요?"

　"아니. 첫 번째 남편. 프랑스인 남편."

　나는 혼란스러워졌다.

　"누구나 친한 친구에게 질투의 감정을 느낄 수 있어." 오딜이 고백하듯 말했다.

　"아줌마도 그런 적 있어요?"

　"난 친구를 배신했어." 오딜이 빛바랜 벨트의 버클을 만지작거렸다. "마거릿은 두 번 다시 내 얼굴을 보고 싶지 않다고 했었어. 우리는 파리 미국 도서관에서 함께 일하며 서로 많은 걸 공유했어. 무엇보다 우리 둘 다 도서관에 대한 애정이 넘쳤고. 심지어 마거릿은 도서관에서 자원봉사를 했어. 돈 한 푼 받지 않고 정말 성심성

의껏 일했지."

"그런데 아줌마는 왜 도서관을 떠났어요?"

"만일 내가 도서관에 계속 남아 있었다면 마거릿은 모든 걸 잃었을 거야. 특히 고향처럼 여겼던 도서관에 영영 돌아오지 못했겠지. 나는 도서관을 사랑했지만 마거릿을 더 사랑했어. 가족과 친구들에게 진실을 말할 용기가 없었고 모든 걸 털어놓는다 해도 이후에 벌어질 일이 너무나 두려웠어. 그래서 벅과 결혼하고 작별 인사 한마디 없이 프랑스를 떠난 거야. 결국 난 남동생 묘지를 못 가봤지만 부모님이 포로수용소에서 동생의 유해를 잘 수습해주셨기만을 바랄 뿐이야." 오딜은 깊게 한숨을 내쉬었다. "난 비겁하게 도망쳤어. 그리고 지금까지 어느 누구에게도 이 일에 대해 말하지 않았단다."

나는 두 팔을 벌려 오딜을 꼭 끌어안았다. 오딜은 가만히 있었다.

"난 내 자신을 절대 용서할 수 없어." 오딜이 속삭였다.

"마거릿이라는 친구에게 한 일 때문에요?"

"마거릿을 버리고 온 것 때문에."

"하지만 친구분이 가라고 했다면서요."

"가끔은 상대방이 밀어내더라도 기어코 머물러야 할 때가 있거든."

불현듯 정신이 들었다. 나는 창가에 놓인 화분이며 깔끔하게 정돈된 음반, 그리고 우리가 좋아하는 책이 꽂힌 책장이 잘 있는지 확인했다. 거센 폭풍우 같은 오딜의 고백에 거실의 물건이 휩쓸려 가진 않을까 걱정되었기 때문이다.

"그렇지만…… 아줌마는 항상 옳은 말만 하시잖아요."

"그건 내가 그동안 틀린 말을 너무 많이 하며 살았기 때문이야."

"그런데 이중 결혼을 한 게 사실이에요?"

"음, 벅이 세상을 떠나서 둘 중 하나가 없으니 지금은 아니지."

우리는 웃음을 터트렸다. 물론 웃을 만한 일은 아니었지만 그래도 왠지 웃음이 났다.

"프랑스 남편하고는 왜 헤어졌어요? 그렇게 못 견딜 정도였나요?"

오딜이 마거릿과 독일군 애인, 그리고 폴과 동료들이 마거릿에게 저지른 일에 대해 들려줬다. 오딜의 이야기를 듣고 나니 그동안 잃어버렸던 퍼즐 조각이 제자리를 찾아가면서 모든 상황을 이해할 수 있게 되었다.

"하지만 그게 사실이라고 해도……."

"전부 사실이야." 오딜이 날카롭게 말했다. "폴과 동료들이 마거릿의 손목을 부러트렸어."

"그건 아줌마 잘못이 아니잖아요. 아줌마는 마거릿에게 손끝 하나 안 댔는데."

"누누이 말했지만 그건 내가 한 짓이나 마찬가지야."

"사람은 자기가 한 일에 대해서만 책임이 있는 거잖아요."

"보통은 그렇지. 나도 네 생각엔 동의해." 오딜이 말했다. "하지만 내 경우는 달라. 모든 게 불확실하고 위험한 상황인 와중에 내 손으로 직접 마거릿을 위험한 소굴에 밀어 넣은 거나 다름없으니까. 이 일은 벅한테도 얘기한 적 없어." 오딜은 내 눈을 똑바로 쳐다봤다. "그랬던 내가 너에게 지난 얘기를 털어놓는 건 네가 나 같은 실수를 하지 않으면 하는 마음에서야. 질투심을 제대로 다루지 못하면 결국은 그 질투심에 휘둘리게 될 거야."

나는 오딜이 결코 다른 사람에게 상처 줄 사람이 아니라고 굳게 믿었다. 그리고 그녀가 이런 내 진심을 알아주길 간절히 바랐다.

"그 일이 있고 나서 마거릿이 어떻게 지내는지 궁금했던 적은 없어요? 영국으로 돌아가서 딸을 만났을 가능성은요? 잘 지내는지 연락을 시도한 적은 없었어요?"

오딜은 서랍에서 1980년 6월 자 〈해럴드〉에서 오려낸 기사 하나를 꺼내 보여줬다. 기고가는 다름 아닌 마거릿 세인트 제임스였다.

우리는 가족, 친구, 애인뿐만 아니라 살아갈 수단까지 잃어버렸다. 그리고 전쟁이 끝난 지금 많은 사람들이 산산조각 난 삶을 다시 주워 모으고 있다. 물론 영원히 사라져버린 조각도 있었다. 하지만 어떻게 해서든 우리는 스스로를 되살려내야만 했다.

내가 아는 어떤 사람은 손에 집히는 대로 물건을 깨트림으로써 상실감을 극복하려고 했다. 그녀에게는 바닥에 부딪혀 산산이 부서지는 접시가 위안이 되었던 것일까. 어쩌면 그녀는 온전히 남은 물건을 바라보며 고통을 느끼기 전에 먼저 그 물건을 깨트려버리고 싶었는지도 모른다. 하지만 나는 그 모습이 여간 신경 쓰이는 것이 아니었다. 전후 파리에서의 삶은 혹독했다. 전쟁은 끝났지만 배급제는 계속되었다. 우리는 지쳐 있었고 또 배가 고팠다.

나는 그 집 하녀에게 부탁해 깨진 물건을 얻어왔다. 혹시나 고치면 다시 쓸 수 있지 않을까 싶어서. 하지만 도저히 그럴 만한 상태가 아니었다. 그렇다고 다시 버리긴 아까

워서 깨진 조각을 다양하게 조합해 딸아이의 낡은 옷을 꾸며줬다. 파리 미국 도서관을 이용하는 사람들이 깨진 물건으로 만든 브로치를 마음에 들어 했기에 나는 그것들을 팔기 시작했다. 어쩌다 보니 파리의 젊은 여자들에게 내 장신구가 큰 인기를 끌게 되었고 유행은 해외로도 빠르게 퍼져나갔다.

마거릿의 후일담을 읽은 나는 크게 흥분했다. 그녀는 무탈하게 잘 살고 있었을뿐더러 아주 유명한 디자이너가 되었던 것이다.

"그때 마거릿이 양육권을 빼앗긴 게 확실해요?"

"분명 그렇게 될 거라고 본인 입으로 말했으니까……."

"이 기사만 보면 전쟁이 끝나고 마거릿과 딸이 같이 산 것 같은데요."

오딜은 기사를 찬찬히 읽어 내려갔다. "그렇게는 생각 못했는데?"

"어쩌면 마거릿 입장에서 최악의 상황은 일어나지 않았을지도 몰라요. 여기 파리에 있는 마거릿의 부티크 주소가 있어요." 내가 주소를 가리키며 말했다. "얼른 편지 쓰세요."

"마거릿이 내 소식을 궁금해할까."

"시도는 해봐야죠."

"여태껏 아무 연락 없는 데는 다 이유가 있을 거야. 난 그런 마거릿의 심정을 존중해주고 싶어."

"마거릿이 답장 안 해줄까 봐 두려우신 건 아니고요?"

"그것도 그렇고."

"밑져야 본전이니 편지 써보세요!" 어쩌면 나의 이런 추진력은 엄마에게서 물려받은 것인지도 몰랐다. 때와 장소를 가리지 않고 긍정적인 면만 찾아보려고 하는 낙관론자. 내 눈앞에 오딜과 마거릿의 해피 엔딩이 그려졌다. '사랑이란 왔다가 가고 또다시 오는 것이다. 하지만 진정한 친구를 만나는 행운을 잡았을 때는 그 친구를 귀하게 여기고 절대 놓치지 말아야 한다.'

"생각 좀 해보고."

우리는 추악한 감정으로 가득한 어두운 터널을 지나왔다. 오딜은 내 최악의 모습을 맞닥뜨린 후에도 여전히 나를 사랑해줬다. 나는 오딜의 두 뺨에 입을 맞추고 잘 자라는 인사를 했다. 그렇게 오딜은 또다시 나를 구원해줬다.

제
*23*
장

---
＊
---

# 오딜
**Odile**

1983년, 미국 몬태나주 프로이드

나는 올해도 어김없이 돌아온 생일을 홀로 텔레비전 스포츠 중계를 보며 보냈다. 벅과 마르크가 운동 경기를 좋아했었기 때문이다. 나는 우리 세 사람이 함께 텔레비전을 보던 때를, 그리고 벅이 음소거 버튼을 눌렀던 일을 떠올렸다. 벅은 이렇게 말하곤 했다. "해설가라는 놈들은 죄다 엉터리란 말이야." 벅이 해설이 듣기 싫어 음소거를 해둔 덕분에 나는 전축으로 바흐를 들을 수 있었다.

나는 과거에 너무 깊이 빠져 헤어나오지 못하고 있었다. 하긴 좋은 기억이 많으면 자연스레 과거에 연연하게 된다. 벅과의 첫날밤은 너무나 달콤해서 이런 즐거움을 다시 맛볼 수 있다는 사실이 놀라울 정도였다. "사랑이란 바다와 같아 이리저리 휩쓸리다가도 결국엔 그들만의 해안선에 도달하고 그곳에 맞는 모습을 만들어낸다." 813,《그들의 눈은 신을 보고 있었다》.

물론 난감했던 시간도 있었다. 벅의 부모님을 뵙기 위해 부모님 댁을 찾았을 때 나는 스스로를 그분들의 조건에 부합하지 않는 사람으로 여겼었다. "엄마, 아빠, 제가 말씀드렸던 서프라이즈가 바로 이거예요. 여기 이 귀여운 아가씨는 오딜이라고 해요." 벅이 호기롭게 말했다. 그러고는 나를 그의 옆으로 끌어당겼다.

"만나 뵙게 되어 반갑습니다." 나는 백작 부인의 영어를 흉내 내서 부모님에게 인사했다. 내 나름대로 정확한 발음으로 잘해냈다고 생각했다.

"어딜?" 벅의 아버지가 고개를 갸웃거렸다.

"오디일이요." 벅의 어머니가 남편의 발음을 고쳐줬다.

"다 틀렸어요. 오-딜이에요. 우리 프랑스에서 결혼했어요." 벅이 말했다.

벅 아버지의 의심스러운 시선이 나에게 날아와 꽂혔다. 그의 어머니 또한 얼굴에서 미소를 거두며 물었다. "그러니까 네 말은 부모인 우리에게 한마디 말도 없이 결혼부터 했단 거니?"

"제니는 어떻게 하고?" 구스타프슨 씨가 물었다.

"제니는 우리에게 딸이나 마찬가지야." 구스타프슨 부인이 말했다. "네가…… 멀리 가 있는 동안 휴일마다 우리 집에 찾아와 같이 있어줬다고."

멀리 가 있었다고? 벅은 유럽 여행을 한 게 아니었다. 다른 일도 아니고 전쟁에 나갔던 사람에게 '멀리 가 있었다'니.

"모두들 너랑 제니가 특별한 사이라고 생각했는데." 어머니가 덧붙였다.

나는 고개를 돌려 벅을 쳐다봤다. "제니는 고등학교 때 사귀던 여자예요." 그가 설명했다. "난 제니에게 기다려달라고 한 적 없어요. 난 더 이상 어린애가 아니라고요. 전쟁은 말이죠…… 겪어본 사람만 알 수 있어요. 제니는 전쟁이 어떤 건지 죽었다 깨어나도 당신만큼 이해해줄 수 없을 거예요. 제니뿐만 아니라 여기 있는 다른 사람들도 마찬가지예요. 전쟁의 실체를 아는 사람은 오직 당신뿐이죠."

그건 그랬다. 벅과 나는 전쟁이라는 공통분모를 가지고 있었다. 벅의 어머니는 전쟁이라는 단어를 입에 올리는 것조차 꺼렸지만. 그렇게 시간은 흘러 벅과 나는 전쟁 말고도 '우리'라는 이름 아래 집, 아들, 행복 같은 것을 공유하게 되었다.

시댁 식구들은 단 한 번도 나를 따뜻하게 대해주지 않았지만 말로니 신부는 친절했다. 그는 나에게 성당 총무라는 일거리를 줬다. 나는 기꺼운 마음으로 성당 소식지를 만들고 성당에 있는 작은 서가를 정리했다. 마을 사람들이 제니에게서 벅을 '훔친' 죄를 용서해줄 때까지 꽤 오랜 시간이 걸렸다. 나에게 떨떠름하게 구는 마을 사람들에게 보란 듯이 벅은 나를 아주 다정하게 대해줬다. 벅에게 파리 미국 도서관의 정원 사진을 보여줬더니 앞마당에 도서관과 똑같은 페튜니아 화단을 만들어줬다. 동부에 사는 옛 전우에게 수소문해서 프랑스어로 된 책까지 구해준 덕분에 코헨 교수의 소설책으로 책장을 채울 수 있었다. 그녀가 종전 후 이집트에 정착했다는 소식을 들었다. 나에게 맡겼던 원고는 결국 책으로 출간되지 못했지만 원고가 도서관에 안전하게 보관되어 있다는 사실만으로도 너무나 기뻤다. 벅은 내가 비싼 돈을 들여 〈헤럴드〉 프랑스어판을, 그것도 일주일이 지난—물 건너오는 탓에—뉴스가 실린 잡지를 사는 데 대해 불평 한마디하지 않았다. "보석을 좋아하는 여자들도 있지만 당신한텐 책이 으뜸이지." 벅은 이렇게 말하곤 했다. "당신이랑 결혼할 때부터 다 알고 있었다니까."

나는 도서관에 관한 뉴스라면 모조리 찾아 읽었다. 덕분에 리더 관장이 미국 의회 도서관에서 다시 일하게 되었다는 소식도 알게 되었고, 웨드 양이 수용소에서 풀려나 도서관으로 돌아왔다는 소식도 알게 되었다. 비찌는 부관장으로 승진했으며 백작 부인은 자서전을 출간했다. 그리고 우리의 보리스는 은퇴를 했다. 도서관이 무탈하게 계속 운영되고 있어 기뻤다. 그렇게 세월이 흐르는 동안 파리의 마약 범죄와 관련한 아버지의 인터뷰 기사를 봤고 마거릿이 쓴 특별 기고문도 읽었다. 나는 파리 사람들이, 특히 마거릿이 그리웠다.

나는 이 집에 홀로 남아 아무도 신경 쓰지 않는 유령 같은 존재가 되었다. 혼자 밥을 먹고 혼자 잠이 들었다. 나는 혼자인 채로 지내는 데 신물이 났다. 나는 옷장에 있는 보석함으로 시선을 돌렸다. 그 안에는 내가 미처 태워버리지 못했던 편지가 들어 있었다. 나는 살면서 많은 실수를 저질러왔다. 물론 이 과정에서 많이 배우기도 했지만 깨달음은 늘 너무 늦게 찾아왔다. 내 인생이 한 편의 소설이라면 그 속에는 지루하면서도 흥미진진하고, 고통스러우면서도 즐겁고, 비극적이면서도 로맨틱한 이야기가 가득 차 있으리라. 이제 마지막 장을 펼칠 때가 되었다. 나는 외로웠다. 여기서 그만 내 이야기를 끝낼 수 있다면, 이 인생이라는 책을 영원히 덮을 용기가 있다면 얼마나 좋을까.

벽의 소총이 옷장 한구석에 세워져 있었다. 소총의 조준경에 먼지가 잔뜩 쌓여 있었다. 혹시 장전되어 있으려나. 벽이라면 장전해놓았을 것 같았다. '당신이 총이라면 폴은 방아쇠 같은 역할을 한 거야.' 마거릿이 이렇게 말했었나. 아니다. 마거릿은 이렇게 말했었다. '총을 겨눈 건 폴일지 모르지만 방아쇠를 당긴 건 당신이야.' 네가 방아쇠를 당겼잖아. 총을 들어 방아쇠를 당긴다……. 나는 벽의 소총을 꺼내 들었다.

그때 초인종이 울렸다. 나는 초인종 소리를 무시하고 하던 작업에 집중했다. 초인종이 또다시 울렸다. 내 손가락이 방아쇠에 가 닿았을 때였다. 누군가 집에 들어와 크게 외쳤다. "안녕하세요?" 누구 목소리인지 알 것 같았다. 이웃집 여자아이였다. 나는 총을 원래 있던 자리에 도로 세워뒀다.

"아무도 안 계세요?"

나는 멍하니 거실로 나갔다.

"학교 숙제를, 그러니까 아줌마 조국에 대한 보고서를 쓰려고 해요." 여자애가 말했다. "잠깐 시간 내서 인터뷰 좀 해주실 수 있을까요?"

우리 집 거실에서 내가 아닌 다른 사람을 다시 보게 되다니 기분이 이상했다.

"그나저나 여기는 무슨 도서관 같네요." 그 애가 말했다.

이 집에 외부인이 들어온 건 4년 전 장의사가 벽의 시신을 처리하러 왔을 때가 마지막이었다.

그 애가 문으로 향했다.

"언제 시간을 내달라는 건데?" 내가 물었다.

아이가 나를 돌아봤다. "혹시 지금 괜찮으세요?"

결말이 난 줄만 알았던 삶에 이렇게 에필로그가 시작되었다.

제
*24*
장

릴리
Lily

1988년 5월, 미국 몬태나주 프로이드

"대학 생활은 인생의 새로운 장이 될 거야." 성당에서 미사를 끝내
고 나오는데 오딜이 말했다. "본인이 하기에 따라서는 아주 짜릿한
경험이 될 수도 있고." 제발 그렇게 되면 좋겠다. 나는 컬럼비아 대
학교에 합격했고 메리 루이즈는 뉴욕 예술 학교에 합격했다. 메리
루이즈가 없는 삶을 상상조차 할 수 없는 나에게 이 얼마나 큰 선
물인지. 키스는 뷰트에 있는 기술 전문학교에 다니게 되었다. 그는
비록 프로이드에서 멀리 떨어져 지낼지라도 메리 루이즈에게 자주
편지하겠다고 약속했다. 로비는 몬태나에 남았다. 티파니는 노스웨

스턴인지 노스이스턴인지에 있는 대학에 간단다. 나는 내가 우리 반 애들을 그리워하게 될 줄은 몰랐다. 심지어 사이가 좋지 않았던 티파니에게까지 이런 마음이 들 줄이야.

마을 회관에 들어가니 각 탁자에 고등학교 졸업반을 상징하는 붉은색과 흰색의 꽃바구니가 장식되어 있었다. 남자애들이 커피 주전자 옆에서 레이건 대통령의 모스크바 정상 회담에 대한 이야기를 나눴다. 여자애들은 줄을 서서 빵을 받았다.

"릴리가 정말 자랑스러우시겠어." 아이버스 부인이 오딜에게 말했다.

"대학 졸업하고 올 때쯤이면 우리보다 훨씬 똑똑해져 있겠지." 머독 부인도 거들었다.

"릴리는 지금도 다른 사람들보다 똑똑한걸요." 오딜이 대꾸하자 마을 여자들이 종종걸음으로 사라졌고 오딜은 여자들의 뒷모습을 날카롭게 쏘아봤다.

나는 '앙부아 발라데'라는 프랑스어 숙어를 떠올렸다. 문자 그대로 하면 누군가를 잠시 걷도록 내보낸다는 뜻이지만 실제로는 쫓아낸다는 의미로 사용되는 말이었다. "저 사람들은 항상 아줌마한테 한마디라도 말을 붙여보려고 하네요." 내가 오딜에게 말했다.

"누가?"

"저 아줌마들이요. '날씨가 좋네요'라든가 '오늘 신부님 말씀이 좋았어요'라든가. 뭐라도 말을 좀 해보려고 하는데 그때마다 아줌마가 쌀쌀맞게 쫓아버리시잖아요."

"나한테 못되게 굴었으니까."

전에 없던 오딜의 심술궂은 말투에 내가 깜짝 놀란 얼굴을 하자 오딜도 순간 당황했는지 눈빛이 흔들렸다. "예전의 실수를 만회해 보려고 그런 거겠죠." 내가 말했다. "이제 기회를 줄 때도 되지 않았어요?"

오딜은 저쪽에서 커피를 따르며 대화를 나누는 여자들을 가만히 응시하다가 그들 곁으로 다가갔다. 그러고는 크림 단지를 집어 들며 여자들의 대화에 자연스럽게 끼어들었다.

"오늘 신부님 말씀이 큰 위안이 되더군요." 오딜이 말했다.

아이버스 부인이 어색하게 웃으며 말했다. "정말 그랬어요."

"신부님은 영성이 넘치시니까." 커피 잔을 들어올리며 머독 부인이 말했다. 오딜이 머독 부인의 잔에 크림을 부어줬다.


졸업식 날 아침 나는 하늘하늘한 원피스를 입고 베레모를 쓴 다음 졸업생 대표 답사 원고를 손에 들고 오딜의 집을 찾아갔다. 개똥지빠귀 무리가 잔디밭에서 땅을 쪼고 있었다. '네 이름은 원래 로빈이 될 뻔했거든. 용기를 가지렴.' 엄마, 나는 최선을 다했어요…….

졸업식을 앞두고 오딜도 나만큼이나 들떠 있었다. 그녀는 한 술 더 떠 낡은 빨간 벨트 대신 스타일리시한 검은 벨트를 했다.

"'트레 벨르', 정말 아름다워요." 내가 말했다.

오딜의 얼굴이 붉어졌다. "졸업생 대표 답사 한번 읽어볼래?"

나는 단상 위에 올라선 것처럼 목소리를 가다듬었다. "사람들은 10대 청소년들이 어른들 말을 잘 안 듣는다고 합니다. 하지만 그렇지 않습니다. 우리는 어른들이 하는 말은 물론 하지 않는 말까지 들을 수 있습니다. 때로 우리들은 어른들의 충고가 필요하지만 늘 그런 것은 아니랍니다. 다른 사람들 일에 참견하지 말라는 말은 듣지 마세요. 기꺼이 손을 뻗어 친구를 만드세요. 어떻게 말하고 어떻게 행동할지 늘 알 수는 없는 법이지만 그렇다고 마냥 머뭇거려서는 안 된다고 생각합니다. 사실 우리는 다른 사람들의 생각을 모두 읽을 수는 없습니다. 남들과 다른 모습을 보이기를 두려워하지 말고 뒤로 물러서지 맙시다. 어려움이 닥칠지라도 영원한 건 없다는 사실을 기억합시다. 다른 사람에게 자신이 원하는 모습을 강요하지 말고 그 사람을 있는 그대로 받아들이세요. 그 사람의 입장이 되어 생각해보는 거예요. 내 친구 오딜의 프랑스식 표현을 빌어 말하자면 '상대방의 가죽을 한번 써보는' 겁니다."

오딜이 나를 보며 활짝 웃었다. "이토록 많은 사람들을 가슴속에 품고 있다니."

나는 오딜을 꼭 끌어안았다. 오딜의 몸이 벌새처럼 아주 작게 느껴졌다.

엘리너가 카메라를 들고 왔다. 오딜은 나와 사진을 찍기 전에 립스틱을 덧발라야 한다고 우겼다. 마침내 시간이 되었다. 차의 맨 뒷자리에 동생들과 오딜이 자리 잡았고 엘리너와 펄 할머니는 가운데에 앉았다. 아빠가 나에게 운전대를 맡겼다. 심지어 아빠는 평소와 달리 운전하는 내내 참견 한마디하지 않았다.

학교에 도착해서 먼저 온 메리 루이즈를 만났다. 메리 루이즈는 졸업식 가운을 입고 학사모를 쓰고 있었다. 메리 루이즈가 내 베레모에 검정색 태슬을 달아줬다.

체육관의 제일 앞줄에는 오늘 졸업하는 50명의 학생이 앉아 있었다. 수확을 앞두고 묵직하게 고개를 숙인 밀 이삭이 술렁거리듯 우리들의 속삭임이 잔잔한 파문을 일으켰다. 뒤를 돌아보니 졸업을 축하하기 위해 모여든 가족들이 보였다. 우리의 마음은 늘 이 마을을 벗어난 세상 어딘가에 있었고, 이제는 가족들의 눈에서도 멀어질 시간이 왔다. 졸업식은 작별의 순간이기도 했고 새 출발의 순간이기도 했다. 이곳에서 나에게 주어진 일은 모두 끝냈고 떠날 일만 남았다. 지난 몇 년간 내가 그토록 바라던 일이 이뤄지려 하고 있었다. 하지만……. 

졸업생 답사를 읽는데 목소리가 떨렸다. 앞에 있는 사람들 가운데서 아빠의 자랑스러워하는 표정이 눈에 들어왔다. "마지막으로 은행 직원의 딸로서 충고 하나 하겠습니다. 열정을 좇는 것도 중요하지만 각종 청구서를 해결할 수 있을 정도의 직업도 반드시 있어야 합니다." 사람들이 웃음을 터트렸다. 밴드가 저니[17]의 '오직 청춘뿐'을 연주했다. 졸업생을 호명할 때마다 한 사람씩 앞으로 나가 졸업장을 받았다. 졸업장 수여식이 끝나고 우리는 우렁찬 함성과 함께 학사모를 하늘 높이 던져 올렸다. 메리 루이즈와 나는 서로를 부둥켜안았다. 체육관의 문이 활짝 열렸다.

집에 도착해 조, 벤지, 내가 먼저 차에서 뛰어내렸고 뒤를 이어 어른들이 내렸다. 나를 축하해주기 위해 친구들이 모였고 엘리너가 친구들을 집 안으로 불러들였다. "캐럴 앤이 케이크를 만들어왔어. 물론 릴리가 좋아하는 초콜릿 케이크지!"

나는 오딜을 돌아봤다. "오늘 프랑스어 수업은요?"

"최대한 빨리 끝내자."

많은 사람에게 둘러싸여 있다가 마침내 오딜의 집 주방에서 단둘이 있게 되어 좋았다. 오딜이 나에게 봉투 하나를 내밀었다. 봉투에는 파리행 비행기표와 앞면에 흑백사진이 있는 엽서 한 장이 들

어 있었다. 나는 오딜을 끌어안았다. "세상에!" 그런데 비행기표가
한 장뿐이었다.

"표가 왜 한 장이에요?" 내가 물었다. "같이 가는 거 아니에요?"

"이번에는 혼자 다녀와."

엽서에는 이런 말이 적혀 있었다. "사랑하는 릴리, 즐거운 여름 보
내." 파리라니. 꿈만 같았다. 파리에 가면 어디에 묵어야 할까? 뉴
욕에는 기숙사도 있고 신입생 오리엔테이션도 하니까 아예 혼자는
아니었다. 하지만 파리는? 파리에는 아는 사람이 단 한 명도 없었
다. 파리의 어디를 가야 사람들을 만날 수 있으려나?

하지만 엽서에 인쇄되어 있는 사진을 자세히 보고 나서 모든 문
제가 깔끔하게 해결되었다. 고풍스러운 커다란 건물 앞에 자갈이
깔린 통로가 있고 그 옆으로 팬지, 아니 페튜니아처럼 보이는 꽃이
줄지어 피어 있었다. 건물 안에는 흰 옷을 입은 한 여자가 창가에
서서 밖을 내다보고 있었다. 여자의 얼굴이 챙 넓은 모자에 가려져
거의 보이지 않았다. 사진 밑에는 다음과 같은 글이 적혀 있었다.

"파리 미국 도서관, 연중 무휴."

전 2권 끝.

# 작가의 말

∿

　지난 2010년 파리 미국 도서관에서 행사 관리자로 일하게 되었을 때 동료였던 나이다 켄드릭 컬쇼와 시몬 갈로가 나에게 2차 세계 대전 기간 동안 도서관을 지켰던 용감한 직원들에 대한 이야기를 들려줬다. 나이다는 전쟁 중 그리고 전쟁 후에 있었던 전시회 등을 미국 아이다호 보이시처럼 먼 곳에 있는 도서관 사서들과 의논하며 기획했던 전력이 있었다. 나는 여러 가지 면에서 탁월한 역량을 보여줬던 나이다를 통해 리더 관장을 떠올렸다. 시몬 갈로는 파리 미국 도서관에서만 50년 이상을 일했으며 도서관 일이라면 모르는 게 없는 사람이었다. 그는 도서관과 관련된 여러 정보를 들려주는 한편 이 책에 등장하는 듀이 십진분류법 번호도 일일이 확인해줬다. 1939년 당시와 지금의 분류법에는 많은 차이가 있었을뿐더러, 그의 설명에 따르면 당시에는 도서관이 각자 고유의 분류 방식을 고수했었다고 한다.

　2차 세계 대전 당시 파리 미국 도서관 사서들이 보여줬던 용기와 희생 정신에 대해서 전해 들은 나는 놀라움을 금할 수 없었다. 게다가 그런 그들의 모습이 오늘날까지도 이어지고 있었다. 나는 몇 년간 이 책을 위한 자료를 조사하며 오드리 샤프위 관장과 아비가일 올트먼 부관장의 전폭적인 지원을 받았다. 두 사람은 전해오는 모든 이야기며 관련 문서, 연락처 등을 제공해줬다. 나는 보리스 니셰

프의 자녀인 엘레네와 올렉을 만나볼 수 있었는데, 두 사람을 통해 가족 이야기는 물론 보리스의 군대 시절 경험에 대해서도 들을 수 있었다. 보리스의 아내 안나의 정식 이름은 그레브 백작 부인이며, 보리스 본인에게는 작위가 없었지만 그의 조상은 모두 공작이나 백작 같은 작위를 가지고 있었다고 한다. 안나와 보리스는 거의 빈털터리로 러시아를 빠져나왔다. 이 책에는 보리스가 집에 쳐들어온 독일군 비밀경찰이 쏜 총에 맞았을 때 그의 딸 엘레네가 옆방에 있었다는 내용이 나오기도 한다. 엘레네는 파리 미국 도서관에 대해 이렇게 회상했다. "어린 시절 나는 파리 미국 도서관에서 많은 시간을 보냈습니다. 아빠가 나를 처음 도서관에 데려다준 건 내가 생후 몇 개월이 되지 않았을 때라고 해요. 사람들이 지나다닐 때 들리던 아름다운 바닥 장식에서 나는 삐걱거리는 소리며 책 냄새, 잠겨 있던 방 같은 도서관의 이런저런 모습이 지금도 생생하게 기억납니다. 그때는 잠겨 있던 방들에 대한 단순한 호기심만 가지고 있었지만 지금 보니 거기에 사람들이 숨어 있었을지도 모른다는 생각도 드는군요." 파리 미국 도서관은 건물 안의 공간을 하나도 빠짐없이 활용했기 때문에 엘레네의 말을 듣고 보니 어쩌면 전쟁 기간 동안 직원들이 유대인들을 숨겨주지 않았나 하는 생각이 들기도 한다.

보리스는 65세까지 파리 미국 도서관에서 일했고 지난 1982년 80세의 나이로 세상을 떠났다. 엘레네의 말에 따르면 그의 아버지는 한마디로 '앙크레바블', 강한 사람이었다고 한다. 비밀경찰의 총에 폐를 뚫리고 또 그 독한 지탕을 하루에 한 갑씩 피워댔음에도 죽을 때까지 끄떡없는 정정한 모습이었단다.

도로시 리더 관장은 미국으로 돌아온 후 플로리다에서 적십자 활동을 널리 알리면서 관련 기금을 모았다. 그런 후 콜롬비아의 수도 보고타에 있는 국립 도서관에서 잠시 일하다가 다시 미국 의회 도서관 직원으로 합류했다. 미국 도서관 협회 기록 보관소 덕분에 전쟁 중 리더 관장이 파리의 상황에 대해서 올렸던 일급 기밀 보고서를 인터넷을 통해 확인할 수 있었다. 미국 도서관 협회 기록 보관소의 직원으로 많은 도움을 준 카라 버트램과 리디아 탕에게 이 자리를 빌려 감사의 마음을 전하고 싶다. 또한 리더 관장의 편지를 읽고 이 책을 통해 관련 내용을 나눌 수 있었던 것도 나로서는 큰 기쁨이었다. 내가 가장 좋아했던 편지는 그녀가 도서관 동료였던 헬렌 픽웨일러에게 보낸 편지다. "내가 지금까지 해왔던 일 중 가장 곤란했던 일이 바로 피터와 당신에게 파리 미국 도서관을 떠나 고향으로 돌아가달라는 말을 하는 것이었습니다. 그렇지만 나로서는 그 길만이 유일하게 올바르고 공정한 결정이었습니다. 두 사람이 뉴욕에서 안전하고 편안하게 지내야 저도 도서관 업무에 온전히 집중할 수 있기 때문입니다."

"그렇게 어렵고도 힘든 시기를 함께 겪으며 두 사람이 보여줬던 헌신과 노력에 대해 말로는 내 깊은 감사의 마음을 제대로 전달할 수 없을 정도입니다. 업무 능력은 언제나 탁월했으며 당신이 없었다면 과연 우리가 도서관 업무를 제대로 해낼 수 있었을까 하는 생각마저 들곤 합니다."

리더 관장은 헬렌이 뉴욕에 도착했을 때 파리 미국 도서관 기금으로부터 받아야 하는 돈 100달러, 즉 1개월치 급여에 해당하는 돈은 물론, 헬렌에게 주어져야 하는 추천서에 대해서도 언급하고 있다. 리더 관장은 다음과 같은 말로 편지를 마무리했다. "헬렌, 내가 다시 일을 하게 된다면 그곳이 어디든 당신은 내가 함께 일하고 싶은 사람 명단의 맨 윗자리에 있을 것입니다. 그리운 헬렌, 내가 당신에게 느끼는 고마움과 나의 감정을 어떻게 몇 마디 말로 다 전할 수 있을까요."

헬렌 픽웨일러와 피터 우스티노프는 미국으로 돌아오자마자 결혼식을 올렸다. 프로비던스 퍼블릭 라이브러리의 케이트 웰스가 1941년 6월 19일 자 〈이브닝 불레틴〉의 기사를 제공해줬다. 기사 내용은 다음과 같다. "픽웨일러 양은 나치 독일이 점령한 파리에서 지내는 동안 몸무게가 무려 5킬로나 빠졌다. 그녀는 오직 순무 하나만 가지고 요리 방법만 바꿔가며 연명할 수밖에 없었던 터라 앞으로 살아 있는 동안 순무는 쳐다도 보고 싶지 않다고 했다." 헬렌과 피터의 손녀딸인 알렉시스는 또 이렇게 회고했다. "헬렌 할머니는 파리에서 독일군에 맞서는 활동을 하다가 피터 할아버지를 만났다고 합니다. 할아버지 역시 전쟁 기간 동안 미국, 프랑스, 러시아 등 연합국의 일을 도왔고요. 헬렌 할머니는 뉴욕에 있는 화학자 협회에서 사서로 일했고 나중에 버몬트 대학교 도서관에서도 근무했습니다."

파리 미국 도서관에서 회계 업무를 맡았던 웨드 양은 수용소에서 풀려난 뒤 파리 미국 도서관에서 일하다 은퇴했다. 은퇴 축하 모임에서 찍은 멋진 사진을 나도 한 장 가지고 있다. 사진 속 웨드 양은 화려한 꽃 장식을 달고 환하게 웃고 있다. 에반젤린 턴불 부인과 그녀의 딸은 프랑스가 2차 세계 대전에 참전할 때까지 파리 미국 도서관에서 함께 일했다. 캐나다 국적이었던 두 사람은 영연방에 소속된 적국의 국민으로 간주되었고 결국 1940년 6월에 캐나다로 귀

국할 수밖에 없었다.

헤르만 훅스 박사는 나치 독일의 '비블리오테크슈츠', 즉 '도서관 보호인'으로서 독일군이 점령한 프랑스, 벨기에, 네덜란드에서 지식 관련 활동을 총괄하는 업무를 맡았다. 그리고 전쟁이 끝난 후에는 베를린으로 돌아가 사서로 여생을 보냈다. 훗날 동유럽 전문가로서 파리의 러시아 계열 도서관에서 서적과 자료 약탈을 주도한 건 훅스 박사가 아니라 헬무트 바이스 박사와 그레고르 라이브란트 박사였다고 한다. 프랑스 도서관 전문가인 마르틴 폴란은 이렇게 기록하고 있다. "파리 점령 기간 동안 훅스 박사가 어떤 일을 했었는지는 정확하게 설명하기 어렵다. 다만 2차 세계 대전 전후로 알고 지내던 그의 프랑스인 친구들의 긍정적인 기억과 회고에도 불구하고 훅스 박사가 나치 독일이 저질렀던 여러 범죄 행위에 깊숙이 관여했었다는 건 부인하기 어려운 사실이다." 훅스 박사는 1944년 8월 14일 독일군과 함께 파리에서 철수했다. 그는 한 프랑스 친구에게 이런 편지를 남겼다. "나는 프랑스 도서관과 도서관 사서들의 친구로서 왔다가 떠납니다. 베름크 씨의 명령에 따라, 그리고 도서관 관련 정책의 수장으로 나는 우리를 이어주고 있는 신뢰가 깨어지지 않도록 최선을 다했습니다. 물론 늘 내가 원하는 대로 일이 진행되지도 못했고 도움을 필요로 하는 사람 모두를 도울 수는 없었습니다. 상황이 종종 내 역량을 벗어날 때가 많았고 또 전쟁 중이었기 때문에 내가 시작했던 일을 어쩔 수 없이 포기해야만 했을 때도 많았습니다. 결국 내가 했던 일을 평가하는 건 프랑스인인 여러분의 몫입니다."

찰스 스크라이브너스 선즈 출판사에서 1949년 출간된 클라라 드 샹브렝 백작 부인의 회고록《다가오는 어둠 속에서도》에는 훅스 박사가 파리 미국 도서관 측에 게슈타포가 함정을 파놓고 노리고 있으니 조심하라는 경고를 미리 해줬다고 쓰여 있다. 그리고 나중에 그의 사무실로 소환되었을 때 파리 미국 도서관이 독일을 반대하는 자료를 소장하고 있는 이유에 대해서 설명을 해줬다고도 쓰여 있다. 백작 부인은 또한 어느 도서관 회원이 도서관을 고발하겠다는 협박도 했었다고 회고한다. 당시에는 이런 익명의 고발 편지가 무차별적으로 오가곤 했었다. 어떤 자료에 따르면 300만~500만 통에 달하는 고발 편지가 배달되었다고도 하며, 다른 자료에서는 고발 편지의 규모를 15만~50만 통 정도로 추산하기도 한다. 이 책에 등장하는 파리 미국 도서관 관련 고발 및 제보 편지의 내용은 모두 나의 창작물이되, 프랑스 홀로코스트 박물관의 쇼아 기념관 기록 보관소에 있는 편지를 참고했음을 이 자리를 빌어 밝힌다. 오딜이 아버지의 사무실에서 발견한 편지들은 실제 내용을 그대로 옮긴 것이다. 편지 대부분이 증오와 분노로 가득 차 있어서 지금도 읽기 힘들 정도다. 수많은 편지가 폭력적이고 비이성적인 표현으로 되어 있고 대부분 익명으로 가족, 친구, 동료 같은 가까운 사람들을 고발하거나 비방하는 내용이다. 유대인인 것 자체를 고발하는 내용에서부터 영국 BBC 라디오를 몰래 듣는 사람, 독일군에 대한 비판적인 언사를 하는 사람, 포로수용소에 끌려간 남편을 두고 부정을 저지르는 아내, 암시장에서 불법 거래를 하는 사람에 이르기까지 편지들이 고발하고 있는 사건이나 인물의 범위도 대단히 다양하다.

이 책에 등장하는 여러 사건은 실제로 있었던 사람들과 사건을 기초로 하고 있지만 일부는 내가 임의로 바꾸었다. 예컨대 백작 부인이 점령군 사령부로 가서 훅스 박사와 면담을 할 때 따라갔던 도서관 직원은 실제로는 관장의 비서인 프리카르였다. 또한 '다른 사람의 시선으로 세상을 바라볼 수 있도록 해주는 마법 같은 힘을 지니고 있는 건 오직 책뿐이며, 파리 미국 도서관은 문화와 문화를 이어주는 책으로 만든 다리'라는 말은 병사 지원 사업을 홍보할 때 리더 관장이 했던 말이다. 그리고 나는 리더 관장이 훅스 박사를 알고 지낸 기간을 책 속에서는 조금 줄여서 표현했다. 백작 부인의 경우 원래는 파리에서 멀리 떨어진 별장에서 지내고 있었고 그녀가 리더 관장을 비롯한 도서관 직원들을 만나게 된 건 더 뒤에 있었던 일이다.

나는 2차 세계 대전 중에 일어났던 이 알려지지 않은 역사를 사람들과 나누고, 문학에 대한 사랑을 전파하며 도서관 이용자들을 돕기 위해 나치 독일에 맞섰던 용감한 도서관 사서들의 목소리를 들려주고자 이 책을 쓰기 시작했다. 나는 인간이 서로를 어떻게 돕고 어떻게 방해하는지, 그리고 인간은 어떤 관계를 통해 맺어지는지 알아보고 싶었다. 언어는 사람들 사이를 연결해주는 동시에 가로막기도 하는 통로다. 우리가 사용하는 단어는 우리의 인식을 만들어낸다. 우리가 읽는 책, 우리가 나누는 이야기, 우리가 스스로에게 들려주는 이야기도 마찬가지다. 파리 미국 도서관의 외국인 직원들과 이용자들은 나치 독일에 의해 '연합국 국민'으로 취급되고 수용소로 끌려가기도 했다. 특히 유대인들은 파리 미국 도서관 출입을 금지당했으며, 셀 수 없이 많은 유대인들이 강제 수용소에서 죽음을 맞이했다. 2차 세계 대전을 배경으로 한 책을 읽을 때는 과거로 돌아가 내가 그 자리에 있었다면 어떻게 했을까 하고 자문해보는

게 좋다고 한 친구는 말했다. 물론 이 방법도 훌륭하지만 누구든 차
별 없이 도서관에 접근하고 도서관에서 배울 수 있도록 기회를 제
공하고, 연민과 존경심을 가지고 다른 사람들을 대하기 위해 현 시
점에서 어떤 일을 할 수 있을지 생각해보는 것도 좋지 않을까 싶다.

# 감사의 글

∿

탁월한 능력과 친절한 마음을 지닌 출판 대리인 헤더 잭슨에게 깊은 고마움을 전하고 싶다. 그녀는 이 책을 세상에 선보일 수 있도록 완벽한 준비를 해줬다. 그리고 헤더의 동료 린다 카플란은 이 책을 전 세계 출판사와 편집자에게 소개하는 데 수고를 아끼지 않았다.

아트리스 북스의 모든 직원에게 진심으로 감사하다는 말을 하고 싶다. 편집을 맡았던 트리시 토드는 첫 만남에서 '당신만의 듀이 십진분류법 안에 나도 넣어 달라'는 말로 나를 안심시켰으며, 리비 맥과이어, 린지 사그넷, 수잔 도나휴, 레아 헤이즈, 마크 라플로, 아나 페레즈, 크리스틴 파슬러, 리사 시암브라, 웬디 셔닌, 스튜어트 스미스, 이자벨 다실바, 다나 트로커 등은 온 힘을 다해 나의 작업을 지원해줬다. 영국 투 로즈 출판사의 리사 하이튼과 캐서린 버돈에게도 마음의 빚을 졌다. 또한 원고의 교정 교열을 맡아 꼼꼼하게 작업을 해준 트리샤 캘러핸과 모락 라이얼에게도 박수를 보낸다.

원고를 읽고 지속적으로 용기를 북돋워준 남편을 비롯한 부모님, 여동생, 그리고 친구와 동료들에게도 고마운 마음을 전한다. 로렐 저커만, 다이앤 바디노, 크리스 바니어, 웬디 솔터, 마리 선 드 네르시아, 아들레이드 프랄론, 안나 폴로니, 메기 필립스, 에밀리 모나코, 제이드 마트르, 앙카 메티우, 앨레나 무어, 리지 크레머, 카렌 키첼, 레이첼 케셀먼, 마리 후젤, 오딜 헬리어, 클리데트 드 그룻과 샤

262

를 드 그릇, 짐 그레이디, 수전 제인 길먼, 안드레아 델루메, 막달레나 카바치우티, 아만다 베스터-시걸, 멜리사 암스터 등이 바로 그들이다.

나는 도서관과 서점에 대한 애정을 품고 성장했다. 지금이야말로 그 어느 때보다 도서관이나 서점 같은 공간이 필요한 시기가 아닐까. 책의 안식처인 도서관을 위해 애정을 가지고 성심성의껏 일하는 수많은 사람들에게 고마운 마음을 전한다.

# 주

〔1〕   1873~1952, 미국의 자선가.

〔2〕   같은 인쇄물을 여러 장 찍어내는 간편한 인쇄기.

〔3〕   1893~1980, 미국의 영화배우.

〔4〕   독일군에 저항 운동을 벌였던 지하 조직.

〔5〕   프랑스 북부에 있는 해변 휴양 도시.

〔6〕   독일산 자동 권총.

〔7〕   1978년에 결성된 영국의 록 밴드.

〔8〕   향이 나는 가루나 향수를 묻힌 솜을 넣은 주머니.

〔9〕   1940년 영국 런던에 세운 프랑스 망명 정부.

〔10〕  1864~1943, 프랑스의 조각가.

〔11〕  파리 중심부에서 10킬로미터 정도 떨어져 있는 도시로
       1941~1944년에 유대인 수용소가 있었다.

〔12〕  운전면허 필기시험을 통과하면 나오는 증명서로 정식 운
       전은 할 수 없지만 실기 시험에 지원하거나 운전 연습이
       가능한 상태를 말한다.

〔13〕  테라스나 발코니에 유리 벽을 만들어 계절에 상관없이 햇
       볕을 쬘 수 있게 만든 공간.

〔14〕  샤를르 드 골, 1890~1970, 프랑스의 군인이자 정치가.

〔15〕  미국의 음악 전문 케이블 TV 채널.

〔16〕 1974~1983년에 방영된 1870년대 미국 서부 배경의 드라마.

〔17〕 1973년에 결성된 미국의 록 밴드.

# 참고

〜

**브램 스토커** • 아일랜드 소설가로 고딕 소설의 대명사라 불리는 《드라큘라》를 썼다.

**베오울프** • 고대 영어로 쓰인 최초의 영문학 서사시.

**시몬 드 보부아르** • 프랑스 작가. 주요 저서로 《초대받은 여자》, 《제2의 성》, 《레 망다랭》 등이 있다.

**아이반호** • 스코틀랜드 작가 월터 스콧의 역사 소설. 앵글로색슨인인 아이반호가 리처드 1세를 도와 노르만인을 물리친다는 이야기를 담고 있다.

**마담 드 스탈** • 프랑스 비평가이자 소설가로 프랑스 낭만주의 문학의 선구자다.

**마담 보바리** • 프랑스 소설가 구스타브 플로베르의 장편 소설로 욕망에 잠식당한 인간의 삶을 냉철한 시선으로 풀어낸 작품이다.

**비밀의 화원** • 영국 작가 프랜시스 호지슨 버넷의 소설. 오만한 메리가 고모부의 저택으로 들어와 살게 되면서 순박한 디콘을 만나고 상처를 치유하는 과정을 그린 작품이다.

**지옥에서 보낸 한 철** • 프랑스 시인 랭보의 시집.

**찰스 디킨스** • 19세기 영국의 대표적인 소설가.

**어려운 시절** • 영국 작가 찰스 디킨스의 소설로 산업 혁명의 이면을 비판한 작품이다.

**전망 좋은 방** • 영국 소설가 E. M. 포스터의 소설. 이탈리아 여행 중 전망 좋은 방을 매개로 인연이 닿은 남녀에 대한 이야기다.

**도로시 파커** • 미국 시인, 소설가, 평론가.

**호라티우스** • 고대 로마 시인.

**존 스타인벡** • 노벨 문학상을 수상한 미국 소설가.

**셸리** • 영국 낭만파 시인.

**블레이크** • 영국 낭만파 시인, 화가.

**작은 아씨들** • 미국 소설가 루이자 메이 올콧의 소설. 각기 다른 성격을 가진 네 자매가 어려운 가정 환경 속에서 성장해가는 모습을 그리고 있다.

**스터즈 로니건** • 미국 작가 제임스 파렐의 3부작 소설. 비인간적인 도시에서 성장하며 정신적 불구가 된 한 청년이 파멸하는 과정을 추적하는 이야기다.

**여름** • 여성 작가 최초로 퓰리처상을 수상한 이디스 워튼의 소설. 한 젊은 여성이 사랑을 통해 현실에 눈뜨면서 부조리한 전통에 대항하고 정신적으로 성장해나가는 이야기다.

**알코올** • 이탈리아 출생의 프랑스 시인 기욤 아폴리네르의 시집.

**나의 안토니아** • 미국 소설가 윌라 캐더의 대표작. 고국을 떠나 척박한 초원에 새터를 잡은 이민자들의 애환과 희망을 그린 소설이다.

**벨린다** • 아일랜드 소설가 마리아 에지워스의 소설. 젊은 여성 벨린다와 중년의 델라쿠르 부인 간의 우정에 관한 이야기다.

**에퀴아노의 흥미로운 이야기** • 올라우다 에퀴아노라는 흑인 노예의 일대기를 다룬 책.

**카라마조프가의 형제들** • 세계적인 러시아 작가 도스토옙스키의 장편 소설. 친부 살해 사건을 둘러싼 세 형제의 행동과 의식을 그린 걸작이다.

**조라 닐 허스턴** • 미국 흑인 여성 소설가.

**그들의 눈은 신을 보고 있었다** • 미국 작가 조라 닐 허스턴의 대표작. 제이니라는 흑인 여성이 세 차례의 결혼을 겪으며 성숙해나가는 과정을 그리고 있다.

**도로시 위플** • 영국 소설가, 아동 문학 작가.

**프라이어리** • 영국 작가 도로시 위플의 세 번째 소설로 선비 프라이어리의 마운드 집안에 젊은 여성이 들어오면서 생기는 변화에 대해 그리고 있다.

**조지 엘리엇** • 영국 빅토리아 시대의 여성 소설가.

**미스 페티그루의 어느 특별한 하루** • 영국 소설가 위니프레드 왓슨의 소설. 가난하고 보수적인 한 여성이 우연히 겪게 되는 하루 동안의 이야기를 담고 있다.

**안나 카레니나** • 러시아 대문호 톨스토이의 첫 장편 소설로 《부활》, 《전쟁과 평화》와 함께 톨스토이의 3대 걸작으로 불린다. 안나 카레니나라는 여인을 둘러싼 씁쓸한 사회 현실을 섬세하게 그려낸 작품이다.

**제인 에어** • 영국 소설가 샬럿 브론테의 소설. 제인 에어라는 열정적이고 독립적인 여성 주인공의 삶과 사랑을 그린 작품이다.

**마음의 죽음** • 아일랜드 소설가 엘리자베스 보웬의 소설. 고아가 된 16세의 소녀가 이복 오빠 부부와 함께 살게 되면서 벌어지는 이야기를 다룬 전쟁 소설이다.

**생쥐와 인간** • 미국 작가 존 스타인벡의 초기 중편 소설. 두 일꾼의 소박한 꿈과 우정이 파괴되는 과정을 현실적으로 그린 문제작이다.

**안톤 체호프** • 러시아 사실주의 문학의 대가로 칭송받는 작가.

**개를 데리고 다니는 여인** • 러시아 작가 안톤 체호프가 남녀의 연애에 관해 쓴 단편 소설.

**폭풍의 언덕** • 19세기 영국의 대표적인 소설가 에밀리 브론테의 소설. 황량한 들판에 위치한 저택, 워더링 하이츠를 배경으로 벌어지는 비극적인 사랑과 복수를 그린 작품이다.

**어린 왕자** • 프랑스 작가 생텍쥐페리의 동화. 여러 별을 여행하며 겪은 다양한 일들을 어린 왕자의 순수한 시선으로 들을 수 있다.

**맥베스** • 영국의 극작가 셰익스피어의 4대 비극 중 하나로 의심에서 비롯된 끔찍한 비극을 그린 수작이다.

**에마** • 제인 오스틴의 다섯 번째 장편 소설. 결함과 허위의식이 다분하지만 미워할 수 없는 사랑스러운 에마 우드하우스라는 여자의 자아 성장 과정을 경쾌하게 그려냈다.

**어둠 속의 항해** • 영국령 도미니카 출신의 영국 작가 진 리스의 장편 소설. 타국 출신의 젊은 여자에게 적대적인 세상에서 방황하면서도 분투하며 극복해나가는 애나라는 여인의 삶을 그린 작품이다.

**한밤이여, 안녕** • 관습에 얽매인 세상에서 희생되는 한 여자의 이야기를 그린 진 리스의 소설이다.

**진 리스** • 영국령 도미니카 출신의 영국 작가.

**서부 전선 이상 없다** • 독일 작가 에리히 마리아 레마르크의 소설. 제1차 세계 대전에 참전한 병사의 감정을 담담하게 그려낸 전쟁 소설이다.

**빅토르 위고** • 프랑스 시인, 소설가, 극작가. 대표작으로《레 미제라블》,《파리의 노트르담》등이 있다.

**빌레트** • 영국 작가 샬럿 브론테의 마지막 작품. 주인공 루시가 빌레트라는 가상의 도시에 있는 기숙 학교에서 일자리를 얻으며 벌어지는 이야기를 그렸다.

**분노의 포도** • 1930년대 사회주의 리얼리즘의 대표 작가 존 스타인벡의 장편 소설. 비참한 노동자로 몰락해버린 조드 일가의 이야기를 참혹하게 그리고 있다.

**어네스트 헤밍웨이** • 미국 현대 문학의 개척자라 불리는 작가로 퓰리처상과 노벨 문학상을 수상했다.

**해는 다시 떠오른다** • 헤밍웨이의 자전적 소설. 매일 밤 파리의 뒷골목을 배회하는 '잃어버린 세대'인 주인공과 친구들을 통해 전쟁의 상처를 안고 사는 사람들의 삶을 이야기한다.

**제인 그레이** • 치과 의사 출신의 미국 소설가. 서부 소설이라는 새로운 장르를 개척한 작가다.

**마르셀 프루스트** • 프랑스 소설가로 의식의 흐름이라는 소설 기법을 창시했다.

**프란츠 카프카** • 체코 출신의 유대계 독일 소설가로 20세기 실존주의 문학의 선구자다.

**아웃사이더** • 미국 작가 S. E. 힌턴의 소설. 열네 살 소년의 시점으로 서술된 이 소설은 비참한 삶을 사는 듯한 사람에게도 각자 나름의 꿈이 있다는 것을 잔잔하게 그려내고 있다.

**캉디드** • 프랑스 철학자 볼테르가 쓴 청소년 소설. 캉디드라는 순진한 청년의 모험을 담고 있다.

**로라 잉걸스 와일더** • 초등학교 교사 출신의 미국 작가.

**기나긴 겨울** • 미국 작가 로라 잉걸스 와일더만의 아동 소설.《초원의 집》시리즈의 여섯 번째 작품으로 7년을 주기로 찾아오는 혹독한 겨울을 나는 한 가족의 이야기를 그리고 있다.

**나를 있게 한 모든 것들** • 미국 극작가 베티 스미스의 가족 소설. 뉴욕 빈민가 출신이라는 경험을 바탕으로 성장통을 겪으며 삶을 배워나가는 인물들이 등장한다.

**비밀의 숲 테라비시아** • 미국 작가 캐서린 패터슨의 아동 소설. 올리버라는 소년의 풋풋한 우정과 첫사랑을 그린 소설이다.

**제프리 초서** • 영국 시인. 근대 영시 창시자로서 영시의 아버지로 불린다.

**존 밀턴** • 서사시《실낙원》을 쓴 영국 시인.

**위대한 개츠비** • 미국 소설가 스콧 피츠제럴드의 작품. 1차 세계 대전 직후의 미국 사회를 실감나게 묘사한 장편 소설이다.

**그린 뱅크** • 영국 작가 도로시 위플의 작품. 1900년대 가족 간의 관계, 특히 할머니와 손녀의 이야기를 다룬 소설이다.

**몽상가들** • 프랑스 작가 조르주 올리비에 샤토레노의 판타지 소설. 악마의 장난을 통해 인간의 내면을 섬세하게 그려냈다.

**윌리엄 L. 셰리어** • 미국 언론인이자 전쟁 특파원.

**야성의 부름** • 미국 작가 잭 런던의 장편 소설. 소설의 배경인 알래스카에서 벅이라는 이름을 가진 개가 겪는 생존의 과정을 냉정한 시선으로 그려냈다.

**모히칸족의 최후** • 미국 작가 제임스 페니모어 쿠퍼의 소설. 마지막 모히칸족 전사인 웅카스의 최후 전투에 대한 내용을 담았다.

**순수의 시대** • 미국 작가 이디스 워튼의 소설. 삼각관계에 놓인 세 남녀를 통해 당시 뉴욕 상류 사회의 이면을 세밀하게 그려냈다.

**라이너 마리아 릴케** • 체코에서 출생한 독일 시인.

**시도니 가브리엘 콜레트** • 프랑스의 여성 작가, 배우, 언론인.

**에밀리 디킨슨** • 슬픔과 죽음에 대한 시를 주로 쓴 미국 시인.

**그리고 아무도 없었다** • 추리 소설의 여왕이라는 수식어를 가진 영국 소설가 애거사 크리스티의 작품. 무인도에 모인 여덟 명의 남녀가 차례로 죽어나가며 진실이 밝혀진다.

**소포클레스** • 고대 그리스 비극 시인.

**허먼 멜빌** • 미국 소설가이자 시인. 최고의 상징주의 문학으로 평가되는《모비 딕》을 썼다.

**나다니엘 호손** • 미국 소설가. 대표작으로 17세기 미국 사회의 어두운 단면을 그린《주홍 글씨》가 있다.

**스콧 피츠제럴드** • 20세기 초 미국 문학을 대표하는 소설가.

**낸시 밋포드** • 영국 소설가이자 저널리스트.

**랭스턴 휴스** • 미국을 대표하는 흑인 시인이자 소설가.

**도리언 그레이의 초상** • 아일랜드 작가 오스카 와일드의 장편 소설. 예술을 위해 영혼을 파는 청년의 삶을 그린 작품이다.

**기 드 모파상** • 프랑스 작가. 현대 단편 소설의 아버지로 불린다.

**햄릿** • 영국 극작가 셰익스피어의 4대 비극 중 하나로 햄릿 왕자가 부왕의 원수를 갚기 위해 펼치는 복수극을 그리고 있다.

**귀향** • 미국 아동 작가 신시아 보이트가 지은 청소년 소설로 부모에게서 버림받은 네 남매의 이야기를 그리고 있다.

**엘뤼아르** • 프랑스의 대표적인 초현실주의 시인.

**바다의 침묵** • 프랑스 작가 베르코르의 대표작. 프랑스의 작은 마을을 점령한 독일군 장교가 아이러니하게도 문학을 통해 독일과 프랑스의 결합을 꿈꾼다는 내용의 소설이다.

**뜻대로 하세요** • 영국의 극작가 셰익스피어의 5대 희극 중 하나.

**나사의 회전** • 영국 리얼리즘 소설의 선구자인 헨리 제임스의 장편 소설. 보이지 않는 유령이라는 존재에 대한 1인칭 화자의 복합적인 심리를 그린 작품이다.

**주디 블룸** • 미국 아동 작가로 1970년《안녕하세요, 하느님? 저 마거릿이에요》로 미국 최우수 어린이 도서상을 수상했다.

**아웃 오브 아프리카** • 덴마크 작가 카렌 블릭센의 장편 소설. 케냐의 커피 농장에서 펼쳐지는 모험과 우정을 서정적으로 그려냈다.

**다니엘 스틸** • 미국의 여성 소설가이자 베스트셀러 작가.

**사르트르** • 프랑스 작가, 사상가. 2차 세계 대전 이후 프랑스 실존주의를 대표하는 철학자다.

**뿌리** • 미국 작가 알렉스 헤일리의 장편 소설. 미국에 끌려간 아프리카 흑인 소년의 노예로서의 삶에서부터 이후 200여 년간 후손의 삶에 이르기까지 방대한 흑인 가족의 역사를 풀어내고 있다.

# 파리의 도서관 2

**1판 1쇄 인쇄**  2021년 3월 15일
**1판 1쇄 발행**  2021년 3월 29일

**지은이**  자넷 스케슬린 찰스
**옮긴이**  우진하

**발행인**  정욱
**편집인**  황민호
**본부장**  박정훈
**책임편집**  강경양
**마케팅**  조안나 이유진 이나경
**국제판권**  이주은 한진아
**제작**  심상운

**발행처**  대원씨아이(주)
**주소**  서울특별시 용산구 한강대로15길 9-12
**전화**  (02)2071-2094
**팩스**  (02)749-2105
**등록**  제3-563호
**등록일자**  1992년 5월 11일

**ISBN**  979-11-362-6943-0 04840
  979-11-362-6941-6 (SET)

◦ 이 책은 대원씨아이(주)와 저작권자의 계약에 의해 출판된 것이므로 무단 전재 및 유포, 공유, 복제를 금합니다.
◦ 이 책 내용의 전부 또는 일부를 이용하려면 반드시 저작권자와 대원씨아이(주)의 서면 동의를 받아야 합니다.
◦ 잘못 만들어진 책은 판매처에서 교환해드립니다.